跨度新美文书系
Kuadu Prose Series

跨度新美文书系
Kuadu Prose Series

The heart of
the river

河流的心

王立宪

◎著

中国文史出版社

目　录

第二辑　峡谷里的溪水

第三辑　河流的指引

第四辑　经典里的河流

河流长（代序）

一

当夏天到来的时候，在村边的池塘里玩狗刨的小蛋子有时也会在小河里嬉戏。那是在小河水消的时候，他们选择一个拐弯处相对较深但又不会没人的地方。就是这样，他们也违背了大人的告诫。

一个孩子赤裸着身子从水中出来沿着河往前面跑，是一个老太太把他从水中唤出来的，那时他身上的水珠还没有消失，阳光在这些水珠上闪着钻石般的光芒，他的头发趴在他的头上，好像因为害怕而不知所措，他赶紧跑到河滩放衣服的地方……

那个孩子不是我，但是那情景我是亲眼看到的。

其实就是一条泥河，河底也没有什么沙子。就是这样的一条河，孩子们年年夏天恋着它。每次洗完澡后，内心都有忐忑的兔子在跳，回家的路上就得准备挨父母的骂。

沿着河行走或坐在河边望流水的波纹，听潺潺的水响，对于我来说是一种享受。

这条小河从发源处一直到汇入通肯河不过几十里，但它也有一种深长。

1

当年刘氏家族以这条小河边作为栖息之地，这河边便有了叫刘大房子的村庄。后来又加入了许多姓氏，村庄一点点壮大起来。

这是从脚窝里生长出来的村庄，最初的脚窝像摇篮，而村庄就像摇篮中的婴儿。踏实的脚步给村庄以前途，而这脚步同浪花的声音相呼应。

几代人永远地睡在了河边的山岗上，他们一世的风霜都埋在了一抔黄土之下。村庄给了我永远的追溯，一个人的眼神、一个笑容、一句话、一条欢跑的狗、一眼深沉的老井……许多的消失在我的记忆里复活了，我的追溯像河流一样长。

那些老一辈的人到死也没有离开村庄，生命之短更衬托出时光之河的漫长。从过去到今天，村前的这段河又该是怎样的长啊！

走在故乡的小河边，再回到村里，我想看看几十年前的木犁和镰刀，我愿在耕耘和收获之间来一次畅想，想人和牛马那些粗重的呼吸，想那些疲惫如何沉淀在岁月之河，想那些谷穗如何扫除了以往的一些担忧和不快，想那些高粱穗像火柴一样如何点燃生的热情……

我从故乡的小河边走远了，我比曾祖父走得远，我比祖父走得远，我比父亲走得远。我在大河旁回望我故乡的小河，想生命之初的伴奏曲，也是一种久长。

二

河流长，河流长。

当一只野鹿在畅饮中抬眼远望，那从口边流下的水一滴滴滴下宁静；当一只口渴的小鸟从远处飞来，它昏花的眼睛里立刻便会有清水荡漾；当一只野雉扑棱棱飞起，仿佛生命马达的声音，那是河

2

水给了它无尽的力量。

河流长，河流长。

我们用河水煮沸一天的时光。我们用河水炖鱼，那锅里无须放油，那鱼是别样的香。想一想从前河边那些渔人的窝棚，就知道从前的鱼是如何多，渔人网网不空。可以想象在有月光和星光的夜晚，那些鱼跳，把一个个弧形画在了夜的深处。窝棚里渔人该有怎样的梦境，而一朵轻云就在窝棚之上，为那梦境镶边。那是谁记忆里的夜未央，流水悠远，柳丝绵长。

用柳枝穿进鱼鳃，拎着几尺长的大鲇鱼回家，鱼尾巴拖着河边的草，这是多少人的童年往事。

河流长，河流长。

谁能像小舟和划船人对河流体会得那样深刻，一只小舟无法丈量河流的长度，一双船桨无法探进河流的水底。

河边的树也不知道河流有多长，它们一点点长高，像是要把河水丈量。它们有的倒下了，横在河面上，有的竖躺在河流中，逐渐被泥沙掩埋，不知这是对河流的永远倾心，还是对河流的至死不渝。有时河流上会有一根枯木漂来，像是一个大胆的尝试者，看河流究竟有多长，但终有一天会被推到沙滩上。有时会有竹排和木排漂来，纵使漂了很远，也只是河流的一小段。

河流长，河流长。

每一条河都在丈量大地，丈量春夏秋冬。我们沿着河岸走，我们用脚步把河流丈量。人一生能走几条河流？河流的长度不会改变，而我们的人生毕竟有限。

所以我们的行走不必匆忙，把每一步走好，这每一步就是一种深长。有时还要停下来，看留痕的风，看留痕的雨，看风雨中的燕子如何平衡翅膀。

在万千雨丝牵连的夜里，河里的浪花也在不断翻身，像那些在失眠中辗转反侧的人。如果把万千雨丝接起来，那一定是一条河流的长度。这万千雨丝大多汇入河流，也许它们知道，正是这样的融合，才能真正理解河流的悠远。

三

河流长，河流长。

那些毫无城府的风，很可能被漩涡玩于手掌。即便是一个善游者，也要小心波浪。

那些老牛、那些马、那些狗，都是善游者，但不到万不得已，它们不会轻易过河。

我们把对河流的敬畏变成冷静的观望。

真的要感谢桥，真的要知道，哪里是有桥的地方。有时我们爱河流的最好方式就是与它保持一定的距离，比如我们站在桥上。

河流长，河流长。

河流有时会用薄雾把自己掩饰起来，似乎不这样梦境就会跑远；河流有时会用晨光打扮自己，再加上河畔草丛中露珠的光芒；河流有时会环抱着火烧云，仿佛那是它黄昏中的惆怅。

四

那个在磻溪垂钓的姜太公，他的用意不在钓鱼，而在钓人，直到他遇到了周文王。他用直钩钓鱼，不放鱼饵，而且在离水面三尺的地方垂钓。这使我想到河边的垂柳，那钓丝般的柳枝不在于钓鱼，而是有所期待，那是在期待春天，期待那一圈圈涟漪变成自己一圈圈的年轮。

那个不想以皓皓之白而蒙受世上尘垢的屈原，怀抱着石头自投汨罗江。那水花是如何被溅起，一直激荡两千多年。在这两千多年里，所有的纪念都像流水一样绵长。

那个在易水边一去不复还的荆轲，那个吟出"风萧萧兮易水寒"的荆轲，让骆宾王感到"今日水犹寒"。寒的也是人的心境，让人感到悲风至今还在河上回旋。

从武汉到扬州有一千余里。当年李白送孟浩然时的远望，是一个情感的定式和范式，定格在长江边上。孤帆远影已消失在视线之外，"唯见长江天际流"。长江真是长啊，李白在长江边上久立，会有江风吹向他望远的双眸，他的凝然静思早已超越唐代，那一道深沉的流水载着李白的目光越来越远。能想到朋友的孤单必是友情的醇厚，那深情的远望是友情的相随，给孟浩然，也给后世无数的人永远的安慰。那一天他的心情不一定是"烟花三月"，那一天见证相别的也不仅仅是黄鹤楼。黄鹤楼的高度是友情的高度，而长江是两个人友情最深情的一笔，孟浩然用船来体味，李白用远望添神韵。像河流一样长的还有什么？比永远还远的是什么？

那个同苏轼一同泛舟游于赤壁之下的人，"哀吾生之须臾，羡长江之无穷"，那何尝不是苏轼心境的展示呢？他不是也写过"人生如梦，一尊还酹江月"的词句吗？苏轼是一个很能安慰客人的人，他让客人了解了享受自然之美的重要性，那何尝不是安慰自己呢？

五

河流长，河流长。

河流流过城市，流过村庄，流过人迹罕至的地方。那是怎样的寂寞地带，就这样不知疲惫地奔走。在那河边，连最小的花朵都在梳妆，连最卑微的草都在不断生长，连最小的虫儿都在鸣唱，连最小的蝴蝶都在扇动翅膀。

河流长，河流长。

把水捧在手上，手中的水映出我们欣喜的面庞；把手放到水中，流过指缝的水有温暖也有微凉。

把水挑在肩上，前面一桶星月，后面一桶晨光；把挑水的脚步迈开来，发现左脚踩到了夏天的尾巴，右脚踩到了秋天的影子上。

把水顶在头上，女人长裙飘动，瓦罐凝然不动；把瓦罐放下来，女人仿佛瞬间已老，罐口挂满了风霜。

把山里的河水装到瓶中带回城市，你一口我一口品尝；把山里与一脉流水相关的美好带到未来，记忆如瓶，是一个珍贵的盛装。

六

河流长，河流长。

那么多的流水一去不复返，那么多的流云像腾跃到天上的波浪，那么多的感叹变成我今天的文章。

河流是怎样的网纲，大海是怎样的巨网。只是这网纲我们无法掌握，这巨网也永远属于我们的想象。

河流长，河流长……

第一辑

河边的发现

河边的鹅

早些年，在老家西面几里远的地方有一家养鹅。那家人利用村里七十年代中期在乌龙沟边开挖的小型水库养鱼，鱼池里的鹅如一片轻云游动。

那年冬天村里为了开挖这个小型水库动用了大量的人力，用铁镐刨开冻土，之后一锹一锹地往下挖，用土抬子把土抬到周边。我是那大量人力中的一员，那种繁重的劳动是刚出校门的我很难承受的。那时叫兴修水利，但它很难起到预期的作用。

在水库养鱼养鹅，那个小型水库真的被实实在在地利用了。我到过那个鱼池的边上，那是一面镜子，照见过那个特殊年代我们的无奈。

那家的姑娘负责照看那些鹅，村人不叫她的名字，而是在她姓氏后面加上了"大鹅"，就像"张大鹅""李大鹅"一样。从现在的角度上说，那时那一家的养殖还只是小规模的，就是这样，那家还受到过上级的表彰，那女孩还上过电视。但不知为什么，那女孩的婚事却始终得不到解决。她长相不错，也可能是心高气傲吧。女孩的婚事就这样耽误了，直到几十年后她变老了才把自己嫁出去，实在令人不解。女孩的命运和大鹅有什么联系吗？如果当年她不上电视，也许她不会那样心高气傲。当然，这只是我的猜想。

秋天回故乡，在河边发现了一家利用别人的两个养鱼池养起了鹅。养鱼池是挖掘机挖出来的，不似我们当年那样费劲。鹅有五六千只，而且都已长大。鹅的主人四十多岁，他不认识我这个离开故乡多年的人，我也不认识他，因为我当年离开故乡时他也就几岁。对于我这个陌生的来访者他是提防的，如果我不是及时介绍自己，他会把我当成为了偷大鹅而来踩点的人。说到大鹅的安全问题，他向我做了解释，我是理解的。我惊叹他养了这么多的鹅，而且养得这样好。其实春天回来的时候，我就看到这家人要在离池塘不远的地方盖房子，当时还颇为怀疑。这回主人用实际成果回答了我，我真的为他高兴。我知道养鹅不容易，弄不好会赔得什么都不是，这回主人算是给村人争光了。从路之上的一条横幅我知道这里开过一个有关养殖的现场会，看来这个养鹅专业户是远近闻名了。

在这河边曾有人养过猪，但赔进去了，那些猪舍现在已经空置；在这河边曾有人养了几百只山羊，最后也赔进去了，羊的主人最后只好到他乡打工。

失败是成功的邻居，只有一墙之隔，但他成功了。我祝贺这位幸运者，但幸运总是有前提的，他是热情的创业者，也是理智的思考者。

我问他鹅的销路，他说一点儿问题都没有，他还说到了呼兰对青。我知道对青烤鹅是有名的，而且我也多次路过对青，那里离我居住的小城不远。

我站在池塘的边上，看那几千只鹅在水里游弋鸣叫，鹅都把我看成陌生人了。离开故乡快四十年了，除了那些老人和一些中年人，故乡的人已经不认识我。但对于我来说，故乡永远不是一个陌生的存在，尽管它在慢慢变化。

站在池塘边上，不由想起唐代诗人骆宾王，想起他七岁那年在义乌县城北的一个小村子里的池塘边应客人的要求即兴作诗的情景。一千多年了，《咏鹅》一诗影响了无数读者，尤其是那些幼小的孩子。但不少孩子在背诵这首诗的时候并没有看到过池塘，尤其是那些生活在城里的孩子，"绿水"只在他们的想象中。故乡应该有一面池塘，池塘里应该有鹅，那些鹅仿佛从唐朝游来，"曲项向天歌"。只是对一些人而言，故乡已永远消失，即便没有消失，那面池塘也因淤塞而干涸，这实在是令人悲哀的事。

还好，我是有故乡可回的人，也是有池塘和白鹅可看的人。

但我突然想起当年那个养鹅的姑娘，与眼前这个鹅主人相比，命运真是迥然不同啊！

河上的云

这是四月的最后一天，我去看我的故乡之河。

勇家屯西边的路是照例要走的。这个小村庄在我家所在村庄的南面，有半里地远。听父亲说我家曾在勇家屯住过，那是在我出生之前。在我童年的视野里，勇家屯周围有很多老榆树，至少有百年的树龄了。记得春天，会攀爬的孩子把自己的鸟笼挂在大树的枝杈上，一些鸟经不住笼子里鸟游子的引诱，落到笼子的滚儿上，进而落到笼中。后来那些大树陆续被伐掉了。有几次经过村中，看路北有一棵枯树的树干，父亲说那枯树有神性，人们不敢砍，只好留着它用来拴牛。父亲的话我不大相信，如果人们对待那些老榆树像敬畏神灵一样，当年的那些老榆树就不会被砍掉。但如果说人们敬畏那死去的树是因为砍掉树木后的忏悔，我倒愿意相信。从勇家屯西经过，看一些杨树已经长高，但毕竟无法代替当年那些老榆树。

作为一个小村庄，勇家屯属于我故乡的一部分。当年勇家屯有我的一位当老师的表叔，和父亲是同事。记得我刚记事儿的时候，父亲曾在夏天的一天领我去他家中，表婶还直劲儿给我找吃的。多年之后表叔家的孩子有的去外面上学，有的出嫁，有的去当兵，后来表叔和表婶也搬到了长春。几年前表叔去世了，去世前他肯定会念着他的故乡。

当我从勇家屯西经过，我怎能不想到与它牵连的一切。世事变化，从故乡走远的岂止表叔一家呢？就我们王氏家族而言，第一个远走他乡的是我的大姑，当年她为了自己的前途到齐齐哈尔当了医生。之后是我的祖父、祖母、老叔和老姑，他们随大姑一家到了齐齐哈尔，而后又去了黑河，之后又返回齐齐哈尔。后来老叔随老婶去了北京，老姑去了大庆。我和妹妹及一个弟弟都先后离开故土，在外地生活。

故乡对于有些人来说永远只是想念，而对于我来说它是可以想念并且可以随时踏上的土地。父母恋着这里，恋着生活在这里的我的老弟，所以我回来的理由就显得很自然，但这肯定不是我回来的全部理由。故乡的养育是多方面的，除了父母所给予的，还有许多值得留恋和回味的。一个人的一生肯定有许多心事，但我庆幸故乡在我心中永远是一个执念。这是我蹒跚学步的故土，这是母亲领着我在漆黑的夜里深一脚浅一脚踏着的故土，这是牛马劳作一生犁杖埋首深耕的故土，这是有暖阳也有冰雪的故土，这是有蛙唱也有虫鸣的故土，这是悲悲欢欢的故土……千万次的脚步都不显重复，就像一次次的吻，在痴迷中忘情，在忘情中痴迷。

勇家屯西有一座破房子，它像在等待谁归来，它因等待的失望而颓圮下去。我相信那房子的主人连同他的家人是走远了，否则房子不会破败到如此程度。

我带着复杂的情绪向故乡之河走去。春天的大片土地都在暖阳的照耀之下，那是已经耕翻过的土地，正静待种子跳入它的怀中。总有一批人在故乡守望，在故乡稼穑，在无数次的重复中活在对未来的展望里。看到他们，我仿佛有一种歉疚，他们从额头和肩膀上留下的汗水，带着他们生命的温度滴进了土地，他们的命运和这片土地永远维系在一起。其实远行也是人生的常态，在去闯世界的路上体味故乡的意义。与守望故乡的人相比，远行人脚窝里的暮霭会更加浓重，他们睫毛上的霜雪会更加冰冷。他们留给故乡人的是一个背影，回望故乡只需一个转身，但就是为了这样一个转身，有的人经过了几十年。

刚出来的时候，天空还没有一朵云。快到河边的时候，我发现东南方向一朵好看的云。我慢慢沿着河边走，这时天空中的云已越聚越多。到了河流一个拐弯处，我停下来，透过树梢拍那些白云。今天的云真白呀，仿佛刚刚在哪里沐浴过。春天的小河显得格外清澈，像是因为这些白云的到来而精神焕发了。对于这些白云来说，在故乡的小河上临妆总与在大江大河上临妆有些不同，这种亲切感是大江大河所不能给的。

这是我故乡的云，这样的聚会好像是商量好了一样。经历了多少漂泊才来到故乡的小河之上，也许停留只是短短的一瞬，然后就各奔前程。不知还会有谁在故乡的小河旁像我一样望着故乡的云朵。那些为生存而忙碌不能回到故乡的人可能望过那云朵，那云朵也许带来了他们的思念。

故乡的云很快就会变成异乡的云了，这是让人无奈的事。但故乡的牵系是不死的，就像这条永远牵系我们的小河，就像居住在河边牵系我们的亲人。

冬天的乌龙沟

又是一个冬天，又来看我的河。

乌龙沟又一次被雪覆盖，这样的寂静好像是为我准备的。

我走到了沟子里，从东往西走。雪上有车轮的痕迹，也有牛踏过的痕迹，最近的一场雪也没有把它们完全覆盖。不知谁家的车，走了一段再也看不见车轮的痕迹，但牛的蹄印依然。

沟子的两边依然是无人割去的蒿草和零星的苦房草，还有些柳条，它们与冰冻的小河一同构成这个冬天的景致。

走了半天，没有看见冰窟窿。可能是小河水浅，有鱼的可能性很小，便不再有人来此白忙活。

冬天是休闲的季节，很多人都忙于搓麻。除了放牛者，有几个人会来到这里呢？在这里我没有发现野鸡的足印。由于柳丛的消失，这里已多年不见野兔的踪迹，但以往冬天野鸡留下的痕迹倒是不少。听说野鸡被偷猎者打死了不少，真的希望有人关注此事。

来到一个拐弯处，在这里我发现了四根芦苇，岸上三根，沟中一根。在我的记忆中，乌龙沟边上和水中很少有芦苇，但这几年逐渐多了起来。岸上三根芦苇的穗头高高扬起，朝着南边阳光照来的方向。沟中的一根穗头向着东方，像在急盼着什么，像一个人因为着急而跳入了沟中扎下根来。岸上的三根芦苇和沟中的一根芦苇，

9

它们离太阳谁近谁远呢？如果从向南的距离看，岸上的近些；如果从朝东的距离看，沟中的当然近些。我注意到了这里的微妙，思考已不限于芦苇本身。那几根芦苇，冬天的风怎么就没把它们吹倒呢？其实它们是善于在风中找平衡的，在其他季节的风中，它们已练就了这样的本领。你可以让它们摇动着身子，但它们的根子告诉你，它们的位置并没有变化。芦苇是智者，风中唰唰的叶子声都像在咀嚼什么，那生长的高度似乎是领悟什么之后的结果。我最佩服那一根孤独的芦苇，那也是耐得住寂寞的芦苇，最深刻地体会了岁月流水的温暖寒凉。这里是乌龙沟一个较深的所在。童年的时候常在这里看父亲用旋网打鱼，看那些比我大的孩子用抬网抬鱼。一条河总要拐无数个弯儿，人生在拐过了无数个弯儿后来到这里，就理解了河流，也理解了自己。

经过河边的一片白杨林向西走，又来到了另一片白杨林里，沟子在这里又拐了个弯儿。我停下脚步，拍摄高高杨树上的鸟巢。作为一个孤高的存在，那喜鹊之巢让我格外珍重。此刻喜鹊不在巢中，它也许出去觅食了。很难想象喜鹊冬天的生活，尤其很难想象在冬天最寒冷的夜晚喜鹊是如何度过每分每秒的。这些家园的守望者，在高处筑巢，在低处落脚，在冬天的雪路上寻找着充饥的玉米粒……高处可胜寒？低处有冰雪。那些被人们遗落的玉米粒可否出现在它们的命运里？由此我想到，所谓喜鹊，遇到的并不都是喜悦，它们每时每刻都在经历生存的考验。记得不久前，我曾在离此不远的沟子边发现了一只死去的喜鹊，不知它是冻饿而死，还是因疾病而亡。

我穿越白杨林就此与乌龙沟作别。走到白杨林的尽头，我发现了一片香蒲，那雪中伸出的蒲棒尤其美丽，它们装点了雪的世界，在高高的白杨树旁自成一格。有两个蒲棒如雪似棉的蒲绒已经露出来，那是蒲棒被风吹破了，或者说它们是借风剖白心迹，然后让那些雪白的绒毛飘远……就这样，那些种子在河边的湿地上扎下根来，一片片复制着自己。

香蒲的旁边是一个扣过来的破筐。一个筐会使用多久呢？曾经的盛装也曾使人生变得满足，如今它残破了，再也无法盛装什么，它被人遗弃了。河边一个残破的扣过来的筐，倒使我有了一种奇怪的想法。常言道竹篮子打水——一场空，即便是完好的柳条筐，谁会用它打水呢？只是用这柳条筐一样的想法来打人生如水的希望注定是一场空的，因为这样的想法之筐是有漏洞的。由此我想到人世间不少人的想法，从一开始就漏洞百出，但他们却不以为是漏洞，他们以为他们的想法就是一只滴水不漏的桶。

时光如流水，时光会说明一切，望流水而兴叹者，有多少是因为吃了那漏洞的亏呀！从这样的意义上说，扔掉有漏洞的筐就不足惜，相反应该为此欣喜。

通肯河赤子

　　和宋歌老师相识大约是在一九七五年的时候。一次公社举办文艺创作学习班，我在课间跑到了公社那座黄色的小楼里，有幸看到了从县文化馆来的宋歌老师。那时我还在上中学，我们学校与公社仅一道之隔。尽管我不是那次创作学习班的成员，但能见到宋歌老师就是很荣幸的事了。不久宋老师调到省里一家出版社工作，他也曾来海伦办过创作学习班，我有幸成了其中的一员。

　　一九七八年我到省城一家杂志社帮忙，和宋老师见面的机会多了。那时他家还没搬到哈尔滨。我有时会在星期天去出版社他的办公室小坐，他也曾到杂志社来与我唠嗑。

　　宋老师在创作的前期主要写诗，他最佩服的诗人是王书怀，他崇尚的当然也是民歌风。他的诗集《春风春雨》出版于一九七七年，虽有时代的印痕，但那种乡土气息还是让人感到特别亲切。

　　我在大学毕业后的前几年曾给宋老师投过稿，那时他是某出版社一家少年儿童杂志的编辑。他发过我几首诗，早期的创作得到过他的指导。他曾给我写过几封信，对我的创作给予鼓励。

　　后来我们的联系渐渐少了，但我对他的创作特别关注。宋老师后来转入了小说创作，但他在小说创作中依然显示出一个诗人的气质。我看过他的一些小说，其中长篇小说《混沌》《日食》和《月晕》给我的印象最为深刻，它们以通肯河流域为背景，把乡土乡情写得细致入微。宋老师在《月晕》中写了黄亮屯，那是他度过童年的地方。

宋老师在伦河中学当过老师，后又到县文化馆和省里的出版社工作，可以说在哈尔滨待的时间最长。但在宋老师的文学表达中我还没有看到过有关城市的内容，说到底他是一个乡土赤子，而这乡土就是海伦西南通肯河流域，其中心就是黄亮屯。宋老师的乡土不是他一个人的乡土，他的表达带着流水的意蕴和泥土的气息，带着无数人命运的造影，那种来自生活的鲜活极富感染力。

有一年我给宋老师打电话，他说很想我和其他几个熟悉的人。其实在海伦这片土地上，好多作者都受到他的影响，可以说他带出了一批有创作实力的人。后来我才从别人口中得知他有病了，但恢复得挺好。其实我是很想去看他的，但又怕他伤感影响病情，就一直没去。这些年他总在电话中鼓励我创作，而且说我这样的年龄正是创作的好时候。我知道自己的年龄已不小，但宋老师的鼓励让我不敢懈怠，而且宋老师正以他写作的实绩影响着我。这几年他出了几本有关红学的书，他给过我一本，还说后出的也要送我。因为编写《新时期绥化文学史》的事我与他联系，后来这套书寄到他手中，他很高兴地打来电话，说到这套文学史的意义。我本来还要把我这两年出的两本散文集寄给他，由于琐事缠身，一直没有寄出。

昨天我从网上得知宋老师已于十月十一日去世的消息，真的很吃惊。我想到几个月前我们的通话，想到他的鼓励和教诲，简直不敢相信他已逝去。

回想这些年来，宋老师有着太多的不容易，尤其是中年丧妻，给他的打击太大了。也许创作能消减他的痛苦，给他带来一些安慰吧。

按着他的遗愿，他与故乡通肯河边的那片土地融在了一起。那是留有他童年快乐和自由的土地，那是春天柳丛吐绿百鸟欢鸣的土地，那是在走向外面的世界前体味了乡情的土地。这些年他曾有回乡看一看的打算，但由于各种原因而没能成行，这回他终于回来了，他以这样的形式拥抱了土地，土地也永远拥抱他。

宋老师向来是个低调的人，他一生写了那么多的作品，对他作品的评论不多，但他不在乎这些，只在乎创作本身。我曾想他的《混沌》《日食》和《月晕》是完全可以改编成电影或电视剧的，但在这个日益复杂的年代，好作品不一定都被欣赏。一个大地的赤子，通肯河流域的那片土地对他有着神性的吸引力，他的表达带着赤子的情怀，而这样的情怀是毫无功利之心的。他似乎不想被人们记住但被我们记住了，他的生命以另一种形式活在他的作品里。这位通肯河赤子，他让通肯河流向了无数的目光，他让那片土地的风雨冷暖走进了读者的心地。在阅读日益轻浮化而阅读倾向不断发生变化的年代，这位实力派作家可能不会被太多的人知道，但这算什么呢？大地会记着这位通肯河赤子，他的文字也足以感动那些懂他的人。

下午的那木台

　　那木台是一个村庄的名字。从我家所在的小城兰西往东北走六十多里，便到了那木台。

　　我是第一次来到这里。出租车从村子往北再往西便到了呼兰河边。有几条机动船往北逆流而上，它们都是采沙船。

　　往北不远处便是长岗水站了。这个水站是几十年前所建，已显破旧。一些工人正在水站西侧忙着什么，一问才知道，是要建一个泵站，把呼兰河的水引上来种水稻。无疑这是充分利用呼兰河资源了，河水的恩德真是源源不绝。

　　从水站往西走是河流的拐弯处。这个拐弯处还有一个沟汊，沟汊中有一叶小舟。绕过沟汊，我来到一片河柳旁。河柳的干粗大，四处伸展的枝条大多呈弯曲状。令我高兴的是，另一个沟汊向西北延伸，沟汊边上全是河柳，与大河旁的河柳形成呼应之势。几十年前，大河两边都该是这样的河柳，那时这里春夏之际一定是百鸟翔鸣，这里也成了野兔野鸡和狐狸的藏身之地。后来随着开垦脚步的加快，河柳逐渐减少了，幸运的是毕竟还保留一些。

　　又到一个拐弯处，河边是一个巨大的沙山。我小心翼翼在沙山的边上走，来到了一个没有沙子的地方。这里的河道太宽了，有二百多米。在我所看到的河流中，河与河的交汇处往往比较宽，没想

15

到这里也这样宽。原来这里是采沙区，河道无淤塞，这样汹涌的河水不断冲刷，拓宽了河道。这就是改变，我能说什么呢？有两条采沙船正在采沙，机器的轰鸣声震耳欲聋。沙山似乎不能再高了，但采沙的脚步并没有停止。

　　来之前就听说六七月份有人在河道里挖到了猛犸象化石，并因此被抓走。六七月份本是雨季，但今年雨量少，使得大河几近干涸，这就给那些做发财梦的提供了可乘之机。他们拿着铁扦子在河道里到处探寻，还真给他们带来了惊喜。一时间不少人纷至沓来，金钱梦让他们的眼睛放出攫取的光……猛犸象的牙齿、肋骨等化石大都被倒卖而杳不知其所之。从资料上得知，猛犸象是一万多年前的动物。可以想象，一万多年前，那些猛犸象是如何在这条大河边繁衍生息，又是如何被人类捕杀，最后又是如何在觅食的路上倒在了大河中，然后一点点被掩埋。埋葬就是最好的珍藏，没想到它们被挖掘，还被倒卖。河流是一个天然博物馆，河中藏着鱼儿，河底藏着许多我们不知道的东西。汹涌的河水曾保护了那些猛犸象化石，但遗憾的是天空里少了雨意，河道在对雨的渴盼里遭遇了不测。到底有没有这样的事呢？我想问忙碌中的采沙者，但终没有开口。

　　再向北走，呼兰河窄多了，有四五十米宽，这是河流的原生态。河西岸有一片粗矮的河柳，很是喜人。如果河水有知，不知它们对突然变宽的河道会有怎样的感想，它们自身又会有什么变化。也许它们会感到新奇，也许它们会感到不知所措，也许它们的脚步会变得凌乱……就这样它们便有了汹涌，便不断冲刷着河岸。河道变宽，其实并不是河水的错，而是人的错。

　　我在返回的时候遇到了一个对我好奇的中年人，他逐渐向我走近，似乎是想问我是干什么的。我主动说我是来玩的，他也说他是外地的，是来这里溜达的。看样子他倒像是当地人，当我问有人在河道里挖猛犸象化石的事情时，他说不知道。后来我又问附近一个拔葱的农民，他也说不知道。

我和司机返回到那木台小村，一位五十多岁的农民告诉了我有关盗挖并倒卖猛犸象化石的事。他说确有此事。他说本村有两个人因此被抓，还有在逃的，外村也有被抓起来的。他说有人举报，有照片为证。我感谢告诉我真相的农民。问到那木台这个名称的意思，他说来这个村子三十多年了，但他并不知道它的意思。

我和司机就这样走在返家的路上。夕阳好像被什么刺痛了，在就要落入地平线的一刻变得血红血红。

一年以后，经请教蒙古语专家，我才知道"那木台"是蒙古语平安、平静、安静的意思。我祝愿那木台小村像它的名字一样平安、平静、安静，但愿采沙船不再打扰小村的宁静，但愿睡在河底的猛犸象不再被打扰，但愿我担忧的心也因此平静下来。

河边的"练兵台"

　　我和司机是在傍晚来到后练兵台的。后练兵台是一个村子，它前面的村子叫前练兵台，这两个村子的名字有明显的历史痕迹。

　　早就听说这个村子的后面有一座土山，当地人说是当年金兀术的练兵台，我这回是想看个究竟。来到村子的西边，向几位老者打听去那座土山如何走。几位老者再次说到了金兀术的练兵台，看来这应该是一代代口口相传了。

　　沿村西往北再往东走二三里就可到那座土山。它在平地上突兀而起，一下子就引起了我的注意，确有惊奇之感。

　　沿着北面的山脚往东走，便看到了一个标志，上写"练兵台遗址"。从介绍可知，此山为夯土筑成，当地人都把这个土山叫金兀术的练兵台，但专家根据采集的陶片推断，认为是春秋时期夫余族祭祀遗址。这海拔一百多米的土山当年是如何取土筑成的，的确是个谜。山四周的土地都是平的，并不见深坑，很难想象山之土是从哪里取的。不管怎么说，它是当年无数人的辛苦筑成的。由此山可知，早在几千年前这里就有人类活动了。

　　祭天是古代的传统，祭天时筑圆形高台，称为"圜丘"。那时科学还不发达，人们把希望都寄托给老天，这样的高台显得离天近了。可以想象祭祀时场面的隆重，也可想象从外表到内心的虔敬，在跪拜中一次次坚定了信仰，在祈祷中一次次希望风调雨顺。真的是主动的大行为，是想让命运中那么多的被动转化成主动，是想让生命中那么多的不幸转化成有幸，是想让生命中那么多的无奈转化成积极的因素，转化成生命的大安慰……这一切就好比把一河坚冰转化为一河春水。

山上多榆树，但榆树长得并不高大，很容易让人忽略它们的存在。当春天的阳光照来，它们弯曲的枝条也会抽出嫩绿的叶子，所有的枝条都会尽力上举，那最高处的叶子好像在梦想里吻到了蓝天的额头。此时榆树的叶子已落了大半，那些没有落下的叶子也经不住不久就到来的北风。在冬天，这里的雪一定会很厚，这里的榆树会在隐忍里梦想春天。还有那些蒿草，年年生长年年干枯，干枯之后又是生长。

土山西边不远就是呼兰河了。可以想象这条河是如何滋养了古人的生活。一条河从古至今，它的流淌是自然的流淌，它的拐点旁往往有村庄，真是万古炊烟起，人间日月长。一代代生生死死，一代代希望不灭，所以就有祭祀，所以山的突起就成了千古情结。我注意到，一些死去的人埋到了山上，这样的选择是自然的，蒿草和榆树陪伴着死者。至于金兀术的练兵台，这样的传说给这座山增添了历史的色彩。

当我走下山在夕阳中回望的时候，不由想到了生死的问题。这是一个困扰了我多年的问题。既然生是一个必然的过程，死就是一个必然的结局。惧怕死亡是热爱生命的表现，但如果人死于惧怕死亡，那就是一个悲剧。还是要珍重每一个日子，不管是仰望苍天，还是脚踏厚土，都该是一个感恩者，是一个有情怀的人。

山北面是一片荒地，刚刚被人改造成稻田。站在这片几千年前就有人烟的土地上，我深感时间流逝之快和人的渺小。老天用它的太阳、月亮和星星之眼看着地球上的亿万生灵，而这亿万生灵有的消失了，有的还在一代代繁衍生息。人类作为万物的主宰已走过了亿万斯年的历史，那是无法说尽的含辛茹苦，那是悲悲喜喜的跌宕起伏，那是生生死死的自然转换。我从思绪中抬起头来再看那片稻田，它在来年以至更远的将来无疑会给主人带来丰收的喜悦。天将雨赐给了土地，那么多的雨汇入奔流的大河，大河里的水又浇灌了稻田，丰收的稻田是天和地结合创造的作品，而人利用了天地，加上自己的劳作。我们早已过了筑坛敬天的时代，但我们对苍天和厚土的敬重不应有丝毫的减少。在这个污染日益严重的时代，该深思我们如何才能对得起天地。

我和司机沿着田野上的一条路往回返了。此时前练兵台和后练兵台两个小村都已在夕阳最后的光辉里，而我的回想也在这最后的光辉里，直到逐渐被暮色笼罩。说到"练兵台"，我们的内心不就是练兵台吗？我们的各种思想就是士兵在这里不断演练，然后走入人生的战场。在这暮色里，前练兵台和后练兵台两村西面的呼兰河正向前流淌。

四月看河

　　从县城往北走十多里，我们看到了公路东侧的一棵老榆树。车上的一位老人说这棵树有二百年了，他说他小时候树就好粗好粗。这是他的故乡之树，多年前这棵树就被人们奉为神树。树的枝杈上系满了红布条，那是一种祈福。老人已八十多岁。他说当年他从几十里地之外的草原上放羊，常常向这棵大树的方向遥望。以遥望的形式把故乡装进心中，这该是怎样的情真意切！

　　车行了不一会儿，便到了离呼兰河不远的地方。这回我们特意选择了一条不同于以前的路去往呼兰河边。还是看到了一些山坳，山坳里长满了树，最多的是杨树。说山坳像个大笸箩，真是再恰当不过。我看过拉哈山一带不少山坳，树的种族在那里繁衍，像是在为岁月值班。这一带的地名也颇有特色，像葛家崴子、车家崴子、冯家崴子等。崴子，山水的弯曲处，这些村庄都带着山河特有的气息。真羡慕住在这里的人，仰望有树木葱茏，俯视有大河奔流。

　　站在拉哈山向下望去，我看到了以前不曾看到的一些河汊子，看来立足点不一样，看到的就不一样。那些河汊子让我想到水的无处不在，想到呼兰河对那些河汊子的召唤。

　　呼兰河已开了差不多十天了。前些天来时听一位老人说起了呼兰河，他说大河往西滚。一个从小在河边生活的孩子，几十年就在倏忽之间。他说河靠山根走，冲刷得越来越厉害。因为河向西滚，东边的部分河道就裸露出来了，那下面全是沙子。沙子真是好东西，只是希望不要过量地开采。

冰的铠甲在冬天护住了流水，暖阳照来的时候，冰铠甲成了流水的一部分，让人无法分清哪儿是铠甲变成的流水，哪儿是原来的流水，这才叫亲密无间，融合的深情由此可见。我望着南去的流水，相信那些树木也在望着，在年轮的深处把它们记住。

沿着河边的路往回返，我让车停下来，独自来到了另一河段，在我站过的地方站一站。那个我拍摄过好多次的河段还在四月阳光的照耀里，一切都像愿望在等待时间的浇灌。向远处望去，我去过的小房子还在，我打扰过的那两个午睡人是不是还要在那个小房子里继续他们养牛的梦想？那小房子前的野玫瑰一定还会在夏日里开放，那是远离尘嚣的开放，那宁静中的芬芳是多么有底气的芬芳。从那里走过一次，就知道比遥远还遥远的所在，我的双脚和心要很好地体味。

思绪回来，看几个老妪在附近挖菜。从小姑娘到少妇，再到老妪，时光如鸟飞远，又如鱼游远。她们是谁的妇人？又是谁的母亲？她们哺育了自己的孩子，她们也被呼兰河和沿河的土地哺育。恩泽从一条鱼开始，从一株野菜开始，从一粒玉米、大豆和谷子开始……在有意和无意之间，她们和她们的家人记住了这条河，我也是。快四十年了，我比别人更敏感地感知这条河，难道只是因为我是一个写作者吗？我想不仅如此。但也不得不承认，写作加深了我对它的爱。这是妻子家乡的河，命运让我来到它的身边。

拍了几张照片之后，我便从河边走出。这时我看见有几辆车相继开来，原来是几个家庭来此地游玩，其中不乏孩子。

孩子会长大的，多少年之后他们会想起父母领他们到河边游玩的情景吗？不管他们是否想起，这条大河都会一如既往地奔流。不管他们将来走到哪里，都该以自己故乡的河为骄傲，就像我把这条异乡的河作为骄傲一样。

临近清明的河

又一次来到呼兰河的边上。

这是一个半阴半晴的天气。这样的阴不是一般的阴,是那种带着烟气的阴。

这是农民整地的时节,一些秸秆被焚烧了,那些烟气应该与此相关。秸秆问题已是老问题,但现在还没有有效的解决办法。想起早些年缺柴,田野上宝贵的秸秆都会成为灶里的火,哪里会有现在的问题。现在秸秆过剩了,真是此一时彼一时啊!

站在拉哈山向下望去,不见了以往来时都会看到的那只大船,也许它停在了我们不知道的地方。山下那个房子里给人看沙子的人还是不是从前的人,也不得而知。冬去春来,那些柞树和榆树依然站在山坡上,那些枯黄的叶子大半在树下,还有零星的枯叶留恋在枝头。即便留恋,枝上的叶子也已经属于过去,新的叶子在五月前后就会长出来,所谓一代新叶换旧叶。那些零星的枯叶会在一场场春风中落下去,扑向大地的怀抱。树下的枯叶很厚,那是多少年的积累,最下边的最先腐烂,成为土地的一部分。偶尔会有小鼠子从落叶上跑过,引得一阵窸窸窣窣的声响。偶尔也会有野鸡落在上面,把厚厚的落叶看成地毯。因为树是长在一个斜坡上,水的渗透性不是太好,所以树木长得都不高。其实树木少的生长几十年,多的已有百年了。它们在墓园之下把身子执拗地面向东方，那是每天太阳升起的方向。在墓园与河流之间，树在显示生的意义。我已好多次来看树，有时还走下石阶细看。真该感谢那些修石阶的人，不光是给人们上山下山提供了便捷之路，也为近距离地观赏树提供了方便。山坡上的树不在乎别人是否看到，只在乎生长。每次从这里走回生活的小城，我都有重新诞生的感觉，一是因为山坡上坚定的树，一是因为山下灵动的河。

今天的太阳在烟霭的笼罩中，我们所看到的太阳就是一个半透明的太阳。其实已不是第一次看到这样的情景，以往清明前来到这里也遇到过此类情况。

大河绝大部分还是厚厚的冰层，只有个别地方开始融化。在一个小小的融化处，我看到了蛋黄般的太阳，只是那"蛋黄"好像掉在地上而被人捡起来放到那里的，那就洗个澡吧，趁烟霭还没有把那融化的地方污染。

这就是临近清明的河。当冰河渐渐融化，但愿这些烟霭渐渐散去。无论是天气，还是这条河，还是人的心情，都需要清新明朗。

五月看河

今天是星期天，我又要去看呼兰河了，我要看的是榆林镇东面的一段。

坐上出租车，真巧了，司机说他就是那边的人。这位师傅姓赵，言谈中我知道他的家在一个叫马鞍山的村庄，种完地在街里开出租车。说到呼兰河，他说他太熟悉了，小时候在河边打鸟，捡野鸭蛋，撵兔子……他说那时呼兰河两岸全是柳条通，里面狐狸和狼都有。他说在一九八五年后有了变化，河边的土地逐渐被开垦，到一九九〇年形成高潮。

从榆林镇一个街口拐向东面的路。榆林镇以东有一些丘陵。赵师傅说这附近有好多沟子，统称八岔沟，八岔沟的水都流向远处的一个水库。不一会儿车行在一个坡子上，赵师傅说从前这坡子挺高，后来修路削去了不少，他说过去有些马下坡时都坐不住坡，可见坡之陡。

一会儿就到了一个叫城山的村庄，而赵师傅说的水库就在这个村庄的西侧。我沿着水库北往西走，身边是柳丛和芦苇丛，只是去年的芦苇已枯萎，新生的芦苇还在人们的期待里。柳丛里有一些小鸟，不时还有鸟鸣传来。走到水库的西侧，见一个人正在垂钓，已钓到了几条鲫鱼，旁边还有一个观钓者。

众水汇集的水库，水面很开阔。它在这里等待水，水在远方向这里奔流。说水库是水的博物馆是恰当的，只是这样的博物馆已经分不清水的彼此。赵师傅说这个水库已有几十年的历史，也就是说这里有几十年前的水，除了一部分蒸腾为天上的云，大部分用于灌溉，这里的蓄水量还是值得骄傲的。赵师傅说水里的鱼很多，最大的有一人多长，真想一睹它的真容。水里总该有一些东西，那些鱼让我们猜想水里的秘密。从这样的意义上说，那些大鱼不跳出来也好，正好保持水的神秘性。真该感谢八岔沟，它为向往的归宿奔涌出一条条水路，大地的褶皱里总有不可忽视的执着。对于有些水来说，这里也不一定是归宿，因为水多的时候，这里的一些水要通过一条沟子流淌到呼兰河。

赵师傅领我去看山湾古城遗址。我们先经过城山屯，这是一个建在高岗下的村庄，是我的一个学生的家乡。

很快山湾古城遗址出现在视野里，它位于城山屯南面不远处。我们特意到了南面和东面，城墙的痕迹还在，只不过上面已是高高的白杨。该遗址是一九八二年全国文物普查时发现的，普查组认为此处为辽金城址。赵师傅说以前田地里还发现过一些铜钱。我的学生是上个世纪八十年代初出生的，我想她肯定和伙伴们在这个遗址上玩耍过，春天的风吹过她的辫梢，春天的花朵别在她的发间。当年的女孩早已成为县城中学的一名教师，我想她不会忘记她在这里玩耍的瞬间。历史就在我们脚下，我突然发起呆来，抬头望天空的行云，低首想大地上的生生不息。

从城山屯出发，再向东穿越一些人家。赵师傅说西南的山就是马鞍山，它因形似马鞍而得名，而他家的村庄就叫马鞍山。抬眼望去，马鞍山上有零星的树。赵师傅说原先有很多杨树榆树，后来砍掉了，现在栽了些松树。真的希望山上的树木多起来。马鞍山北面的屯子，也就是山湾古城南面的屯子叫马刚屯，估计与一个人的名字有关。我想如果"刚"是"纲"就好了，因为那屯子位于马鞍山的绵延地带，那种绵延就像马纲绳似的。

行到一处田地旁，赵师傅说这里以前是沼泽地，水里的鱼很多。他说这里只要有水就有鱼，这使我想到鱼子的无处不在，想到人间的希望永远不死，想到鱼子对水的等待也许千年。这里刚刚被开垦成农田，可惜那些鱼子被埋到地下了。

车行在一条田间路上，很不好走。赵师傅又选择了另一条田间路，这回好些了。路上看到几个人，其中一个是放牛人。田地间有些小河沟，赵师傅说水大的年头，这里都是满满的。

在一座大坝旁，车停下来，赵师傅领我去河边。尽管我去过呼兰河的许多河段，但来到这里还是很惊喜。我们站在了河的一个拐弯处，河面开阔，对岸是很大的沙滩，沙滩的南面是柳丛。赵师傅说河水往西滚了，原先的河道就在那柳丛处。我已不止一次听说河水往西滚的问题，这里的一些土地因此被河水一点点地冲刷掉了，而原先的河道就成了沙滩。这就是变化，也许多少年后，我们站过的地方会成为河水流过的地方。

一条呼兰河泽被了两岸的人。想想辽金时代那些生活在山湾的人，他们与这条河该有着怎样的联系，河水滋养的生命该如一棵棵青葱的树。

我沿着河向东行去，见一叶小舟停在河边。岸上是几棵已经刮去了皮的比手臂略粗的杨树，一头被削得尖尖的，可能是固定丝挂子用。只是不知船主到哪里去了，颇有"野渡无人舟自横"的意趣。再往东走，见远处一个人正在河中察看下的网，不知他是否捕到鱼。由于时间的关系，我只能就此止步了。赵师傅说他的一个哥哥就在不远处打鱼，那里有他哥哥的小房子，他邀我去那里吃饭，被我拒绝了。他说吃饭不花钱，划船不花钱，因为他自己就会划船。除了种地，赵师傅还靠开出租车为生，但他不是那种见钱眼开的人，我真的要高看他一眼。

上了车往回走，我问赵师傅一个叫三岔河的地方。我在我的散文集《河流的表情》里写过它，那里曾有过渡口，我是依据《兰西县志》的记载而写的。但我问过许多人，他们都说不知道。我真的绝望了，甚至认为我写的这个地方可能没有，认为《兰西县志》的编写者可能写错了。赵师傅说有这个地方，就在离我们刚才停车处几里远的地方。从前那里有三户人家，俗称三马架。他说三岔河从前的渡口很兴隆，那些买盐者，除了挑着挑子步行去哈尔滨，再就是在这个渡口坐船去哈尔滨，可见当年交通的不便。因为呼兰河自然改道，三岔河这个地方已不具备渡口的意义，所以这个地方人去河枯了。我感谢赵师傅给我的惊喜，这在我看来等于"独家新闻"，十分珍贵。赵师傅不但解除了我的疑惑，也让我追溯从前的生活，想从前那经营渡口的人，想那些坐船的人，想他们曾有的人生梦想。从前的渡口从前的风，那船上的人来自北西东（赵师傅说从前南面还有一个大的孟家渡口），那风拂过他们的面孔，那流水就在那船下哗哗响个不停，所有的望眼都那样急切，所有的绿树都在春天张开了眼睛。

我跟赵师傅说过些天让他领我去看三岔河渡口。

寻找三岔河

在车上的时候，赵师傅说呼兰河在榆林的不同河段都有名字，比如鲇鱼哈、三岔河、大白水、耳朵眼儿和紫泥滩等。不知当年这些名字都是谁起的，我欣喜于这样的民间命名，多么形象，多么生活化啊！

在田野一条土路的尽头停下车来，旁边有一条小河，赵师傅说它叫四河子，它与呼兰河并不相通。就是这样一条小河都给起了名字，这让我心里涌起了一种温暖，因为所有看似不起眼的小地方在民间都找到了存在感。尽管天旱，小河里还是有些水，岸边正在生长的菖蒲，那油绿的叶子煞是可爱。

我们步行去看三岔河渡口。穿过一片田地，一条河展现在眼前，赵师傅说这就是三岔河了。仍是一条大河的规模，但眼前的它已经干涸了。流水选择了一条捷径而放弃了旧有的河道，这是旧有的河道万万想不到的，现在它仿佛是一位年迈的母亲敞着空空的怀抱。经过亿万斯年流水的冲刷，这一段河道成了时间深深的印记，那些浪花的拍掌是对这河道的高度认可，那些双桨的划动是对这河道最动情的回味。三岔河渡口，当年曾有过热闹和快乐，一只只船摆渡过多少人生。赵师傅说划船人有个不成文的规定，就是乘客没钱也会把他们摆渡到对岸，这让我想起沈从文笔下湘西那个淳朴的老船夫。当年那些过河的人，肯定有一时掏不起钱的人，或者由于时间仓促没有来得及带钱，但他们事后会把钱拿来，或者给船工带来两瓶酒，以示感谢。

我们站在河岸一个突出的地方，赵师傅说这该是当年上船下船的地方。当年的几户人家，在这里是如何经营着这个渡口，他们的辛苦，他们在日子里的憧憬，都属于我们的想象了。他们无论如何都不会想到河流会改道，也不会想到他们在三岔河渡口的经营会就此结束。当年的马架子早已不见，我在猜想它们该在哪一个位置，我在想当年那几个马架子上的炊烟如何被风吹得一丝不剩，还有那些犬吠、那些鸡鸣……

和我们刚下车时看到的稍有不同，河岸突出的那个地方，下面还有一点儿水，河道在干渴中做着流水涌来的梦。我们走下河道，向东走过一片很大的沙滩，之后上岸。这岸原来是东岸，现在成了主流的西岸，变化就在几十年之间。在我们左前方不远处干涸的河道上，一头老牛正向我们投来陌生的眼光。

穿越一片杨柳和田地，我们来到了一座土坝上。土坝下面本来是有路的，但也被开垦成田地，看来河边的土地是被充分利用了。

我们来到了旧河道和新河道的连接处。赵师傅说现在的河道原来就是一个小沟子。风水轮流转，没想到它后来成了主河道。我们站在坝上看，由于流水的日益冲刷，现在的主河道，地势明显比旧河道低，而旧河道几十年缺少流水充分的冲刷，已日渐淤塞。河水由北面流来，再向东南而去，在这里与旧河道形成了交叉。赵师傅说这样的交叉就像人字形，这样的比喻是再恰当不过了，只不过这样的人字更多了沧桑的味道。这大地之河启迪了领我来看河的人，领我来看河的人也启迪了我。我相信自然和民间对我的启悟，就像白云相信深邃的蓝天，就像流水相信吹拂的轻风，就像鱼儿相信清澈的流水。刚才我们往这里来的时候，看到有一条沟子连通城山屯西面的水库，而那条沟子正好进入这条老河道。新河道、老河道和那条沟子，这不就是三岔河吗？

赵师傅的家就在离我们不远的地方。他小时候，爷爷奶奶在河边种地、养鸡，所以他经常到河边来。他说他爷爷有一年遇到了抢劫的人，正赶上他奶奶不在，他爷爷还被绑了起来，最后抢劫的人在褥子底下发现并拿走了爷爷仅有的八十元钱。后来这个人又在别处作案，因而入狱。这使我想到河边不同的人生。

我从土坝上下来，来到大河边拍照。河流是大地上出色的拍摄者，它拍风雨云霓，它拍日月晨昏，那每一朵透明的浪花都是世界的影子。我敬重河流，我也理解河流关于道路的选择，但我也热爱旧有的河道，它们使我在一个更大的意义上理解河流，理解自然和岁月的变化。

从河边走回土坝上，我和赵师傅在那里站了好久。土坝内还有一些山丁子树，但个别已枯死了。但愿秋天我再来的时候，那些山丁子树向我展现的是红红的果实，而那一嘟噜一嘟噜红红的果实该是对那死去的山丁子树最好的安慰。

我和赵师傅回到了旧河道的边上，我们互相照了相。河边的风吹起了我们的头发，把头发吹成了回望的形式。本可以从别处走向停车处，但我们还是沿着来时的旧河道走了一段。看河道里密密的深深的牛蹄印，想除了牛和放牛人经常造访这里，再就是种田人偶尔从河岸经过。雨季到来的时候，这里也会有一些流水，但它们的停留该是多么短暂啊！旧河道必须接受长久寂寞的现实。当寂寞的风从这里刮过，旧河道会不会把它想象成从前的流水？

我们走在返回的路上，走到了来时经过的一座大坝，之后沿着大坝往东走。走不远，赵师傅说眼前不远处曾是一个叫张房屯的村庄，他说这个屯子消失后才有他现在住的叫马鞍山的村庄。他说在他出生前，张房屯就消失了。由一个村庄转换为不远处的另一个村庄，一代代人生生不息。他说在那地里要是一挖，可能会挖出瓦盆的残片等东西来。其实，在我们回望的时候，我们的思想会在河流的脉络上挖出一些无形的东西来，这东西是我们的感慨，十分珍贵。

我们来到了兰西和呼兰交界处，真有一脚停在兰西一脚停在呼兰的感觉。但这片土地似乎没有太多的不同，冷暖和风雨写在了多少人的命运里。

从我们的停车处向南向东一望，近处是呼兰河的河汊子，里面充满了水，水边是一个巨大的沙山。

站在此处向西看去，可见由北绵延而来的拉哈山，它是小兴安岭的余脉。赵师傅说当年那里的一个山坳里几百个胡子曾躲过官兵的追击，但我想最终他们躲不过自己的命运。

我们来到了拉哈山上。这里是拉哈山的最南端，再往南是一望无边的平野。从此处向东南望去，可见呼兰境内的团山子。拉哈山和团山子遥遥相对，两山中间是一条奔流的呼兰河，这是一种多么美的境界啊！

拉哈山就此收尾了，而一条河流还将继续前行，就像我的思索一样。

由寻找三岔河到找到三岔河，一个悬念落了地。我记住了这样一个所在，我兴奋于自己的执着得到了回报。我相信，记住了这微小的一点，就是记住了整个世界。

两条沟子

这是五月初的一个下午，我骑着自行车出发了。每次去另一个城市上班，刚出城时都会看到公路北面的一个沟子，知道那条沟子是从兰家窝堡过来的，而且还看到村前的柳条通，所以有些好奇。此前一位朋友介绍过，说她父亲曾在那条沟子的一个沟段种过地。

兰家窝堡原来与县城是有些距离的，但现在快与县城连成一片了，它的不远处就是楼群。沿着一条路往南走，便到了村子的中央，见几位老者正坐在路边闲聊。这是我第一次来到这个村子，此前都是从旁路过。来到这个县城已近四十年了，周边的村子都没有走全，这对于一个写作的人来说是不应该的。这样想着的时候，已经到了村子的南面。

我的眼前出现了几个小鱼池，其中一个鱼池边还有一叶小舟，鱼池边有简易的屋子，看来这里是个食客吃鱼的地方。旁边的树林里有几个简易的秋千。我把自行车停在树林里，向附近的沟子走去。

沟子旁有烧荒的痕迹，一棵老树被彻底烧死了。看样子烧荒前老树并没有完全死，这回火帮了忙，但这哪里是火的过错。不知那个点火人是谁，他的眼里只有待处理的秸秆，一棵树的生死问题没在他的思维里。

我沿着沟子往西走，发现了一张挺大的鸟网，上面有两只死去的鸟。对于这些弱小的生灵来说，人间的陷阱太多，防不胜防。两只小鸟死于春天，这是它们生长、歌唱和飞翔的季节，它们的生命就这样被剥夺了。

沟子水绿绿的，所谓流水不腐，这水太少，没有动的资本。感觉沟边的一丛丛柳条还不错，翠绿、粗壮。走到柳条消失的地方，又发现了一张很大的鸟网，一只鸟正在网中挣扎。我蹲下身，是一只青大头，还是一只幼鸟。那鸟被纠缠着，我弄了半天也没能让鸟脱身，只好用牙咬断了网线。但鸟的身上还有网的残片，尤其是它的右腿还被网线缠绕着。我想解除缠绕，但鸟却啄我的手，在这样的过程中鸟还掉了两根羽毛，几次尝试都没有成功，我不得不把它放在草地上。我刚迈了两三步就又返回，想离开，但又不死心。想找到那只鸟，把它带回家处理一下。搜寻了半天，鸟最终没有找到。刚才鸟在网中挣扎就已发蒙，加上我的一番苦心解救，把鸟吓坏了。很明显这并非理想的救助，当我遗憾地从那沟子边走出的时候，又看到了另一张鸟网上先前看到的那两只死鸟，心情很糟。想那最西边的网旁边还有个鸟笼子，笼子里那招引的鸟会不时鸣叫，不知还会有多少飞翔的鸟会遭受厄运。

顺树林往东走，再也无路可走。在一个还没完工的养鱼池的旁边，我遇到一位老者，他告诉我绕道前行。我顺便问他这条沟子叫什么名字，他说叫亚麻沟。原来在这条沟子的上游曾有一个亚麻厂，亚麻厂的污水就靠这个沟子排放。亚麻厂倒闭已经许多年了，但这个沟子还在，这个通俗的沟子名记录了昔日的存在。

我沿着村路往南走，在即将走到公路时停下来。道路两旁有忙碌的农民，路东的甘蓝苗已有几寸高。我同路西一位整地的农民聊起柳条通，聊起甘蓝，聊起那条沟子……他说有人就用沟子水浇地，我问这样行不行，他没有回答我。

过公路往南走就是通往头道沟的路。走到村北，见有个蓝底白字的牌子，知道这就是头道沟了。头道沟因为村南一条同名的沟子而得名。来到村里，不见村民，凭直觉往西去。这几年出去考察河流，我能不问则不问，如果真的问，也会令人生疑：他到这里来干什么？如果知道我就是看河来了，他们会觉得这事没意义，甚至不可思议。

沿着田野间的小路骑行，如愿来到了颜家沟子。这条小河我以前写过，这个河段我却从未来过。锁好自行车，我沿着沟子向东南行去。其实刚刚停下自行车的时候我就惊飞了三四只水鸟，这回我往前走，它们就往前飞。它们当然不知道我不会伤害它们，它们远远地甩开我也是有理由的，因为这世界伤害太多了。沟子旁依然是柳丛，还有一些杨树，里面有往年被水冲来的泡沫塑料板的碎片、旧衣服、农药瓶子和枯柴等。这是一条从县城南面经过的小河，这段河与清澈洁净无关。

走了几里远，来到了沟子要拐弯儿的地方。一个用木梯子搭成的木桥展现在眼前，这几年考察河流第一次有这样的发现。世上的简易和古朴往往在不大被人注意的地方。不知那个把梯子搭在这里的人是谁，他的这一小的做法方便了自己，也方便了别人。世上有看得见的小桥，也有看不见的小桥，那桥在人心处，世上多需要这善良的搭建。平放是桥，竖起是梯，角度的转变决定向前还是向上。

向南再向东，见一个中年男人在挖柳蒿芽，河的恩泽是具体的，它可以具体到一棵棵柳蒿芽。只是另一个中年人的行为很让我反感，他穿着水衩正在鸟网上摘一只被网到的水鸟，手法之娴熟令我吃惊。中年男人忐忑发问："你是干点儿什么的吧？"其实在他迅速出手的当儿，他就已经开始提防我了。我不知道有多少人在干着明知不对的事情，但我知道我的阻止抑或规劝在利益至上者面前都会苍白无

36

力，即使放飞眼前的鸟，鸟的悲剧明天还会继续。

沟子的南面是一个村庄，叫朱家沟。南岸的房子离沟子最近的也就几十米。我看到一个老妪正背着一小捆断好的杨树枝慢慢走回家中。正是夕阳西下的时候，阳光照在那些杨树枝上。由青枝变成干柴，这需要一个过程，但这又是多么短的过程啊！多少年后，这个村庄还在，这条小河还在，还会有像她那样的老妪背着那样的柴火，还会有一个个女孩出生，女孩还会变成老妪，就这样循环往复。

我沿原路返回，和在沟边等我的自行车相会。为了看颜家沟子的另一段，我没返回头道沟，而是在向一位种田的中年男人问过路后，推着自行车沿着颜家沟子往北走。一路所见是愈来愈多的泡沫塑料，颜家沟子太脏了，脏在人很少到达的地方。我在沟边歇息了一会儿，望沟子西南面一片高大的白杨。天很蓝，而地上的这些堆积与干净的蓝天很不相称。那些白杨像是理想的站立者，用它们舞动的叶片擦拭我的不快。

前面就是公路了，我来到了一个出口，而这个出口附近就是一个污水处理厂。我不知道这个厂子是如何处理污水的，但我刚刚看到了连通颜家沟子的出水口。我希望这家污水处理厂名副其实，我也希望颜家沟子的水能够清起来。当夏日大雨到来的时候，这里的水肯定会有变化，但它也会有裹挟，包括那些泡沫塑料，于是便会有柳丛和白杨深处的堆积……这几年颜家沟子已经被县里改名为颜家河，县里投入一些资金治理城区的这一段，比如增加一些水泥护坡，两边修上了道路等。我觉得重要的不是改名，而是改变那些必须改变的东西，包括人心的改变，这是一项大工程。

上了公路便看到了一座小桥，小桥的北面就是从兰家窝堡过来的那条沟子，它在不远处与颜家沟子汇合了。

黄崖子之下的河

看过颜家沟子一段之后，我想看一下它与呼兰河交汇的地方。从地图上得知，这个交汇处在一个村庄的东南方向，离县城十余里。

骑着自行车进入前两天来过的村庄头道沟，往东再往南。感觉这条路三十年前走过，只是村路都不是从前的土路，而是水泥路了，路两边是高大的杨树，树叶浓绿。刚过南黄崖子屯，一辆农用车从南面过来，我问开车的农民颜家沟子与呼兰河交汇处在哪里，他说不知道。我往回走，问一位在沟子旁往车上抽水的农民，他的回答亦然。我问大河还有多远，他说还有七八里。我奋力向前骑行，大有找不到交汇处誓不罢休的心理。

一会儿便到了一座黄土崖上，我的面前出现了一个很大的坡，只好下来慢慢往下走，边走边欣赏黄土崖。路的东侧黄土崖真的很陡峭，不同的断面，自然分出高低不同的层次。断崖是如何形成的呢？我想该是亿万斯年雨水冲刷的结果吧。在呼兰河的一些河段，我看到过一些黄土崖，但无论是深度还是规模，都不如黄崖子。黄崖子之上是一些杨树，真的有一种黄绿交映的效果。杨树之上是蓝蓝的天和几朵白云，白云似在好奇地向下看，一如在道路上好奇的我。路的西侧是一片开花的果园，还有一些杨树。

黄崖子之上有几个村庄都以黄崖子命名，有东黄崖子、西黄崖子、南黄崖子之分。东黄崖子名气最大，它是民俗村，近年去那里旅游的人日渐增多。道路两旁是关东民俗民风雕塑，钉马掌、杀年猪、二人转表演、拉磨的毛驴、给酱打耙的老妪、抽烟的老者……形象地再现了东北早年的乡间生活。村西的东北民俗文化博览馆也有一定的特色。我最感兴趣的是早年的生活用具，像小孩睡觉用的悠车子、洗衣服用的棒槌、火盆、纺车、笸箩、磨盘等。村东头是以闯关东落脚黄崖子最早的乔家的旧宅为原型复建的乔家大院。黄崖子民俗村可谓名副其实，它形象地再现了乡风民俗，让人们走进了从前，有种很深的回味感。

崖下是一条向东的路。三十年前岳父家曾在东面的一个崖子上养鸡，我曾去过一次。最大的印象是那里狐狸多，狐狸洞随处可见。我从那座黄土崖下再往前走，见到了从旁匆匆经过的车，不便问路。只好走一个向南的岔路，之后向西，再向东。这是蜿蜒的田间路，但还比较好走。刚才在土崖上往下望时就发现了一条河，以为是呼兰河，到跟前一看不是。这不就是颜家沟子吗？我在这里撞上它，它像在这里有意等我似的。颜家沟子在这里比我看到的宽多了，而且有一处宽约百米，也许是夏天涨水一点点冲刷所致，只是水并不比别处多。在一个拐弯处，我惊飞了一只野雉。作为一个不速之客，我在呼兰河的不同河段惊飞了太多的野雉，那野雉是河流的弯弓射出的箭镞。一定会有很多野雉在这一带繁衍着生命。河边还有一些柳丛和一些杨树，那是属于它们的空间。这越来越宽的沟子，在接近呼兰河的时候是在模仿呼兰河吗？在不断前行中壮大了自己，开阔了心境，见到大河的时候也不至于羞愧。开始看沟子的水还有些绿，往前那绿就逐渐减少了。

这时候我看见两个种地的农民，都来沟子边往车上抽水。最近少雨，播种需要坐水。我问："前面就是颜家沟子与呼兰河交汇处吧?"其中一位说:"颜家沟子?我们都管它叫亚麻沟子。"我明白了,他指的是从县城亚麻厂那面过来的沟子。其实那沟子在县城南就汇入颜家沟子了。当年这条沟子的主要作用就是排从亚麻厂流出来的工业废水,厂子早已不复存在了,他的叫法还带着历史的痕迹。他俩问我来干什么,我说拍几张照片。类似的提问我遇到多了。除了像他们在这里种地的,很少来像我这样的人,所以我被怀疑也很正常。我想我不便与他们多说,说多了他们会越发怀疑我,会认为我是搞什么调查来了。

最后的一二百米河道是笔直的,好像是拐了无数的弯儿,才会有这最后的笔直。奔流的水是最后的一拼,是生命里最大的欢悦。那流水也不再发绿,在与呼兰河交汇前呈现出最佳的自己,感觉颜家沟子的水是有过滤功能的。

终于到了交汇点。我眼前的这段呼兰河呈东西走向。沿着河滩向东走,看到了一串深深的脚窝,估计是渔人在去年留下的。曾经被冬天的白雪覆盖的脚窝,如今在五月下午太阳的照耀下显得格外清晰。河滩上有一些枯干的蒿草,由翠绿到枯干,季节的变化就是这样具体,让人想到那些吹来吹去的风。河滩上有不少裂缝,像是一种被分割了的感觉,这是我在许多河滩看到的画面,这是河流命运的相似形。雨季到来的时候,我站立的河滩会被流水淹没,裂缝会被泥沙弥合,但流水退去后还会出现这样的裂缝。感觉河滩在靠这些裂缝呼吸,与一脉流水的呼吸相和谐。我特意拍了一张有我影子的照片,我与河滩融在了一起,感知着那些干渴般的裂缝。

极目望去,远处是一座沙山,沙山真是无处不在,索取也无处不在。由于时间的关系,我只能往回走了。对岸有几个捕鱼的人,看样子网早已下到河中,他们在那里等待,也许已经很久。

站在颜家沟子与呼兰河交汇处,我望向呼兰河远去的河水。有一天我会越过颜家沟子，去看呼兰河更远的一段。

走上河边的堤坝，我看几位农民还在种自己的地。河边的土地真是太辽阔了，田垄纵横交错，有一种别样的美，这土地养育了河边的人，也在养育着我的思考，尽管我站立在这里只是一瞬间。我是从乡间走出的人，无论是故乡还是异乡，土地带给我的感觉都是亲切的，就像种子渴望被土地拥抱。

河流在我身后流淌，我骑着自行车与这段呼兰河告别，与这段颜家沟子告别，还有那些柳丛，那些我看见没看见的野雉以及树上的鹊巢……

当我返回到黄崖子上，我想到黄崖子是一道分界线，隔开了上面高处的土地和下面低处的河滩地。高高低低都是这情深意浓的大地，尤其是低处的一条大河和一条小河，它们是这大地上的开拓者，以最低的姿态在进行着最高尚的奔走，给了人们最深的恩泽。

一个下午的两个河段

从北安乡往东，到了一个叫隆盛河的村庄，向一位老者问路。老者用他浓重的山东口音回答我们，他说从这里往东去是看不到呼兰河主流的，能看到的是一个河汊子。他说要看主流得从县城去临江方向。事先我看了地图，河汊子的标注很清晰，我以为有桥可过呢。既然如此，就去看河汊子吧。

通往河边的路全是土路，不大好走。我们七拐八拐的，来到了一个有小房子的地方，房主还走出房子看我们。我跟杜师傅说用不用向他问问路，拉我的杜师傅说往前走吧，一定能找到。车停下来，我们登上了国堤，但并没有看到河汊子的影子，但感觉东南方向有沙滩。我们的车只好改换了一条路走上国堤，沿着国堤往南再走下去往东，一会儿就到了。

虽是河汊子，但还是有一定的宽度，最强烈的印象是拐弯处有一个很大的沙滩，就是我们刚才从远处望见的地方。

我先是向东走去。河边正卧着一群绵羊。一打听，知道牧羊人六十五岁，他被阳光晒黑的脸有一点儿见到陌生人的腼腆。我问羊有多少，他说有八十多只。他家离这里较远，他说他早晨赶着羊群来，晚上再赶着羊群回，中午就带点儿吃的。我问从这里能否去看大河，他说看不了。我问大河有多远，他说不知道。我知道他真的是一个固守自己的村庄和村庄周边的人，稍远的地方都没有去过。其实像他这样的人不算少数，一生也没有离开属于自己的土地，在牧鞭的起落间过着属于自己的日子。放羊是寂寞的，不过和羊群在一起也省去了喧嚣之中的烦恼。我沿着河向东而后向北行去，一路拍照。河里的水虽不像盛夏充分，但也不算少。我走在一片沙滩上，沙滩上还有波浪的痕迹。有的地方有被太阳晒后翘起的一层薄薄的泥，泥下全是沙子。对岸显得挺陡峭，岸土也显现出黑黄的层次。对岸有两个放牛的，都离我比较远。我真想问问大河离这里有多远，但还是作罢，因为声音不等到达就会被风撕碎。我用相机拉近与一个牧牛人的距离，他是一个年轻人，背着背包，挂着鞭子，正无言地望着西面，好像有什么心事。

　　走到岸上返向牧羊人的方向，发现两棵老柳树上各有一个挺大的鹊巢。不知喜鹊飞到了哪里，这是它们的家，是用枯枝筑好的家。它们是怎样不辞辛苦地把一个个枯枝衔来，喜鹊是巧妙的建筑师，把家建得很像样。此时牧羊人正朝这边走来，他的羊群也分散开来。我问牧羊人家里都有什么人，他说有两个儿子、一个女儿。我说有老伴吧，他说有。他后面的回答似乎迟疑了一下，让我有些怀疑其真实性。如果只和羊在一起，那就太孤独了，但愿牧羊人后面的话是真实的。我问羊的价钱，他说一只羊一千多。我说可以呀，每年都能繁殖一些。说到在什么地方放羊，他说冬天就不来这里了，他会在他家附近放羊。平时，牧羊人在这里会与谁说话呢？他和羊们说话，羊们也不懂，但他一定会说，在他圈拢羊的时候，在羊顶架要把它们分开的时候……我同牧羊人作别了，回头看他正赶着羊群，在河滩上一点点挪移。我去看那片沙滩了。沙滩很大，没有人迹，

43

沙滩后是一些杨柳。这沙滩是流水留给我们的，当雨季涨水的时候，河水会一次次冲向那片沙滩，来一个大大的拥抱。这时我看见一个东西，正在沙滩上由南向北滚动，好像一只拖着尾巴的松鼠。细细看，原来是蓬草，正被风吹着，很快就被吹到了河水中。河水肯定会把它携远的，携到我们不知道的地方。世界无时无刻不在变化着，更何况这是初夏一个有风的日子。我往南又走了走，想这个河汊子像临时离开家的孩子，似乎身后有母亲的呼唤，或者说像母亲派出闯荡一番的孩子，还真的有了一片属于自己的天地。它与主流汇合还有一段距离，回家的心思使它的脚步变得匆遽了。当孩子回到母亲的怀抱，它要跟母亲如何诉说这几十里路的艰辛？

我们选择了另一条路去往双合屯，之后经过一个叫张豆腐坊的村庄。看这屯子名，真让人感到亲切，好像我刚吃了一块热气腾腾的东北大豆腐似的。来到北安乡，之后往南，再往东，经过田朋镇屯，来到了簸拉火烧。作为一个村庄名，簸拉火烧带给我的是神秘感，也不知它到底是什么含义，此前我打听了不少人，都不得而知。这是一个处在山岗下的村庄，有不少好房子，房子前是刚刚种好的园子，还有一棵棵开花的果树。村东是一个清澈的池塘，里面正有一些鸭鹅游动。再往东走，看到了几个鱼池和一些河汊子，河的气息扑面而来。

来到了大坝东面，一个中年妇女先后把两辆农用车往北开，我惊叹她的身手，也不解为什么在旁边指手画脚的男人不开车。呼兰河两岸那些淳朴能干的女人们，那些包着花头巾胼手胝足劳作的女人们，早已是这片土地上让人印象深刻的风景。

我们终于到了呼兰河边。我和杜师傅都对河边的柳树感兴趣。那柳树不高，树枝弯曲，树干粗大，杜师傅拍照后说是龙爪柳，因为他手机里有相关软件，拍出来后就显示是什么树。我以前就管它叫河柳，那柳枝很像大河波纹的写意。

河面上停着几条大铁船，看来是采沙子用的。河面真是太开阔了，杜师傅说有五百米宽，这是我看到的呼兰河最宽的河面。这里的水鸟不少，不时听到唧唧的叫声，有的就在离我们不远的地方，感觉这唧唧里有什么担心似的。这里是水鸟的领地，附近一定有它们的孵化地，唯恐被入侵者发现。

站在岸上，能清晰地看到水中近似浮桥的东西。我沿着河岸向北去，发现不少被拔出的老树根。河边的老树，经历过无数沧桑的老树，就这样消失了。难道是这些老树妨碍拉沙子的车进出？这些老树根，根须仿佛一条条河流，那是泥土深处最可贵的收藏，那是岁月的活档案，连同那遒劲的枝干。我在悲哀中从一处下到河滩，走到近处才知道，河中是一些杨木。两个人正把靠边的往河滩上抬。我问那河中的杨木是干什么的，他俩说是冬天在冰上搭路拉沙子用的。我问直接在冰上运行不行，他们说不行，因为那容易塌陷。我第一次知道还有这样的做法。春夏秋三季采的沙子放在对岸，冬天往这岸运，滚滚的沙子是滚滚的财源啊！

向北走了一段，听我左侧不远处蛙鸣阵阵。在去泥河与呼兰河交汇处时，我也曾听到过离河不远的池塘中的蛙鸣。在这样的下午，听到这样的蛙鸣，有回到童年的感觉，连缓缓下沉的太阳都带着沉醉感。

我终于走到了有一片柳丛的地方。在这片柳丛的附近是一个大坑，如一片伤痕，无疑这是挖沙子造成的。谁是这大坑的制造者？连河边之地都不放过。真希望那些挖沙者用河中抽出的沙子把这大坑填平，也许这只是我的一厢情愿。我带着不解走到了河边，望从北流来的河水。不远处可能就是那个河汊子同呼兰河主流汇合的地方，我在想刚刚看过的那片完好的沙滩。

半年以后，我终于从地方史研究者陈士平那里知道了簸拉火烧这个村庄名的意思，簸拉火烧，音近似于"宝力格"，是蒙古语"泉水"之意。我又请教了有关专家，确认了这种说法。这个小村庄突显了水的特征，早些年一定是有泉水的。

傍晚的河

车到达转心湖小村已是夕阳西下的时候。我们向一位老妪问路，她说呼兰河离村子还有几里地。我们沿着堤坝走，拐了好几个弯儿，终于来到了呼兰河边。

先是见到了一个骑摩托的小伙子，后座上坐着一个姑娘，头部靠在小伙子的后背上，看来他们是一对恋人。姑娘显得不大高兴，小伙子也一脸平静。我们的到来也许对他们是一种打扰，他们似乎对我们此刻的到来有些不解，一会儿他们的摩托就开走了。

河岸陡峭，我和关师傅边往北走，边选择能走下去的地方。这里的河岸与我去过的地方有些不同，也就是说被河水冲出了一个个口子，可以想见大水冲刷土岸的情景，也可预料一些岸将会成为河床的一部分。这段河呈南北走向，从东岸向西岸望去，河水有二三百米宽，一条大河的气势真是夺人。

头顶有几只大鸟在飞，似乎因为我们侵扰了它们的领地而不满，我们走上河滩，它们依然跟随着我们。在我们不远处，有三个大人一个小孩，而这几只鸟似乎与他们混熟了，并不理会他们，而专门盘旋在我们的头顶。

走到水边，我们看到了一个黄色的塑料编织袋，里面装着一些小蛤蜊。关师傅说兰西河段大蛤蜊很少，我问河口的大蛤蜊都是从哪里来的，他说大都是呼兰那面的。

我们沿着沙滩往南走。这个河段我还是第一次来，去年我看过南面的那木台河段，前不久还看了北面的簸拉火烧河段，每个河段都让我感到新奇。在我们左边不远处是一群静立着的绵羊。我同牧羊人聊了几句，他说他是给别人放羊，羊的主人在河西，河西也有羊。他说这群羊是在河东生的，所以就在河东放了。牧羊人四十岁左右，我问每月挣多少钱，他没有回答我，只是说工资不到他手中，而是直接到他家人的手中。我感到不解，也为这位劳动者的任劳任怨而感叹。不管是河东还是河西的放羊人，他们都是孤独的，一年四季那种单调的重复会让他们感到乏味，但他们也会有盼头，因为羊会给他们带来收入。牧羊人带着他的黑色牧羊犬，旁边的一个孩子很怕它，牧羊人说它并不咬人。我想牧羊人幸好有牧羊犬陪伴，才不至于太孤独。

不一会儿，牧羊人把羊赶上了岸。一位刚刚下完网的老者从南面向我们走来。我问河里都有什么鱼，他说主要是白鱼，其次是鲫鱼。他说有人在前几天弄到了两条鲤鱼，都是五六斤的，一共卖了几百元，买主是特意从县城来取的。我们平时吃的鱼大多是池塘里养的，而野生的大鱼已经很少很少了，它的价格飙升就很自然了。我向老者请教了一些问题，比如河西都有哪些村庄，北面呼兰河的一个河汊子与呼兰河的交汇处在哪个村庄附近，那里的路好不好走等，老者一一回答。他还说南面几里地也有河汊子，是为了灌溉方便而将河水引出去了，而后又与主流汇合。我们放眼望去，在白杨林的一片浓绿之中就是老者所说的河水出汊子的地方，他还告诉我们去那里的路如何走。由于时间挺晚了，那里只能留待以后的行程了。我问下一次网能弄到多少鱼，老者说也弄不到多少，好的时候也就一二十斤。望着他和他的孙子（就是刚才怕狗的小孩）离去的背影，我祝愿他明早起网的时候有收获。一个在河边有着自己童年的人一瞬间就老了，当年他像他孙子现在这般大的时候，河里的鱼可是多多的。也许老者和他的孙子今夜的梦里都是鱼，老者的网在水里为他们睁着期望的眼睛。

回转身来，河西岸一片树林之上的夕阳被一片薄云罩着，但云隙中也会洒下一些金光，金光被河水收藏，也被我们的相机和记忆收藏了。

我们看不见河西岸的村庄，因为它们都在几里地之外。河西岸的牧羊人和牧牛人也该回家了，在牧鞭的起落之间，时间在悄悄流逝，晚风也该轻拂他们的面颊。他们放牧着羊和牛，谁在放牧着他们呢？

我们踏着河滩向岸的方向走，忽然发现一条死鱼，那是二斤左右的鲤鱼，已经干枯。它是被往年流水带到河滩上来再也回不去了，还是早已死在河中，开河时被人捞起而扔弃在这里的，已经不得而知。这是一条鱼的命运。

我们回到了岸上，刚才盘旋在我们头顶的鸟也不知飞向了何处，也许它们知道我们即将离开这里，才放心地不再跟随我们。刚才我请教了那位老者，得知那鸟叫赖毛子。这赖毛子真是赖呀，民间的命名真是贴切！

我让关师傅为我拍了几张照片，之后恋恋不舍地离开。随着我们最后的离开，河岸归于沉寂，孵化期的大鸟将在窝中继续用自己的身体温暖那些鸟蛋，也许那些雏鸟将在太阳的金翅鸟啄破地平线的一刻啄破蛋壳……坐在车上，我想起了刚才来时看到的那一对恋人，不知为什么他们不高兴，不知为什么他们在不高兴时来看大河，但愿开阔的呼兰河能为他们带来开阔的心境。我们的车遇到了先前的那个牧羊人，并很快超越了他和他的羊群。我跟关师傅说，比之于我们这些县城里的人，牧羊人活得很简单，生活中的他肯定会吃很多苦，但他有可贵的简单，那会少去很多烦恼。

我们又穿越转心湖小村，小村的西面是一面池塘，东面有一条沟子通向呼兰河，凸显了水的特征。也不知转心湖小村的名称是由何而来的，也许和村西的那面池塘有关，也许真的和一面湖有关，这样的湖水我们今天已不能看到。

我们回到了公路上。呼兰河一如既往地向南流去，我们的车向南而后向西行去。在路上，我们说起河边的村庄，说起村庄名字的由来，说起草房……这一切，仿佛都因为一水的牵系。

回到家中，我查找资料，得知那老者说的赖毛子就是凤头麦鸡。

三个河段

　　来到大成玉后，我们在一座草房前停下来。几年前来这里的时候，草房前是塔头围拢的老院落，如今墙外面被围上了栅栏，塔头院墙已经不像以前那样完整。草房顶已有破漏处，墙皮脱落处可看见塔头垒就的墙。看我拍照，几个村人问我拍这个干什么，有一个老妪还让我到她家拍照，好像我是一个拍照后就能来给她盖房子的人。我有过类似的经历，他们不知道我就是一介书生。一个村民告诉我他六十九岁了，看样子要比实际年龄老一些。我看他家的草房，黄泥墙抹得很好，房顶已换成大块的瓦了。他说原来房顶上覆盖的是苫房草，年头多了漏雨。我知道他的生活还不富裕，否则早盖砖房了。他家的院墙有一部分是塔头的，还有一些塔头在地上散放着。我想要一块留作纪念，但最终没能开口。从这些塔头身上，能感受到几十年前河的气息。我敢说，现在的孩子很少有人知道塔头的概念，就连拉我来的三十多岁的关师傅都不知道。五十年前，河边沼泽地很多，塔头比比皆是，如今已经看不到塔头的影子了，取而代之的是田地，平原之肾就这样消失了。

　　在六十九岁村民的指点下，我们向通肯河与呼兰河交汇处进发，与几年前走的不是一条路。田野上的禾苗绿油油的，最近下的几场雨在追着禾苗长。走不远便看到了一棵老榆树，树枝上还被人拴上了红布条。在风流云散的世界上，这棵老榆树已经站立得太久，它是大地上的守望者。关师傅提到民间让孩子认大树为干爹的习俗，他说这样的孩子好养活。那应该是很久以前的事情了，当生命遇到了无奈，人们求助于带着大地神性的大树，那是对美好生命的寄托。对树木的崇拜就是对大地的崇拜，在民间我们可以找到民俗之根。

田野上是拐来拐去的土路，我们走了几里远，还惊飞了几只野鸭子。走下车来正要问路的时候，从北面开来了一辆摩托，原来是一位来看地的村民。问到通肯河与呼兰河交汇处，他让我们向南再向西走。我们眼前是一片沙土地，小苗长得不好。沙土地可以种苞米，此前我并不知道。

终于来到了河边，但并没有看到通肯河与呼兰河交汇处。我们沿着河往北走，一会儿就看到了。刚刚下过几场雨，两条河的水都不少，这和我当年秋天的感觉不一样，那时看到的水还是比较瘦的。

流水早已不是当年的流水，站在这里的我也不是当年的我，似水流年在一点点改变世界的容颜，也改变着人的容颜，但无法改变的是我的思想。我依然爱着这里的土地，爱着这里的河流，爱着这里的村庄，我依然深信它们对我的启悟。

回到停车的地方，遇到一个司机，他是来取氧气瓶的，说是用来焊接。问到鱼，他说什么鱼都有。刚才我还看到河里有人下的网，想他的话不会错。但他说鱼不好往出弄，除非用电打鱼。我知道有人用船上的带电装置捕鱼的事，这是国家明令禁止的。拉氧气瓶的船从对岸驶来，我赶忙拍了一张照片。船到岸边，几个人往下卸氧气瓶。从船上下来一个人，他说他是青冈那边的。我问他这里鱼多不多，他说没什么鱼。前后两个人的话截然不同，我相信谁的呢？从船上下来的人还说，这里很少有人捞沙子了，有的就是捞，也是收收尾，现在限制很严哪！他说他不会干犯法的事，国土资源，不让采就不采呗。向河西看去，远处有几座房子。那人告诉我，它们有的属于采沙者，有的属于放牛人，有的属于打鱼人。靠河吃饭不独这里，我看到的地方多了，只不过这里表现得更突出些。

坐上车离开河边的时候，我想那个从船上下来的人肯定把我当成暗访的记者了，说话简直就是滴水不漏。当年对岸的几个沙山不见了，将来是不是还会有沙山耸起，也不得而知。但愿不是过量开采。我想起那个司机说的用电打鱼的话，看来这里也不排除有这样的行为。那个从船上下来的人说没有鱼，其实是说这里没有鱼，他们当然也不会打，更不存在非法捕鱼的事。两条河流的交汇处怎么能没有鱼呢？但如果非法捕鱼的事情继续下去的话，这里就真的无鱼了。

从河边出来，走了几里田间土路，我发现有些河流的沟汊都变成了稻田，这一定是筑堤之后沟汊不再与大河连通的结果，人们充分利用了土地，给人见缝插针的感觉，也给人什么也没有吃饭重要的感觉。

上了国堤，车再往南，一会儿就到了一个叫双榆的村庄——当地人都叫双榆树。国堤在双榆村西。村西竟有一条河，呈半月形，而这半月所拥抱的是一片草地，那里有一些鹅和牛羊。真的是一个美好的所在，我在惊喜中拿起相机不住拍照。过来一个开电动车的人，我问起这河，他说这河离村庄近，听说好多年前河水就被引走了。看他的模样，有五十左右。一会儿来了一位中年妇女，我跟她说："这里多好，为什么不多养些鹅呢？"她说："由于西面堵上了，这河与西面的大河不通了，河里水少，有时还干涸。原来的河面可宽了，这些年一点点淤的，窄了不少。"我细看国堤，都是水泥护坡，坡上有水泥台阶，上面还有一些垃圾。国堤旁有一些柴垛，一位老妪抱着一捆柴火正往家走。一切都是平和而自然的，只是那些垃圾对我的情绪稍有影响。在这美好与不美好并置的世界，我内心的美好总是大部分的，我用这大部分的美好战胜那些不美好，这也是我赞美生活的理由，我的赞美并不单纯。

再沿着国堤进而公路往南走，一会儿就到了一个叫女儿城的村庄。根据村民的指点，我们来到了离村西不远的呼兰河的岸边。从西北往东流来的呼兰河从我们眼前流过，再向南向西，这样就形成了一个 U 字形，而这 U 字形的中间便是一个小岛。这段河水面开阔，像是书法狂草的浓重的一笔。河岸太陡峭了，这一方面是河水的不断冲刷，一方面是雨水冲向河床所致。

回到堤坝之下的田地旁，我们走向了一位拿着锄头铲地的老者。如今在田野上铲地的人很少了，绝大多数人喷洒完除草剂便不去管它，所以我对这位老者有一种敬意。看我们走去，他也向我们走来。提起不远处的呼兰河，他说往东滚得太多。他说大河原来离村子二里多，现在离村子近了。在考察呼兰河的时候，我已多次听到"滚"这个字，大河的脚步在不断变化，人间的一切不也在不断变化吗？这个鲜活的"滚"字真是不可替代，这是一条巨龙的"滚"。当一条河滚到一个人的内心里，这个人的年龄一定不小了。岁月以河的方式滚老了我们，摸爬滚打的我们也把岁月之河滚得翻腾不止。问老者的年龄，得知他已七十多岁，他是感知大河变化的人。日月晨昏，风雨霜雪，是如何作用于一个从童年变成老人的人。如今他依然握着锄头，在对田野的梦想里劳作。问到双榆西面的河，他说多年前给截流了，这与先前那个中年妇女的说法相同。他说那河汉子原来就有，而我在听了那个五十左右的人的话之后，以为它原先是主河道，而人们在另一处开辟了一段主河道。其实那五十左右的人的说法与中年妇女和七十多岁老人的说法没什么不同，只是他把截流说得形象些。

我穿过田地去看一处遗址，它在一个小山包上，是一处辽金时期的庙堂遗址。蓝底白字的标志牌上有一些介绍，显示了保护的意义。

黑嘴子河段是我们此行的最后一站。到这个叫黑嘴子的村庄的时候，看到一家正在办喜事，估计是提前搞的升学宴，音箱里响着动听的音乐，有一帮前来道喜的人。先后向几个人问路，回答都是一致的，最后回答我们的是一位坐在田野边的老人。这位老人真的很老了，河边的风已吹拂他八十多载，夕阳的光照在他的身上，他正用深邃的眼睛望着田野。这是生长的季节，而这位老人正从衰老走向更衰老的境地。我看到了他眼里的平静，那是他一生风雨沉淀后的平静。

我们如愿看到了黑嘴子河段。河边的沙子很厚，沙地之上是一丛丛柳条，还有零星的芦苇和或绿色或干枯的蒿草。有的沙土地还种上了玉米，但长势不好；有的地方还有往年的玉米茬，但什么也没种，显然是被农民放弃了。这是呼兰河的一个河汊子与呼兰河主流交汇的地方。这个河汊子，前不久我看过它的一个河段。看它与主流交汇处，这是我当时的愿望，这回实现了，我很高兴。这里河面也挺开阔，河汊子入口离我们有几百米。河水匆急，我蹲下来在河水中洗了洗手。河水不清，这可能与我们来时看到的采沙船采沙有关。暮色降临对岸的白杨林，也降临眼前的河面。这时无论是谁，都无法把这暮色抖落，就像无法把内心的怅惘抖落。

一个下午看了三个河段。当我们从河边往回赶的时候，那只采沙船还在河中采沙。

河流的心

走在一条条河的边上，我常常想起河流的心。

河流是有心事的，那么多的鱼儿在水底游，那么多的蛤蜊潜在水底的沙中，那么多的大石停在中流……

河流的征服力常常在不动声色之中。

有人把钓钩抛到河里，然后耐心地蹲守，只是有的河太宽，即使钓线再长，也未必到达河心。到底有没有鱼呢？钓钩已把人的疑问带到了河里。河流有时会用一条条鱼回答，有时是长久的沉默。

有人在河边把渔网甩出去，有时要借助一叶小舟，到河心撒网，猜想鱼就在河心处。河底是莫测的，河流的心是莫测的。有时即使到达河心，船上的渔夫未必打到鱼，可能在他离开河心的一瞬，几条鱼正从河心游过，打鱼的时机错过了。

有孩子抛出石块，只是还没等到河心，那石块便沉进了水底。当年的孩子变成了老人，但仍有许多孩子来到河边打水漂儿。那些被抛远的石块永远回不到岸上了，即使河流干涸，你来到河心，你也无法确认哪一个石块是你抛出的，世界上的纯真是那样相似，当年的石块曾带着童年的手温。

走在一条条河的边上，我常常想起河流的心，它们的心在哪里？

它们的心被一朵朵白云寻找过，被一个个漩涡活画过，被一只只好奇的燕子打探过，被一阵阵吹过的风透露过……只有热爱河流的人，才能理解河流的心。

曾看到这样的电视画面，一场大雨到来，洪水就要淹没河中的小岛，那个被困在小岛上的钓鱼人正面临被吞没的危险，幸好有一帮人来相救，那个人才脱离了险境。这样的电视画面不止一次看到，总有一些人复制与别人相同的命运，这源于他们不了解河流的心。总想到暴雨不一定来，总觉得河水是自己再熟悉不过的了，大意、侥幸和过于自信，让这些人面临生命的威胁。

也许有人会说，如果河中没有岛，钓鱼人当然不会登临了，也就不会有这类事情发生，所以干脆把河中的岛清除算了。

还真有清除河中小岛的事情，至于原因倒不一定如上所言。那是一个长满了柳树的小岛，春天里有不少小鸟栖息。有了这样的小岛，浪花的旅途也不会寂寞，也是我们望中的一景。雨季一过，我们可以来到这个小岛上，近距离地感知流水的韵味。小岛并不阻塞河道，因为河道已经很宽。那种天然的美本应在我们的珍惜之中，可惜被无情地除去了。河流的心被谁理解呢？因一个想法造成了破坏，世界上这类事情太多了。洲渚就是一个客观的存在，而它的失去又是多么不可思议，不可思议的哪里只是清除洲渚呢？

对于河流，我们能否做到将心比心，这是一个亟待思考的问题。河流的心，只有做个有心人，我们才能更深地来体悟。

当太阳照到河面，那被河水拥抱的太阳多像河流的心；当月亮升高，那被河水拥抱的月亮多像河流的心。

灵魂里的渴意

　　今年六七月份太旱了，两个来月没有多少有效降雨。多次经过呼兰河大桥，看到河里已没有多少水，不少人挽着裤脚在水中嬉戏。也有的家长星期天领孩子到更远的河段玩，孩子躺在河中，河水从孩子的身上淌过，河水真是太浅了。就在这个时候，有寻找大军涌向了那个更远的河段，说在裸露的沙滩上发现了玛瑙石。这些人没有天旱的焦急和渴盼，反而为这样的天气里的发现而欣喜。

　　去望奎的路上经过通肯河，看它变成了一条线。这是我第一次看见通肯河是这个样子，以往它的水都是满满的，水边用旋网打鱼的，用钓竿钓鱼的，从车上下来买鱼的，都在证明水的存在。

　　听说我故乡的小河乌龙沟已经干涸，河边的稻田因为无法补充水已经旱得不成样子。乌龙沟河底并无沙子，它是一条泥河。可以想象河里的泥被晒得一块块翘起，那些小鱼聚到一个个水坑里，最后活活渴死。

　　这真是灵魂里的渴意，小河不能给大河输送水，大河靠老底，但就连这点儿老底也逐渐蒸发，大河也有干涸的危险。

　　如果河里没有水，河流的深度用什么来证明？它们又如何漂起船，如何才能体现应有的担当？

　　如果河里没有水，河流的秘密拿什么来保护？

如果河里没有水，还拿什么来浇灌两岸的稻田？

白天的每一时刻都像火柴的磷面，空气仿佛有即刻被擦燃的感觉，这样就大气不敢出，仿佛粗重的呼吸都会惹祸，所以只静静地望着那瘦瘦的河水。这个时候我们就得等待了，这个时候所有的焦灼都像裸露的沙滩。我们望着老老的天，期待天空中有一丝雨云的信息。我们的嘴唇也干裂着，与干裂的河道和土地有一种必然的联系。这个时候我们真想祈祷，所有的无奈都变成了深深的沉默。

这时渔网是寂寞的，钓竿也是寂寞的，船是寂寞的，人更是寂寞的。这时就分外感念河流，感到那一脉流水在生命中的重要。可以肯定的是，不少人在河流水多的时候很少想起水少的时候，他们在乎的是"此刻"的受用。

这时的河道是隐忍的，不隐忍又能怎么样呢？

终于下雨了，一滴滴雨给河水滴出了好看的酒窝，河水渐渐上涨，奔流的河水解除了河道的渴意。在远远近近的地方，盼雨的人这回可睡个好觉了，好像梦境也需要雨的滋润。我们趁闲暇来看河，河的满足就是我们的满足。

看来所有的等待都是值得的。

呼兰河涨水了

这是七月下旬的一天。每年总要在这个时候来看呼兰河。

呼兰河涨水了。河东岸河汊子里的水已经溢出了河床，河汊子边的树地里已是一片汪洋，这与春天里饥渴的河汊子形成鲜明的对比。

我沿着河西岸向北走去，左侧是河口北山，也就是拉哈山。从"河口北山遗址"的标志牌上得知，该遗址于一九八二年十月第二次全国文物普查时被绥化地区文物普查队发现，一九八三年五月和一九八五年秋，兰西县文化科和黑龙江省考古研究所先后对此遗址进行过实地挖掘，发现了陶片、骨匕、骨镞、石斧等遗物，发现房址、墓葬、灰坑等遗迹。因为十多年前修路取土，这段体现呼兰河边人类生活遗存的山被削去了一部分，十分可惜。

在东林寺东面沿水泥台阶走下去，沿着一条河边土路向东北走。这条路多次走过，还是很熟悉的。路高高低低，低处已经有河水漫过，我只能选择路左侧高一些的地方试探着往前走。

走不远看到路南一个很小的彩钢房，房子靠路一侧的墙面上有"烤鱼"的字样，但房门紧锁着，看来并不营业。透过窗子细看，屋里全是杂物，估计此屋已经闲置一段时间了。已有差不多两年没来这里了，这里还是有一些变化的。

前行不远，右侧漫水的杨树地中有一个红色塑料桶，走近一看，里面有十多斤小鱼，大多为鲫鱼。塑料桶旁边是堆积的渔网，渔网里还有一些小鱼。正当我疑惑见物不见人的时候，见一个穿着裤衩的老者正在柳丛里忙着什么，也许是在清除一些障碍物。老者走近我，一问才知道，他的家就在河口，看来他是一个识水性的人。我告诉他网里还有一些小鱼，他说鱼大都死了，不想要了，我说就要了吧，于是他把网里的那些小鱼倒入塑料桶中。其实这些最小的鱼如果都活着，我倒建议把它们放到水中，这样有利于鱼的繁殖。我问能不能弄到大鱼，他说今天早晨弄到两条鲤鱼，每条都二斤多。我问多少钱一斤，他说二十块钱一斤。真够便宜的，野生鱼的价格其实是挺贵的，何况是这么大的鱼。早些年呼兰河中大鱼很多，这些年由于过度捕捞（有些地方是灭绝性的电捕），一二斤的大鱼都算稀缺之物。涨水时候正是捕鱼的好时候。我问渔人下了网后什么时候起网，他说现在下网明天早晨来起网。这网叫"地龙"，因为长如龙而得名，在呼兰河流域随处可见。老者抱着他的网走向了水深处，但愿他明早网里不空。

　　再往前走，水已全部漫过路面，我只能借助路左侧的小堤坝往前走。路南和路北各有一个彩钢房，都是可移动的，路南的稍小些。从路南彩钢房上的文字可知，房子的主人是在冬天经营冰雪游乐项目的，这是卖票处兼做超市，主要是卖热饮。冬天的冰雪游乐项目，在这段呼兰河上还是近两年兴起的，经营者还是瞅准了冬天的商机。

　　我沿着左侧杨树地的高处往北走，见不远处已经长高的玉米被泡在了水中。这些年，我看到了太多的河边地，农民充分地利用了它们，如果大河不涨水，那就有收获。如果这些玉米被泡时间过长，农民的辛苦就白费了。收与不收，全凭天意。

　　我沿原路返回。杨树地里有一片树叶悬荡在空中，这样的舞蹈不知已经多久。我用手一抹，树叶就掉下来了。原来它是被蛛网挂着，像一只蝴蝶。我捡起那片树叶，遗憾它再也回不到那停留的位置，同时也怪自己没用相机拍下这个细节，而用手破坏了这个细节。岁月以无以计数的细节存在着，这些细节因为人的行动发生了变化，人有时是不自觉的，有时是自觉的。有些细节是人无法创造的，比如这蛛丝上的树叶。落叶回不到蛛丝上去了，我也回不到发现这个细节之前。叶子终于落到了大地上，也许它从此获得了一份安然。人总能找到安慰自己的理由，不知我今天的理由是否充分。

树地里有不少或白或黄的野菊花，只是它们太小了。太小了它们也是野菊花，也是偌大的世界上的存在。河水就要漫过来，但这些野菊花依然从容地开放，就像什么也不曾发生一样。它们不像人能转移，它们的根就扎在这里。我希望河水不要漫过这片野菊花，但如果漫过，这些野菊花也有不死的根……

我还注意到路边蓝色的野豌豆花，还看到了开粉红色花朵的蓼吊子（马蓼）……生命的绽开多么自然，但也在无意间感染了人的心境。这世界多好！当我们专注于那些给我们带来烦恼的事物时，也该来专注河边这些不起眼的小花，这时它们也在用各色的眼睛关注着我们。世界在以最微妙的方式启迪我们，这里有着不绝如缕的香。

路遇此前看到的渔人，他正拎着红色塑料桶经过水泥台阶走上东林寺东面的路。我也走上高处的道路，见渔人在一辆摩托前停下来。渔人可能会把这些河鱼出卖，今天他是小有收获了，而我的收获在哪里呢？在这条河流边行走，我已有太多的收获，我的收获往往不被人看见，我的收获已给我太多的鼓舞。

涨水的呼兰河正稳步向前流淌。只是水面上有一些垃圾，不知这些垃圾会漂向何处。水面上有好多树根，这些树根让我想到它们的来处，想到树根的漂泊，想到无根可觅的可怕，想到这人间如果没有根……

于是，我又想到无数河流的根，想到我们该如何溯源而上。

呼兰河大水

一

听说呼兰河的水已涨至西岸路面，我马上去看。到了河口，确如所言。呼兰河老桥北面的路已禁止通行，警戒线外那么多来看河的人，公安人员正在维持秩序。

这真是呼兰河少有的大水，由于上游连日大雨，水势极为迅猛。因为呼兰河西岸地势高，很少上水，可见此次大水之凶猛。放眼望去，呼兰河东岸的树木全被淹了，至于大坝以西的那些庄稼，无一幸免。其实那些地方本来就是行洪区，不涨水的年头庄稼就丰收了，但只要一涨水，希望就会落空。

沿着河口老桥南面的路向南行去，见几条大船正停在水中。由于这边地势更高些，所以水与路还有一些距离。水边有不少地龙网，涨水的时候正是鱼多的时候，谁能放过这样的机会呢？

顺一座石砌的大坝向南走去，见几个人正在一个水塘边垂钓。这座大坝隔开了大河和水塘，大坝的东边水势汹涌，西边却风平浪静。那些钓者都很从容，身后翻涌的波浪对他们没有丝毫的影响。由此想到人的心境中应该有一座坚固的堤坝，一边虽翻涌不止，另

64

一边仍平静如初，我们的理智就稳坐钓鱼台，在平静的池塘里垂钓出思想的鱼来。

走到河口新桥下，再沿着堤坝往南走，就是一个水闸，这个水闸连接呼兰河新河道和老河道。多年前，这段老河道就被封闭了，而把一个小汉子开成了主河道。我沿着老河道走，这时的老河道风平浪静。由于长期封闭，这段河的水有些发绿。被封闭的这段呈半月形，它拥抱的部分就成了一个小岛。河边有一条荒径，我试探着往前走。这里有槭树、白桦、柳树，还有几棵老榆树。槭树栽得太密了，随着长大，可伸展的空间越来越小，以致树木在争抢阳光中变得弯曲。几棵老榆是河湾沧桑的见证者，它们在一座颓败的砖房前庇护着已不需要庇护的东西。当初盖这座房子就没什么必要，所以颓败是必然的结局。屋里的锅台还在，只是曾住在这屋子里的人早就不知去往何方。不远处就是一片庄稼，庄稼的南面是一个沙山，沙山上是一片片乱草。看来还有什么计划没有付诸实施，不过这计划早已泡汤了。

我沿着庄稼间的小路往出走，见洼处的车辙里汪着水。也许几个月前，种庄稼的人把车开到了这里。比之于东岸的庄稼，这里的庄稼一片安好。

我走向了大坝，这段河就是我前面提到的小河汉子被开成主河道的一段，水势汹涌，不时吐出一些白沫。往南走，看到了几座房子，其中有一座就在大坝西侧几十米远的地方，东房山还有一些人物彩绘，彩绘之上是某某别墅的字样。坝西一棵小树的木牌子上写着"卖本地鸡蛋"。刚才见一位老者和一个姑娘从大坝走下，也许他们是住在这里，或者他们是来这里看亲戚。在洪水到来的时候，那一家人还一如既往地生活着。他们的镇定自若来自以往的经验，来自坚固的大坝，但我实在不赞成他们把房子盖在这里。

沿着大坝往南走了一段，再往西走，便看到了前面提到的月牙形河道的剩余部分，只是这剩余部分我没有看完，不知它与现在的主河道是否连通。

放眼东南方，河水流去的方向已是一片汪洋。那是我多次走过的地方，也是我发现插到河滩的柳条钓竿活了长成小柳树的地方，那里的庄稼肯定颗粒无收，那里的小房子都成了一个个孤岛。

再次来到河流和水塘之间，那些钓鱼的人都有所获，其中一老者钓了十多条鲤鱼，虽说是花钱垂钓，但他的收获远远超过他付的钱。

回到河口老桥附近。我问一居民，这水是不是几十年以来最大的，他说不是，最大的一年是一九八五年。我想起来了，一九八五年八月的时候我刚来兰西四年，为生计奔忙的我无暇来看河。几十年就在倏忽之间，从汹涌澎湃到归于平静，从平静到汹涌澎湃，大河还是那条大河，但人已有这样那样的变化。幸好我还在这河边较为如意地生活着，看大河流来流去，看那些从容的面孔。

二

呼兰河大水撤退的速度比较缓慢。我经过老桥往东走了一段，道路两边依然一片汪洋。

在老桥上看漩涡，有种震撼感。漩涡的纠结仿佛是你死我活的纠结，像是两个摔跤手的纠缠；有的漩涡像个漏斗，大量的液体向里面注入，好像漏斗下面有个巨大的瓶子一样。

在老桥往南的河边，有几个垂钓者。有两个人在一座废弃的砖房边垂钓，水中的网兜里已小有收获。砖房的边上坐着一个精神不大好的女人，垂钓者中的一位可能是她的丈夫。这时女人的儿子正在道旁自家的小货车上睡觉。我认识那女人和孩子，每天送外孙女上学，我都看到那女人在路上闲游，而她儿子和我外孙女在同一个班级。女人显得很安静，但愿在流水的韵律与垂柳的舞蹈及河风的吹拂中她的精神日益好起来。

另一位垂钓者是老者。他说早晨五点就来了，没钓多少。算算时间，已过十个小时，老者的坚持源于他的希望。老者的后面就是我刚刚走过的水泥路，那是坝体上面的路。路的后面是一座废弃多年的厂房，破旧、黯淡、空寂。在这样的背景下垂钓，人生的垂钓就显得不一般了，因为无论怎样的背景，都无法改变人生的寻求，钓竿、钓线和钓钩的执着就充满了意味。大河给了多少人这样垂钓的机会，横在眼前的河，竖着的钓竿，横竖交织的是纯美的意境。大河流过山谷和平野的美丽，也见识了这厂房的由盛而衰，但它在该流淌的季节总是翻新浪花，给河边的人以希望和启迪。

从河口新桥往南走，看到一个在老河道上垂钓的年轻人，旁边还有几个观者。他刚来，还没有钓到鱼。

不远处新河道的旁边有两个垂钓者，其中一个是中年女性，水中的网兜里有几条鱼。这个女性垂钓者让我有种新鲜感，忙于做饭炒菜的手握起了钓竿，她握起的是少有的悠闲。女人的甩竿技术还不够娴熟，她把钓线挂到了树枝上。就在男人帮她往下弄钓线的时候，我离开了他们。

这次特别细看大坝西面的房子。离我最近的那家后园子被淹了一些。房东面种的向日葵一片灿烂，还有一些别的花，这些都能看出房子主人的爱美之心和闲适之情。另一座房子离我稍远，但我清晰地听到女人唤鸭子回家的声音。此时正是夕阳西下的时候，女人"鸭鸭鸭"的声音显得格外亲切，这声音牵连起我的童年，仿佛我就是嫩草中那群白鸭子中的一只，带着吃草后的满足，在夕阳的光线中被无限深情引领。

上次来我好奇那段半月形河流的去向，但却不知它到底去了哪里，因为左侧呼兰河的水太大，我不能往前寻找了。这回水消了一些，安全没问题，我可以放心地去找了。看到大坝西面水泥斜坡上一个骑赛车的少年正由南往北骑行，着实吃惊不小。我第一次看到在坝体的斜坡上骑车的人，看来少年是独行来这里看风景。更让我吃惊的是，刚才由北向南从我身边掠过的一辆吉普车竟然在转身后爬上大坝西面少年刚刚经过的斜坡，司机好像在炫示自己的绝技，把我吓得头皮发麻。其实不光是他自身的安全问题，也有大坝的安全问题。走了一段，看到了大坝西一座二层小楼，部分外墙贴砖已有脱落，看来小楼已建了多年。大坝上坐着一男一女，他们面朝西，看样子是夫妻，他们很可能就在那小楼里住。女的似乎在寻找男人头上的白发，进而拔下来。我不想打扰这对亲密的男女，就往前走去。拔去白发是暂时的安慰，青丝变白发是人生的必然。这对男女还比较年轻，他们有的是时间慢慢爱，真的羡慕他们。我感觉那段河就在大坝的西边，但由于树木挡着，我看不见，再加上那些树木都在水中，我无法下去察看。大坝向南而后向西，我一路看到的是坝的左侧刚要结棒而被泡死的玉米，还有大坝左侧的几处砖房，现在也都人去屋空了。这里真的成了水乡泽国，有不少大鸟从我身边飞远。其实这里本来就是这些水鸟的领地，只是由于几十年来的开发，变成了田地。

大坝上停留着一辆废旧汽车，也不知是谁家的。一辆车的奔波停止了，世界的长路上还有太多奔波的车。不要猜这是谁家的破车，它像天下许多的坏心情，而这些有着坏心情的人都会在精神里把它认领。只是坏心情可以变成好心情，而这废旧的汽车却不会变成新汽车了。

终于在大坝右侧找到了树木有空隙且位置比较高又可以下脚的地方，我看到了那条河的真面目。前几天看过的那段是半月形，再加上这引出的弯而又弯的挺长的部分，就是一个S形，这是我没有想到的。我走到了一个景区的南门，再往里沿着这条河走，更印证了这河道的S形。我明白了，原来那半月形的河道被利用了，之后又成了这S形，而这水与主河道不再发生联系。我搞清了水的行踪，这S形河道带给我的感觉的确不是圆的感觉，而是一种问的感觉。花了这么多钱搞了这个引水改道工程到底值不值得？由于种种原因，这个景区还是比较冷寂。

我从这个景区走出来，走向来时河口新桥北面的水泥路。先前在大河边垂钓的人都已回家，不管收获多少，这也是一天，一个曾有悬念的一天。我这个惯于猜想别人心情的人正怀着复杂的心情回家。

大河每天承载人间的多少心情啊！此时它滔滔而去，似乎并不能把这些心情卸下。

三

河水渐渐消了，以往几乎淹没的柳条丛已露出大半部分，水泥护坡上留下一些干枯的玉米秆，从水泥缝隙中长出的蒿草已被泡死，水中还可见一个个树根漂过。

在提水站旁边的水泥台阶上坐着一个人，我以为是一个垂钓者，走近一看才知道是一个中年女性，她凝然不动地望着河水，和垂钓无关。估计她在这里已经很久了，她毫不在意来往的行人，只是在那里发呆。我感到她有什么心事，平静的外表下一定是内心的喧嚣。不知道她的家在哪里，不知道她为什么把自己下午的时光交给河水，呆望和沉默会让路过的人猜想。她是想让河水把她的不快带走吗？浑浊的河水还需要沉淀，其实它也是心事重重的。我想她千万不要想不开，在该回家的时候一定要回家。

往北去，看到一位大病后的老妪被儿女搀扶着，一问才知道老人已八十六岁。老人左手攥着儿女给采的花，艰难地往前走，看出她左腿不好使。看着老人走路艰难，我说要是老人实在走不动，就让她坐在轮椅上吧，老人后面推轮椅的人点了点头。老人是坐轿车来的，几个儿女出动，显得很隆重。如果说老人是花心的话，围绕在她身边的儿女就是花瓣。但愿老人的身体逐渐好起来，但愿她在流淌的大河边心情逐渐愉悦起来。老人真的太老了，她的儿女也不再年轻，而她的儿女的儿女正是好年华。这让我想到浪花相续的河流，想到一个时间与生命的长链。

外孙女阿俊要买雪糕，而卖雪糕的人说看着我眼熟。我定定地望住他，在记忆中努力搜寻。闲聊中才知道他曾是我原来所在中学的工人，他父亲还曾是我们单位的领导。他说他这些年去过一些大城市干活儿，可以想见他辛苦辗转的生活。他说几十年后还是回到了故乡，由于有病干不了重活儿，所以就在河口租了房子，在旅游旺季来这里卖雪糕。我们在大河边聊了半天，感叹几十年就像一瞬间。我告诉他注意身体，之后便与他作别。下午的游客不是很多，再说天气也不是很热，所以买雪糕的人不多。我走远了，回头看他骑在三轮车子上无聊地摆弄着手机，等待着买雪糕的人。

返回时，在路西一家门前停下来。这是拉哈山上不多的人家中的一家。我想买点儿一块五毛钱一只的鸡蛋，那位老妪进屋看了看，出来后对我说鸡蛋不多了，让我明天来。这里的鸡蛋很好吃，新鲜的空气和草丛中的昆虫使得这里养的鸡与别处单用饲料养的不同。刚刚我和阿俊还看到了在水泥护坡上一只觅食的母鸡，那是一只悠闲自在的母鸡。就在几天前河水涨至路面的时候，这只鸡和其他鸡一样肯定害怕过洪水。在滔滔的大河面前，一只鸡是渺小的，但它也是一个存在。经历过洪水的鸡现在显得安然了，其实世上所有渺小的安然集合起来就是世上最大的安然。那家人的房东面有十多捆刚刚割回来的青草，阿俊要用青草喂从院子里飞出来的几只鸡。这家人的院子里有不少果树，几个高中生模样的男孩和女孩要去里面摘已成熟的沙果。他们问老妪多少钱一斤，之后老妪就打开木门让他们摘果子。院里的狗在咬，老妪一吆喝，狗就不咬了。那是红黄相间的累累的沙果，我们不等他们摘完就离开了。几个孩子让我想到他们的爱情之果会在未来的某一天成熟，但在时间的大河旁，一切都面临着考验。

走不远，看到一位老者在整理他晒过后的渔网，网上有很多玉米的枯叶。我问一天一宿能弄到多少鱼，他说也就三四十斤，没什么正经鱼，那意思是说都是些小鱼。我问河水何时能归槽，他说要是不下雨的话，几天就归槽了。其实很多水都归不了槽，它们将是一个个寂寞的水泡子。

坐公汽回去的路上，我看到了一个拎着篮子上车的老女人，刚采的鲜嫩的蘑菇装了大半篮子。在这个夕阳西下的时候，我希望所有的人都带着收获回家。不知那个呆坐在河边的女人是否回家了，不知那几个孩子是否还在那个院子里摘沙果。塑料袋里的沙果羞红着脸庞，塑料袋外的人生一定期待着什么。

四

呼兰河大水消了。

我沿着呼兰河老桥向东走，见有车在往外拉沙子，而前些天这

71

里还是一片汪洋。不过河边树林里还有一些存水，这是无法回到河槽里的水。

再向前走，是一条向东南而去的路，前些天还泡在大水中，这是拉沙子的车往返的必经之路。

路东侧是一个很大的水泡子。这里原本是洼地，这也是无法回到河槽里的水。

走到一个河汊子的边上，见许多杨树上挂满了干枯的玉米秆和废旧的塑料布，可以想见当初大水到来垃圾被裹挟的情景。

河汊子边上有一些垂钓的人，有的钓到了一两条，有的毫无收获。一个三四十岁的人在用旋网捕鱼，但他并不会使用旋网，甩出去的网像一个马槽，无法张开。我第一次看到如此甩网的人。我真想告诉他如何使用，但他的旋网与我熟悉的旋网略有区别，也就是说他的网上部有一个圆圈，我怕指导有误，干脆作罢。

站在河汊子的边上向老桥望去，见桥上有几个人，其中一个人把什么东西扔到了河水中。我开始以为是打水漂儿，但从高到低是无法打水漂儿的。接着几个人中的女人喊了起来，好像是发生了很大的事情。我沿着老桥向西走去，见那女人仍带着很大的气，就差一巴掌打到男孩的头上了。从女人的言语中得知那男孩把什么东西弄坏了。女人显然是男孩的母亲，四十多岁。她拉起身边女儿的手，似乎在设法稳定自己的情绪。男孩无助地走向了桥的西边，一个定定站立的男人显然是男孩的父亲，他束手无策，像一根无法穿起线的针。他在埋怨男孩，还一个劲儿地说："我说不让你弄，我说不让你弄。"我问那男人咋的了，他说把东西弄坏了，说着就走到一边，显然并不想多说。男人和十五六岁的男孩暂时回到了轿车中，就听那男孩说："不就是一块石头吗？"据我所知，兰西这段呼兰河是很少有鹅卵石的，他们一家人是如何弄到了石头，那石头如何被男孩

72

弄坏，已经不得而知。女人拉着女儿的手过来了，她丝毫不理会轿车里的男人和儿子，就向租车子的地方走去了。那里至少有几十辆车，单人骑和多人骑的，供游人在景区出入。

我下老桥向北走去。走了一段，见几个中年男女正在河边一次次照相，他们显得特别开心。一条大河边是多少人的驻足之地，他们的快乐是穿越了人生坎坷后的快乐，这快乐有悠长的大河伴奏，这该是怎样的幸福啊！

一会儿，先前经历过不快的一家人过来了，原来他们租了可以两个人骑行的车子，车上坐着那个男孩和他的小妹妹。男孩的小妹妹还不到骑车的年龄，她的脚还够不着车蹬子，但只需把着车把，而他们的父母随时准备往前推。那女人显然改变了情绪，她也许在内心责备自己刚才的情绪失控，埋怨自己的小题大做，埋怨自己好迁怒于人。她站在车子旁，旁边是她的丈夫，夕阳把刚才一家人的不快消融了。

刚才下桥往北走时身后跟着一对母女。母亲七八十岁，身体瘦弱，女儿四十多岁，穿着淡黄色的长裙。当我由北往南返回时，见这对母女站在河边说话。从她们的言谈中得知，女儿家负债了，而且责任不在女儿。女儿把一肚子的话向白发母亲倾诉，就像要把一船不好的货物卸给她的母亲，而她的母亲好像一个老码头，只有承受。女儿可能太痛苦了，不然也不会向母亲倾诉。但她的母亲毕竟太老了，她一生的承受已经太多了，又何以承受如此的重量。大河边上的母女，在河水消去的时候，她们的情绪在涨水，我不知该埋怨那母亲的女儿，还是谁。如果说河水牵连起岁月，那母亲的女儿又与谁牵连呢？

我站在河边，看那么多飞来飞去的燕子。燕子贴着水面捉虫，忙碌而快乐，偶尔它们也会停留在水泥斜坡的台阶上，安静而美好。

在这下午的最后时光里，我希望所有的心情里都有一只快乐的燕子。

路西几十米远的地方，一个五六十岁的人在割蒿草。我估计他是拉哈山上某户人家的男主人，闲来无事在为冬天准备烧柴，他家也一定是搞养殖的。透过树木的枝条感知早晨的阳光，抬眼不时有流云飘过，低首见大河浪花翻卷，夏秋的睡梦里有虫声唧唧，冬春的院落里有各种鸟儿造访……散淡的日子，令人羡慕。比之于我们这些身处闹市的人，他们的院子里更多的是那些鸡鸭鹅狗，他们的院子外更多的是云淡风轻。

这样想着的时候，看河汊子边上那些垂钓的人还在。不管是否钓到鱼，所有的等待都是值得的。

回家的路上，我在想那些回不到河槽里的遗憾的水，或者一点点渗入所在的土地，与地下的水脉沟通，或者一点点蒸发为雨云，期待再次回到河道。

九月初的呼兰河边

　　我想从呼兰河口拉哈山上最南面的那家前面上山，但没有找到上山的路。记得好多年前我曾沿着那里的一条小路上山。季节不同，那条小路被荒草掩住了。

　　我只好返回到呼兰河边的路上，恰好遇见了最南面那家的男主人。闲聊中才知道他已六十岁，他说从他父亲开始就在这里居住了。问他有几个孩子，他说只有一个孩子，在外地当医生。他说山上有一垧来地，家里养一些鸡，房前屋后还有一些果树，他说家里的鸡蛋都供不上卖。一篮子成熟的沙果就在他脚下，那红黄相间的沙果正吸引来往的行人。在这个卖沙果的季节，他每天都小有收入。

　　走到另一家的北面，我好奇地钻入山上的树林中。蛛丝糊满了我的眼镜和头发，这里是蜘蛛的地盘，但却挡不住我的脚步。透过篱笆，我看到了屋后那么多的沙果树，成熟的沙果铺了一地。我原以为就房前有果树，没想到屋后给了我惊喜。在有月光和星光的晚上，一阵风吹来，树上的果子坠落下来，像是对时光的感叹。近来雨多，也有些果子是被雨打落的，那果子上的雨滴像泪水，在秋风中被一点点吹干。枝条上还有一些沙果，相信不久还会落下来，落在主人的心意里。

　　寺院的北面有不少树，在松树中间还有几棵近似于山丁子的树，一嘟噜一嘟噜果实鲜红欲滴。估计这树不是原有的，它们随着这些松树被栽植，转眼就过了几十年。在另一片松林中有一些游客，其中一位女游客刚刚在粗壮的松树上拴上了可供孩子躺着并可悠荡的吊床。有松风吹拂，躺在其中的孩子是快乐的，而吊床边的母亲会一次次推动着吊床。只是我们早已不是孩童，我们的母亲也早已衰老，即便是躺在吊床里，我们也不再有重回童年的感觉。

　　走过一个小桥开始登山。山上有不少老榆树，树枝上有不少红布条，不知都是谁拴上的。不知他们走了多远的路才来到这里，祈福的人都经历了怎样的人生？那些红布条已经褪色了，但人生的希望永远不会褪色。拉哈山上的这些老榆树已经活了很久，它们将会超越许多生命活在这个世界，并成为无数生命的寄托。看惯了云来云走，看惯了草盛草衰，看惯了呼兰河的波起浪伏，看惯了冰封雪裹……我们该向这些老榆树致敬，它们似乎也在看着我们的心境。攀着这些老榆树终于到了山顶。见一对母女正在找角度拍照，很快又来了一对父女。孩子享受了攀山的乐趣，又在山顶感受着庄稼和草木的气息。恰好空中有飞机掠过，飞机留下的两条白线仿佛大海泛起的浪花。庄稼地边上是一条印有车辙的南北方向的土路，车辙中还残留着雨水。

　　从山顶远眺，呼兰河由北向南而来，大水的痕迹还在，因为河两岸那么多的庄稼还浸泡在雨水里。我想到身后高处的庄稼和远望中的庄稼，位置的不同决定了命运的不同。

　　那对父女先于我下山了，那对母女还在山顶流连，那个女孩正拿着手机拍摄着白云游动的天空。

　　沿寺院北面的路往北走，首先看到的是路西一幢废弃的砖房，但满园子是已经结了棒的玉米。园子里有一眼小井。几年前来这里的时候，井旁曾有一棵挂满累累果实的枸杞，如今已不在。再往前走，看见一幢比较新的砖房，前面的旧房子就是这一家的。由旧到新，生活总是在变化。这一家大门开着，院子里搭上了一个凉棚，从言谈中得知是兄弟姐妹相聚，一次快乐的午餐就要在凉棚里开始，屋里屋外的空气都是幸福的，那空气都被我呼吸到了。园子里菜蔬一应俱全，园子外一棵有粉红蒴果且蒴果上有软刺的植物分外显眼，后来我才知道是蓖麻。

再往北走，道东又是一家，房子距道路几十米，房子以北是一片很大的园子，种着西红柿、豆角、胡萝卜、玉米等，房子西面的空地上晾晒着红辣椒。多年前这里曾是一片谷子地，我还曾到地里拍照，那时园子的外面还没有栅栏。

在寺院的钟磬声中，这两家种着自己的园子，过着自己幽静的日子。

几个采蘑菇的女人从北面走来，筐子里和塑料袋里都是满满的收获。

又走了一段，发现一幢房子，但大门紧锁着。一老者的电动车停在房子西边的路上。老者七十岁，是从县城来这里采蘑菇的。他说今年雨大，蘑菇特别多。我说采蘑菇可得注意，千万别采毒蘑菇。老者指着林中一种白色的蘑菇，说那就是毒蘑菇。老者说他来这里采蘑菇已经十多年了，他说采蘑菇不卖，全留着自己吃。我想老者来这里采蘑菇不仅在蘑菇本身，清新的空气、寂静的氛围都能养心。那些好蘑菇是大地新鲜的童话，当它们小伞一样拱出大地，瞬间就出落成人间所爱，很快就有发现者，这让世界上的寻觅有了充分的理由。这样的童话有着泥土的芳香，从里到外都是纯真的。这些樟子松、落叶松、杨树和柳树以及我叫不出名字的树，组成了树木的家族，让这片山林幽深而令人神往。当蘑菇的秘密被雨丝牵出，这是大地在以这样的形式回应人生的希望。所以不管走多远的路，经过人生怎样的迷途，来到这里就找到了慰藉，就觉得很值得。当然，这里也考验着人的辨识力，所以初次来采蘑菇的人要善于汲取别人的经验，这样才能逐步提高辨识力，远离那些毒蘑菇。这些采蘑菇的男人和女人，直起身来的时候，也许会想人生已走了很久，而筐子里或塑料袋里的蘑菇让他们不会感到疲惫。他们会采到老秋，然后期待来年，就这样周而复始。说来真是有趣，采过的地方年年还会有蘑菇，大地的吸引力真是历久不衰，大地奉献给我们的是怎样的心灵盛宴啊！愿山林永在，愿我们热爱和保护山林的心永在。

　　说到眼前的房子，老者说住在这里的一家人已搬到县城里。这里的树很多，房子主要是为看护树木之用。当生存所需超越这些树木的时候，一家人就远离了，这就是现实。但我希望这些树木在这里静静生长而不被破坏。人虽走远了，但园子里的菜蔬还在生长，看来主人隔一段时间还要回来摘菜。不知房子会空到何时。也许多少年后，房子的主人不再归来，谁还会来到这里，打开大门上面锈迹斑斑的锁？

相约去看河

那一年的秋收时节，大人们都到地里忙了。一铺铺的苞米等待着人们去扒，在孩童的眼中，那让手脖子酸疼的劳作还离他们很远。

三个男孩只有七八岁，他们无事可干，相约去看大河。

那条大河在村子西边五六里的地方，他们从来没有去过，不像那些大人常去河边种地锄地，有时还会打回一些鱼。大河里的鱼真香，但没看过大河真是遗憾。有一个孩子挺会想象，他说看到鱼身上的鳞，就像看到了大河的波浪。

大人们常常告诫孩子不能去看大河，因为危险。这危险来自大河本身，怕孩子误入水中淹着，也来自大河附近的环境，那里有狼出没，万一被狼伤害可就糟了，就是被吓着也了不得，可不是闹着玩的。

三个孩子在出发前已一拍即合，就差没拉钩了。毕竟没去过，三个孩子要是有一个中途反悔，那他们就去不成了。大人的告诫不能当耳边风，而偏偏今天想违背告诫，三个孩子的心情还是忐忑的。

他们沿着田野上的荒草小路往西走，好在大部分庄稼已被割倒，这让他们不安的心稍稍平静。路上还有一些杨树和柳树，好像在为三个孩子壮胆。

大约走了一多半的路程，这个时候夕阳已快落山了，他们感觉出发晚了。他们在犹豫中停下脚步，寻思着是往前走，还是往回返。

夕阳的金光正照着河面，也许河面上还有游动着的野鸭，河边的柳丛里也许还会有野鸡崽子。正这样想着的时候，一个孩子说好像看到狼了，这还了得，他们这时吓得腿都软了，来不及细想，他们狠命地往回跑。在他们的奔跑中，呼啸的风都像狼的尾巴，草丛里都像藏着狼。慌乱中他们一会儿跌倒，一会儿爬起，其中一个孩子一顶草绿色的帽子不知丢到了何处。也不知喊了多少声"妈"，从这声音中似乎伸出了两只小手，要抓住妈妈的手。尽管妈妈并不在他们身边，并不能帮助他们，但这呼喊还是逐渐消减了他们的恐慌。就这样他们拼命往家跑，在离村子不远的地方一屁股坐下，面孔煞白，大放哭声。

干活儿回来的大人们问他们怎么了，他们说在去看大河的路上遇到狼了。是不是真的遇到狼了呢，还是惊恐中的幻影，谁也说不清楚。别哭了，别哭了。大人们的劝阻还是有效的，再说毕竟安全回来了。

那个说发现狼的孩子，多少年后也依然认定他发现了狼，但另外两个孩子总认为他嘴硬，始终怀疑狼的真实性，因为狼并没有追赶他们，也许是谁家的狗，被那个孩子说成了狼。

不管怎么说，三个孩子最终没有走到那个他们渴望的河边，他们人生最初的想法，在夕阳下的慌乱中狼狈地消失了。

那丢失了帽子的孩子，他的父亲领着他在几里远的草丛里找到了那顶草绿色的帽子，帽子似乎还沾着孩子脑门上的汗，如一个哭泣，在夜幕降临之前。

他们没有到达大河之地，这似乎成了他们整个童年的最大遗憾，这遗憾里有委屈，有关于弱小的思考，要是大人，就不会有这令人啼笑皆非的故事了。大人们却不这样看，孩子们平安归来就是好事，本来冒险做事就是大人们不提倡的。

　　当年的三个孩子早已跨过了那条大河，在远离村庄的地方生活。但他们经常往来于大河两岸，看过了无数遍大河。不知他们在经过大河的时候，是否会想起当年令人啼笑皆非的事，是否会想到那个孕育了他们梦想的村庄。最初的小想法是梦想的雏形，却破碎在几里地之间，但就是这几里地，似乎耗费了他们整个童年的时光。

河边的发现

　　在河边我发现过一眼小井。井绳一部分缠在辘轳上，余下的垂到了井里，不知那井绳有多长。铁井盖已经锈迹斑斑，我静静地望着，并没有把它掀开。把井盖住，这样避免了枯枝败叶被风刮到井里，以保持一眼井的纯净。不知是哪家在这里打了这眼井，看来时间已经很久，估计它不是被废弃的。不远处几个人正在盖房子，听说是要在这里养鸡。但愿这眼井能被这家人充分利用，要不然它就太寂寞了。一眼井的水总该是常用常新的，奉献和汲取也是相伴随的。一眼井与近处的大河有着地脉上的联系，作为奉献者，井也是一个汲取者，一条大河给了它不竭的源泉。

　　在河边我发现了一把镢头。不知是谁把它扛到了这里，而后又扔到了这里。这里有一小块田地，不知是否种了什么。镢头躺在这里，是预示着一次播种的开始，还是意味着一次播种的结束？那个把镢头扔到这里的人不知走向了哪里，由把握到松开，一把镢头的经历让我回想。在这个人迹罕至的地方，镢头的主人不会担心它被谁拿走，尤其是像我这样的人。在远离人烟的地方种自己的田，过一种随意散淡的生活，这是我多年以来的梦想。遇到这把镢头是我的幸运，想象中它已不仅属于它的主人，也属于像我这样见到它的人。这个铁质和木质的结合物，即便是歇息时也以大地为梦，并随

82

时准备被握起。我要握起这样的镢头，即便松开，那也应该是属于我的一部分，也是大地的一部分。镢头的主人没有想到，他随意扔到地里的镢头启发了一个路过的人。

在河边我发现了从枯草败叶中拱出的洋铁叶。几片翠绿的叶子像一朵花的形状，这就是春天的造型。春天总是悄悄到来，它原来是有根的，就像这普通的植物。洋铁叶和那些小草一样，总是在依傍大地中做着返青的梦。很多时候我们忽略了它们的存在，就像别人忽略了我们的存在，但存在的并不因为被忽略而成为虚无。正是大地上的这些微小植物，感应并创造着春天。它们的种子总是绵绵不绝，而风是一个播种者，把它们散布到大地的各个角落。蹲在洋铁叶旁，感到了阳光在头上的暖意，感到了土地在脚下的松软，仿佛自己又在春天里绿了一回。

在河边发现了一穗又一穗的玉米。这是刚刚收过的玉米地，为什么秋收如此匆忙？我把玉米装进肩包。那些我看不见的玉米穗都会在冬天里被雪覆盖，不知会被谁捡起，也许它们只能在来年春天慢慢腐烂。大地上的捡拾多么重要，尤其经历过饥饿的人最能体会到这一点。我们早已走过了饥饿的年代，但这并不意味着我们可以浪费粮食。把遗落在田里的玉米看得无所谓，而把捡拾玉米的时间用来做一些无聊的事情，那真是悲哀啊！感恩大地的最好方式就是把该捡拾的东西捡回来。

在河边不止一次发现塔头。那不是生长的塔头，而是不知是谁扔弃的塔头，只是一小块。过去的呼兰河边有不少塔头的生存之地，后来有的塔头被挖走砌了墙，有的被耕翻于地下。砌墙不再需要塔头的时候，塔头当然成了废弃物。我后悔没有把这样的塔头拿回家。我想，如果有个河流展览馆，一定要把那废弃的塔头放进展览柜里，让人们知道这片土地的变化，让人们珍重现在还存在的东西。可惜我们现在很难看到塔头之地，它们只存在于人们很少到达的边远之地。

　　在河边我发现了一个铁锚。像张开的巨掌一样的铁锚，与一条船有着紧密的联系。不知船的主人是谁，他操控的铁锚关乎着一条船的停泊。已近冬日，河水已经开始结冰，船已靠岸停泊。铁锚的神经似乎也不必紧张，但那张开的巨掌是永远的造型，命运没有给它松弛的状态，铁锚的一部分已插入土中。当船负载了什么，河流也在托起船，而河流马上要冰封了自己，像是对船说：让我们都休息一下吧。船这个时候稳定了心神，季节给它提供了这样的机会，铁锚也是船的稳定器，紧紧抓住了大地。在春夏秋三季，船每天都有停泊，只是这样的停泊相对于冬天是短暂的。

河　灯

读萧红的小说《呼兰河传》，注意到书中七月十五呼兰河上放河灯的描写。说到放河灯的原因，小说写道："七月十五日是个鬼节，死了的冤魂怨鬼，不得托生，缠绵在地狱里边是非常苦的，想托生，又找不着路。这一天若是每个鬼托着一个河灯，就可得以托生。大概从阴间到阳间的这一条路，非常之黑，若没有灯是看不见路的。所以放河灯这件事情是件善举。可见活着的正人君子们，对着那些已死的冤魂怨鬼还没有忘记。"从河灯之多到河灯渐灭到完全消失，从看河灯的人之多到少乃至河岸的空寂，小说写得很有韵味。"那河灯，到底是要漂到哪里去呢？"这句话反映了人们的寻求感，可以想象疑问中那些不解的眼睛和不解的心。

我曾在某一年的正月十五后去看呼兰河。在兰西河口老桥北不远的冰面上发现了一些灯，问一位老妪，她说是给那些非正常死亡的人送的。比之于《呼兰河传》中的描写，既没有做道场的情景，灯的数量也没有那么多，但活着的人的愿望是共同的。

几乎每年都有不幸与呼兰河联系在一起。这些人中，有酒后来洗澡而遭遇不测的，有死于对生活绝望的。多年前，一个女孩和其他几个孩子从家中溜到河边玩，不慎落水，生命的花朵在水中飘零了。我是在一个下午听女孩的母亲讲起那令人伤心的故事的，旁边是她冒着生命危险生的已在逐渐长大的儿子。一个自责悔恨的女人，她太知道世上有很多的遗憾可以补救，但那样的遗憾是她后来的儿子所无法补救的，也就是说，儿子的到来只是一个安慰而已。这个故事让我难受好久，不谙世事的女孩啊，如果她活着，如今应该是一名大学生了。真的不敢再想下去，生命的猝然终止是人间大痛！

迟子建的小说《世界上所有的夜晚》写到一个叫云领的男孩为死去的妈妈放河灯的情景。云领的妈妈在一个发廊打工，因被顾客带来的小狗咬伤而最终去世。云领在农历七月十五的夜晚沿着一条清澈的溪流去放河灯，以此来会他的妈妈。如果说前面提到的女孩给母亲带来了永远的伤痛，这里则是一个母亲给她的儿子留下了永远的伤痛。

离河灯放置处南面不远的地方是一个游乐场，孩子们在大人的陪伴下坐上充气轮胎从斜坡上一次次滑下，玩得好快乐。尽管滑一段时间得花几十元，但这点儿钱对于游乐者来说根本算不了什么。一边是生者对死者的追念，一边是生者对活着的意义最直接的诠释，冬天的呼兰河感知的内容截然不同。对死者的追念正说明生的重要，对活着意义的诠释说明快乐应是活着的最高追求。从这样的意义上说，二者就有了一定的联系。不知送完河灯的人回家后是怎样的心情，也许呆望窗前念念不忘死者的面容，但还是要好好活着。打出溜滑的人回家后的心情是可以想见的，他们在快乐的余韵里回味着，还会把这种余韵带到梦境里。

那些河灯会在河冰融化的时候沉到河底，追念者念叨的话也该随灯沉到河底了，也许追念者会想象在河水里点灯。

其实，太阳也是一盏灯，它沉进河中是想照亮最深处的黑暗，让白天像个真正的白天。

其实，月亮也是一盏灯，无数的星星是无数盏灯，它们沉进河中是想给沉落的灵魂引路，让夜晚成为诗意的夜晚。

在呼兰河边行走，我常常希望遇到美丽的灯笼花。其实所有的花不都是灯笼一样的花吗？它们把生的意义给了我们深情的眼睛，也给了我们善感的心，它们是生的创造者，也是生的引路者和启发者。那我们就希望河边姹紫嫣红开遍。

记忆中的呼兰河

在一位八旬老人的回忆中，呼兰河两岸全不是现在这样。

那时他住在县城北近二十里的一个村庄，村庄东面几里远的地方就是呼兰河。那时的呼兰河两岸除了茂密的草丛和柳丛，还有桑树、山丁子、稠李子、刺玫等许多种树，还有野百合花。他说那时的柳条粗如手臂，有几人高，他还说那时呼兰河边的树林里沙半鸡成群。

夏天，当蛋黄般的朝日刚刚冒出地平线，他常和伙伴坐船去河东岸，在桨声中体会一条大河的悠远。在河东岸的草丛中会找到许多野鸭蛋。他们找野鸭蛋的办法特别，就是两人扯起一根长绳，沿着草丛往前走，野鸭子就这样被惊飞，于是找到它们的起飞处……那时两岸百鸟欢鸣，空气中是草木纯然的气息。

他说那时河边的沙滩真大啊，每次洗完澡，他和伙伴们都会躺在沙滩上闭着眼睛晒太阳。柔软的沙滩是天然的褥子，而蓝蓝的天空是白云的软床。

他说那时的鱼真多，水中不时游过鱼群，似乎有一种唰唰的声响……

到县城上中学后，学校会在冬天搞一次集体狩猎，全校九百多人，会向呼兰河畔的柳丛进发。大规模的围拢，逐渐缩小包围圈。

虽然善于蹿跳的兔子在那些女同学的惊讶声中跑远了，但同学们每次都有所获。

二十世纪七十年代后期，老人的女儿和同学去呼兰河畔打柴，同学还被兔夹子夹住了腿，可见那时的呼兰河畔还有一些野兔，因为一些柳丛还没有消失。

八十年代初期，我和弟弟到河边打柴，那时河边的柳树地大部分已经被开垦为田地，可以想见土地被犁铧破开时的战栗。

记得学校曾组织师生沿拉哈山栽树，后来那些树逐渐长大了。沿河口向北走，曾有一片果树园，那半红半黄的果实装点了初秋的山坡。但后来不知什么原因，那片果园消失了。再往北走几里，是兰西的三北渔村，其实就是养鱼的地方。好多的方形鱼池，里面有各种各样的鱼，最大的有几十斤。此处还为邻近市县提供鱼苗。许多年后我从那里经过，当年鱼池的方形痕迹还在，只是不见了水，一棵棵玉米代替了当年的鱼。

有一次我在返校上班的途中遇到一位河口的居民，闲聊中得知他在很小的时候就跟人在呼兰河挖沙子，凌晨两三点钟就起来干活儿。他说那时就是在河浅处挖沙子，装到船上，不像现在这样采沙子手段先进。其实我知道，不少沙滩都成了采沙者的觊觎之地，有的沙滩因此被破坏，或者永远消失。河口的采沙船挺多，已呈现出过量开采的趋势。我问河口从前鱼多不多，他说很多，最大的胖头鱼，两个小孩抱起，尾巴还奇拉到地上。我羡慕这位河口的居民，我小时候可没看到这么大的鱼。

现在的呼兰河两岸已没有野兔的踪迹，因为呈零星分布的柳丛还不足以使它们生存。偶尔会看到一两只野雉和一些小鸟，就连这些小鸟也在受着粘网的威胁。河口往北不远便是一座寺院。每当赶庙会的时候，便有一些人卖鸟，也便有一些人买鸟放生。这些被放生的鸟依然有可能被捕获，被买卖，如此的循环是不是很有讽刺意味呢？鸟被利用了，善心也被利用了。也有用夹子打鸟的人，有的因此被苞米茬子扎破了脚，这是自然对人的惩罚。至于野鸭子，我们已经很难看到了。

呼兰河两岸现在还有一些杨树。近几年每当春天，老人都会和家人来到河口，选一处河边的树地作为野餐之地。每当老人野餐之时，便想起自己的童年。他在感受着一条大河的流淌，但河中的鱼已经越来越少了。夏天呼兰河涨水的时候，河汊子的边上坐满了来垂钓的人，但能钓到鱼的很少很少。有的人钓一会儿就走了，有的长久地坐在那里，期待有所获。作为一个旁观者，我能说什么呢？有的人家开车来此，一个家庭的快乐在一个小河汊子旁柳树边展开了，就像那个展开的大凉伞。凉伞下面铺上个垫子或者塑料布，之后就开始了烧烤。有阴凉，有清风，有羊肉串，但唯独缺少鱼香。当河汊子里的水逐渐退去的时候，唯余"地龙"在里面，每个小网眼都是叹息。

再写塔头

在去呼兰河考察路过城山屯的时候，我走进一个小超市。几个人正埋头打麻将，我问屯子里还有没有塔头，一个老者连瞅都没瞅我一眼，就说没有了。我纳闷，来之前我的学生还说有，因为她是在这个屯子长大的，她父母如今还住在这里。

回到家后，我学生问我看没看到塔头，我就把情况如实说了。其实是有的，只是那个老者忙于打麻将，一句话就把我打发走了。在老者看来，我的发问简直没有什么意义。

过些天，我的学生特意回到城山屯，之后给我发来了照片和小视频。那是塔头砌起的院墙，有我学生家的，还有别人家的。风吹雨淋日久，院墙已显颓圮。还有一家的三间房全是用塔头垒的，外面抹的是黄泥，除了房子西侧山墙有部分裸露和一点儿开裂，其余还完好，只是房子早已没有人住了。

五六十年前的呼兰河两岸，塔头很多。沼泽地带的塔头墩子，它们纠结的根系感知着水的恩泽，每年被春风吹绿的草像它们的头发。那发丛里很可能藏着鸟窝，那些鸟会孵出小鸟来。沼泽的水是河水的扩展，而这些塔头是河流的大手笔，是谁也无法替代的大手笔。

几十年前还很少有生态的概念，这些塔头被农民弄到家，或砌成院墙，或砌成了房子，塔头的根就与土地断了联系，只是那时我们还不知道这是一种永远的痛。塔头以自己的牺牲砌成了一个叫家的地方，尤其是以塔头为墙体的房子，见证了一个家庭梦境里的呼吸，见证了一个个孩子的诞生，见证了屋外的风雨和屋内的安恬。当一个春天的黎明到来，淘气的红公鸡会飞上塔头墙，引颈喔喔欢鸣，一家人小园子里的播种也就从此开始……

本来我们从那些活着的塔头中会感知土地的呼吸，也会感知上天的雨水带给塔头的欣欣向荣，也可以说，那些塔头是天地交流的媒介，是草的经络构成的神奇的系统。

看一看那些砌成院墙和房子的塔头吧，它们早已成了棕色或黑色，但草的盘结还在，盘结中的泥土还在。草的生命是如何变成尸骸的，看看塔头便知道了。

当我们懂得珍惜的时候，却很难见到湿地和湿地里的塔头了，因为几十年来大量的湿地已被开垦。如果说当年利用塔头是无奈之举，还可以理解，那么后来的大面积开垦就是有意的破坏。在利益至上的年代，这样的破坏没有遭到非议，似乎就是理所当然，这该是怎样的悲哀啊！

现在河边上的孩子很少有知道塔头的，更不要说远离河流的地方的孩子了。多少年后，塔头砌成的院墙和房子都将不复存在，有谁还会像我一样写塔头呢？

世界上的消失有自然的和非自然的，塔头的消失属于后者，而属于后者的，哪里只是塔头呢？

在呼兰想起呼兰河

在端午节这天去萧红故居，这真是一个不错的选择。萧红出生于一九一一年六月一日，那一天是农历五月初五。虽说此前去过几次萧红故居，但这次去显得更有意义。

最初去萧红故居还是在三十年前。那时她家的三间草房还在，但被别人家住着。房子易主了，但改变不了我们对萧红的崇敬。那个叫张廼莹的女孩如何从屋子里跑出，又如何从外面跑进屋子，屋子又如何装着她童年的快乐和梦想，我们只能想象了。这个乳名叫荣华的孩子，这个学名叫张秀环的孩子，这个由外祖父改名为张廼莹的孩子，后来经历了人世的风霜。当一个人不再是孩子，世界当然也不会把她看成孩子，她所经历的风霜太多了，那风霜过早地吹折了她的生命。世界不是她和蔼的祖父，世界给她太多的白眼，三十一岁的生命里有太多的不甘。第一次去萧红故居时园子里的老榆树死了，那曾看过嬉戏的女孩的老榆树，那曾看过远走的女孩的老榆树，也许是死在对萧红不幸的回味之中吧。

三十年前我所看过的萧红故居的后园太小了，随着萧红故居的修缮，后园也扩大了，也许这扩大了的后园才是后园本来的样子吧。真的最爱看后园里那座祖父和嬉戏在祖父身边的女孩的雕塑，这凝固了的情景再现，让人感叹生活美好的一瞬，更为一个女人的不幸而唏嘘不已。

修缮后的萧红故居再现了上个世纪二三十年代民居的建筑风格，那带木格的窗子，那里面的土炕、炕席和火盆，那炕柜和柜子里的被褥，屋内的镜子和照片、胆瓶和老座钟，还有那锅台和锅台上的木质锅盖、锅台旁的风箱、靠近锅台墙壁里的灯窝，甚至谷草编的鸡窝……那些东西都让人想到遥远的年代萧红一家的生活。除此之外，还有那圆而高的黄泥烟囱、马厩和马灯、笸箩和摇车子、磨盘和老风车……需要说明的是，马厩里是马的雕塑，时光被定格了，但我却分明听到了马咀嚼草料的声音和马的呼吸。这里还原了遥远年代的生活，是有关乡土和家园的好教材。

萧红故居的旁边是萧红纪念馆，它的建立丰富了有关萧红的内容。

从萧红故居往西走不远便到了西岗公园，我和妻子是第一次来这个公园。这个公园还是有一定的历史的。它是在呼兰县知事（县长）钟毓的主持下建的。一九一六年，钟毓的一个决定和各方捐款买地，使得公园的建设成为可能。钟毓还题写了"西岗公园"四个大字，并写有《西岗公园记》。

园内比较有名的是四望亭。此亭建于一九二七年，是当时的县知事路克遵主持修建的。飞檐真像大鸟展开的翅膀，这是深扎于土地的飞翔姿势，永远引逗人飞翔的欲望，但又永远不会飞走。这让我想到大地的意蕴，亭台楼阁就是这意蕴的一部分，再加上人的登临，就使这意蕴更加深厚。呼兰周边的一些市县，像这样有历史感的亭子还很少见。向路克遵题写的"四望亭"三个字望去，想一个早已远去的人当年的笔力，也想一个人留下的是这样立体的形式，流水流云流动的风无法带走。

公园内曾立有马占山等人的德政碑。一九二八年马占山任陆军骑兵第一旅旅长时，驻守呼兰深得民众拥戴。日军侵入呼兰后，憎恨马占山抗日，将此碑捣毁。需要说明的是，园内还有一个"英灵塔"，是日伪当局于一九三四年为"纪念"日本帝国主义侵略中国时战死的官兵而修建的，阿谀的色彩浓重。一九四五年"八一五"东北光复后，群众将"英灵塔"三个字除掉，几十年后塔尖被扒掉，仅剩底座。阿谀的碑残破在历史的嘲讽里，被敌人捣毁的碑却永远立在了人们的心头。

萧红青丝冢就在这个园中。萧红的头发是端木蕻良提供的。我在萧红青丝冢旁伫立，想青丝没有变成白发就过早地离开人世的萧红，想她短暂而颠沛的一生。《呼兰河传》《生死场》……这些作品是萧红的另一种生命，在无限地延长。

离萧红青丝冢不远，有几位老妪在放声唱着她们喜欢的歌，稍远的地方有几位老者在甩着响鞭，还有的在拉琴，还有的静静地坐在长椅上休息，大树的浓荫在庇护着他们……美好的今天是当年的萧红无法预测的未来。萧红以青丝的形式回到了故乡，好像是一种牵念找到了安慰的方式。今天的变化太大了，大得就连萧红故居周边都长起了高楼。毕竟萧红故居这块地方保存下来了，比之不少地方该保存的没有保存下来，这块地方真是幸运之地。今天的呼兰在宣传萧红方面做得还不错，一位作家给一个地方带来的荣耀似乎超越了文学的意义。我想这也是好的，毕竟让人们记住了萧红。有一些参观者和文学无关，他们也想了解萧红，这毕竟是好事。作家的生活，作家作品中的生活，在广泛的意义上被人知道，这是呼兰人的骄傲，也该是作家的骄傲。

萧红故居、萧红纪念馆以及西岗公园的萧红青丝冢，这是开头和结尾的一种呼应，是诞生、出发和归来的一种体现。但这个结尾却余韵悠长，她的生命在人们的品咂里，她的作品在人们的回味里，这样的结尾没有结尾。

在呼兰想起呼兰河，在呼兰看到呼兰河。呼兰河边停着一些小船，水泥护坡上有几只倒放着的船，河边有一些游客，其中一个穿浅绿上衣的女孩被大人领着，正看着波光粼粼的河面，他们把背影留给了我。女孩还不到会思索的年龄，但愿她长大后想起二〇一七年端午节这一天，他们望向流水的一瞬间。当有一天女孩成为母亲，她也会牵着自己孩子的手来看呼兰河，那时时光又过去了几十年。

在萧红诞辰纪念日，我们看呼兰河水正向东南流去，不远处就是它们要进入的松花江了。

当年的萧红在哈尔滨一定是喝过松花江水的，但她品味的是流浪的滋味，是贫穷和饥饿。

小　鱼

到大学工作三年后，我认识了学生小鱼。

她戴着眼镜，梳着两个辫子，脸很白净。最喜欢她的文静，还有那一说话就微笑的样子。

言谈中我知道她家是呼兰的，她有一个哥哥，也在上大学。她跟我提到她的母亲，但从未提到她的父亲。

小鱼是一个勤于学习的孩子，学习挺出色，练讲课上的表现让我印象深刻。我讲的课与中学语文教学有关，我庆幸教到了这么好的学生，我想毕业后她一定是一个好老师。

毕业后她到了某县级市的一所私立学校工作，当初中语文老师。这并非她的最佳选择，何况离家又比较远。小鱼是一个懂事的孩子，她想以此减轻家里的经济负担，她要为这个家出力。

小鱼在这所学校得到了重用，这也意味着她的工作压力是很大的，不但课节多，当班主任，而且还做年级组组长和教务处主任等工作。

之后有较长的时间没联系，再次得到她消息的时候，她生病了，且做了手术。我猜想她在家养病的日子，一边是服药，一边是对病情的担忧。不管怎么说，小鱼还是逐渐好起来了，痊愈后又回到学校工作。

她在那所学校工作时还给我寄过她写的诗，我曾选过几首，发在我当时代别人编的一本内部刊物上。在离家几百里的异乡，小鱼以诗的形式缓解她工作中的压力和对家的想念，那诗是时间的缝隙中开出的小花，微苦中有芬芳。

考虑到母亲年纪大了，身体又不大好，小鱼在那所学校干了四年后回到了母亲身边。

在家乡一次只招聘一名语文教师的考试中，她考了个第二名。希望近在咫尺，但又与遥不可及没什么区别。小鱼跟我说了这种情况，我又能说什么呢？有些事情不是我们能左右的，但我还是鼓励她寻找机会。

后来她去了山西，她说有一个对她有好感的男孩在那里，她也该考虑个人问题了。

再次得到小鱼的消息已是几年之后。小鱼说到山西之后又得了一种病，并且做了手术。她说因为身体的原因，婚事也告吹了，她说她不想活在别人的怀疑和担心之中。在养病期间，一个人闯进了她的生活，爱治愈了内心的伤痛。后来小鱼有了一个可爱的女儿，她把母亲接到了山西。她说现在山西一所辅导学校当老师。

当年呼兰河边的女孩蹲在河边望水中小鱼的时候，没有想到自己像小鱼一般游得太远太远，更没有想到遇到了那么多的曲折。其实小鱼是以家乡的呼兰河为骄傲的，那个因为萧红出名的地方有她的童年，有端午她和玩伴们踏青的往事，有她在河边对远方的向往，也有她与母亲河边洗衣服的时光……但理想之花不一定都能在故乡绽放，所以就要远走他乡寻找出路。其实每一个游子在远赴他乡之后情感都是复杂的，但他们并不因为在故乡没有实现理想而埋怨故乡，他们的热爱因为远离故乡而日益加深，他们用故乡的美好安慰自己孤寂的心。小鱼说呼兰还有她家的房子，由亲戚照看着。那普通的房子里有小鱼的童稚岁月，在她远离故乡之后，它在替小鱼望着滚滚而去的呼兰河。

小鱼现在生活的地方有一条河经过，它叫滹沱河。小鱼在望这条河的时候，一定会想起家乡的呼兰河。

从呼兰河到滹沱河，几千里长路。我想到当年从呼兰河边启程奔赴遥远的山西的小鱼，她的望眼里还看不清遥远的未来。她一路走来，靠的是自己的坚强，靠的是爱人坚实的臂膀。

由于种种原因，一个人在经过长期的努力之后，其工作仍与理想有一定的距离，才能的发挥仍受到一定的局限，但这也是生活。在生活的河流上，小鱼虽没有大鱼跳出水面那样引人注目，但她像她的名字一样游出了努力的自己。希望她的前面有更广阔的水域。

有一种渺小叫伟大，小鱼当得起这样的称呼。

呼兰河边

一

第一次从绥化来兰西，最先看到的是呼兰河，兰西的地貌特征是以呼兰河为标志的。

位于呼兰河西岸的兰西县城，在一九八一年的时候还显得土气。那时县城里只有几座二三层的小楼。现在的楼群疯长起来，其中还有些高层，最高的竟然三十多层。楼群的疯长有这样那样的原因，比如一所学校的搬离，随后就有楼群花瓣一样围绕着学校这个花心。

但并不是所有的人都能住进楼房。这个县城里还有很多低矮的屋子，在雨后往外抽水的还大有人在，水管像吐不尽哀怨的蛇。多少次经过这样的人家，我就想境遇的改变不是一件容易的事。那些人家旁边的道路也是坑坑洼洼，残留的雨水成了一面镜子。除了好奇的孩童，谁会来这里照一下镜子呢？在高楼的光鲜和平房的黯淡的对比中，谁都会感到极大的不平衡。

多年前我家住的还是连脊的旧砖房，我家南面比我家还旧的是三间草房，西面一间半有一对老夫妇住着，东面一间半则空着。后来我搬离了那里。有一年我有意走进胡同，发现从那空了的一间半草房里竟然长出了向日葵。房子漏了，向日葵是从那后房顶的窟窿里长出来的。向日葵种子是如何在那空屋子里落脚，最后逐渐长高探出屋顶的呢？最大的可能是在一个秋天，向日葵种子被风吹来。它先是安静地睡在这里，之后是尘土的一次次掩埋，然后是在一个春天里生根发芽……恰好从房顶的窟窿里漏下一丝天光，向日葵便拽住那一线天光，挣扎着钻出屋顶，开出金黄的花。我惊叹，我无言。那是破败的心境中的一点儿希望吗？除了我，那向日葵还会被多少人看到呢？几年后我又去看那座破草房，代之而起的是一座新砖房。尽管这种变化经历了较长的时间，但它带给我们的毕竟是欣慰。

有时我会禁不住想起那棵向日葵，怎么觉得它像一个人呢？

二

在这个小城里，我看到一些人在垃圾箱里寻找生计。一个塑料瓶、一个小纸箱、一张张废旧的纸……它们被人捡走，而后卖钱。

捡垃圾的大多是老人，其中不乏七八十岁的老太太。我有时在想：七八十岁本该是颐养天年的时候，她们的儿女愿意她们出来吗？一定不愿意。但她们的捡拾一定是因为她们需要那废品换来的一点点钱。有时我也觉得这些老人捡垃圾是与自己的寂寞作战，人总得找点儿事情做。有时我也在心中生出一些敬意，这些捡垃圾的人靠自己的辛苦挣钱，每一分钱都是干净的。

有一个人他不是老人，他是一个中年人，更准确地说，他是一个智障的中年人。我最初认识他时他还是一个小伙子，转眼几十年就过去了。他是一个捡垃圾的人。在小城的许多角落，我经常看到他左手拿着塑料袋子，右手拿着一个铁钩子，去寻找垃圾箱里可卖钱的东西。他最大的特点是经常自言自语，摇摆着身子向前走，显出很高兴的样子。有几次起早赶车，那都是北风呼啸的雪天，我看到他依然不停寻找的脚步，他的执着真够可以的了。还有酷暑天，许多人睡午觉的时候，他也不停止寻找，光头上是细密的汗珠。从身体上说，他是个弱者，但正是这样的弱者，把自己的某种强大展示在岁月的严寒酷暑中。对这个捡垃圾的智障人，我怎能不肃然起敬。在岁月中我们也是寻找者，只是我们在寻找中心有杂念，忧心忡忡，不像这位捡垃圾的人心地单纯，目的单一。这样说来，他的生活是简单而有执念的，这种执念又是健康的，而我们这些以正常人自居的人，心态往往不正常。

三

好多年前，在我家附近有一家洋铁铺，洋铁铺的主人是一个醉鬼。

打炉筒子、铁桶、烧水壶……他的手艺挺不错的。

他是个高个儿，眼窝深陷。听说他没了老婆，是去世了，还是跟了别人，不得而知。听说他挣的钱大多被他儿子拿去了。

晚上，他成了酒后演讲家，这和平时忙碌中的他形成鲜明的对比。上至国家大事，下至身边小事，演讲家的涉猎很广。只是很少有听众，因为周围的人太熟悉他了，因为他的话语已成嚼过的馍。这难道是我们白天见过的人吗？他打制的铁桶和烧水壶等滴水不漏，而他的话语却破绽百出，前言不搭后语。酒精的作用可真大，这个我们看不见的幕后黑手把这个老者支配在夜幕之下冷寂的街道上。老者的话语里似乎有一个敌人，但这个敌人从来不与他应战就能取胜，它的名字叫孤独。就这样，他的愤怒一次次把夜晚的寂静撕开。

当晨光照来，老者又开始了新的一天，好像把昨夜的事情忘个精光。当夜晚到来，他的演说又开始了。

另外一老者，我对他的身世一无所知。他很矮小瘦弱，无论什么季节都戴着一顶帽子，走到哪里都带着一个播放器，而且把音量调到最大。我没见他跟别人说过话，只看到他近乎跳跃的走路姿势，全然不顾别人的感受。我想他可能是耳聋，才把播放器的音量调到最大。当然，这只是我的猜想。播放器播放的大多是二人转，歌唱声喇叭声锣鼓声响遍半个小城。老者活在自己的世界里，他的词典里没有"打扰"这个词。有人说他的精神有些问题。

这两个人应该是小城中的怪人了，我们已经习惯了他们活着的方式，我们也逐渐学会了宽容。

四

有一段时间，我常去某药店的一个角落找一个师傅修表。师傅是个罗锅，他靠修表维持生活。那是一块老旧的手表，我却不肯扔掉。有一天我又去找那个师傅修表，药店里的人说他去世了。我忘记后来是不是找了别的师傅修表，反正那块表不久彻底躺在一个装东西的小盒子里了。

她是一个肉店卖肉的，那时她也就三十多岁。肉店里还有一个十五六岁的男孩，不知和她是什么关系。那个孩子该是上学的年龄，不知为什么早早走出了校园。后来那个女人和那个男孩都不见了，问一个戴眼镜卖肉的女人，她说那女人被她的男人抛弃了，而那男人又娶了第三个妻子。她说那女的去哈尔滨了。我又想起那个男孩，他可能是那女人的什么亲戚，不知他去了哪里。

在一个雨天的下午，我为了买一个厨房炉具而寻找一个商店。

正赶上小城里最好的厨具商店装修，我因此寻找那另一家在我看来比较不错的商店。我打着伞走了好几个来回，都没有找到那家商店，问了几个人，都说不知道。其实那是多年前的一家商店，说不上什么时候已经不开了，而我还在寻找。小城的变化之快似乎让我来不及感叹。

不管怎么说，有很多人和事物我们都找不到了，就连我们的青春也是这样。

五

那是一座四间带走廊的砖房，现在住着一对老夫妇。老者现已八十一岁，老妪也已七十九岁。

老夫妇有一大帮儿女，但常在小城生活的只有两个。那些在外地的——大庆的、哈尔滨的、海南的，常常牵扯着他们的思绪，还有他们的孙子孙女。好在身边的一儿一女常来看他们。

老妪已病了多年，腿脚不好使。老者身体尚好，照顾老伴无微不至。

但那大大的屋子里常常弥漫着孤独的气息。两位老人晚上睡不着的时候，常常聊起孩子们小时候屋里屋外跑出跑进的情景，他们也感叹：几十年怎么这么快就过去了啊！

想当年他们的大房子盖起的时候，那房子可真是轩敞漂亮。可如今那房子显得矮小了，破旧了，就像已然衰老的他们。旁边的高楼耸起已有八九年了，他们的房子就显得黯然失色了。

春天的时候，老者依然在种自己家的园子。他用农具翻动自己家的田地，每翻动一次，都在与自己的孤独和寂寞作战。

有一年他种上了谷子。初秋的时候，谷穗渐趋成熟，而麻雀也越来越多。附近很少看到谷子地，而这片小小谷子地有着巨大的吸引力。来啄食谷粒的麻雀无意中陪伴了这对老夫妇，而这对老夫妇也丝毫不心疼谷粒的失去，好像这些谷粒就是为这些麻雀准备的。只是这样的时光太短暂了，当谷穗变得一粒不剩，只有风吹得谷叶沙沙响，像是老夫妇的悄声细语。

六

十字街南面是店铺的集中区，也是那些闲来无事的老者最为集中的地方。

春夏秋三季天气好的时候，他们从自家拿来马扎，坐在大道旁边，或闲聊，或打扑克。有时我想：这些老者不在家里待着，到这闹嚷嚷的地方干什么来呢？也许是他们太寂寞了。见了面问一声好，或者说一些新闻。这些新闻有的是真实的，有的就是子虚乌有，不管怎样，他们都没让舌头闲着。说话的时候，你看看我，我看看你，每个人的眼光都像挖掘机，好像要从对方的表情中挖掘出什么。每个人都像在心里搜罗着什么，似乎是为了满足对方，也满足自己。唠到没话的时候，那就只有发呆了，旁边杂沓的脚步声无意中填补了这个空白。很难想象这个发呆的时刻对于这些老者意味着什么。沉默和寂寞是一对孪生兄弟，在他们的脸上和心上显现出来。还有在闲聊中玩健身球的，那两个健身球在手掌上磨来磨去，就像一对孪生兄弟嬉闹不休，不知哪个叫孤独，哪个叫寂寞。还有那些打扑克的，好像这是他们每天必做的功课。一个磨手皮子的活儿，又没有输赢，如何打得那样黏，好像扑克真有某种黏性似的。一张张扑克落下，又一张张抓起，就这样循环往复，不知疲倦。有时因为某一张牌起了争执，有时会说谁出的牌臭，有时为了一张漂亮的出牌而暗喜……一张牌覆盖另一张牌，有时落得很轻，有时落得很重，牌的轻重全赖人的情绪。牌的主宰者聚精会神，他们活在四个人构成的世界里，时光就这样被他们一点点打发掉了。身旁的树落下了叶子，那是树的扑克牌吗？只是这样的扑克牌不能再回到枝上。

冬天的时候，如果不是奇寒天气，这些老者都是准时报到。他们把自己包裹得很厚，只是他们不再坐着，他们以站着或来回行走的方式表明自己的存在，他们看着对方的面孔，聊着他们感兴趣的话题。岁月的风雨冷暖，人生的高低起伏，历史和现实的嬉笑怒骂，全都在他们的话题里。

七

在这个呼兰河边的小城已生活了三十多年，可以说我把异乡住成了故乡。哪里适意，哪里便是家园。我们可以说是适意的，但这种适意是在与失意的比照中凸显出来的。同许多人一样，我们经历了年轻时的困顿，甚至也曾想如何插翅远飞，但我们还是留了下来，在踏实中有了自己的一方天地，或者说有了安身立命之本。

这些年，我们住过了多少房子，我们穿坏了多少鞋子，我们用旧了多少碗碟，我们坐旧了多少椅子……我们也在一天天老去，但每个新到来的一天对于我们来说都是新鲜的。花椒和味精都不是生活里简单的点缀，正如细节都不会在生活里显得平淡，热爱是我们对自己生命的安慰，也是对所爱之人的安慰。

在这条大河的边上，我和妻子写了那么多的诗歌和散文，还有妻子的小说。一条灵动的大河总给我们注入不竭的动力，我们的心境也在翻滚的浪花中不断刷新。对于我和妻子来说，呼兰河绝不是一种点缀，它的呼吸紧连着我们的呼吸，它的起伏也紧连着我们心境的起伏，它的清浊也紧连着我们的惊喜和担忧。

我们要让女儿和外孙女记住这条河，记住一条河给予的恩泽，还有岸边那些和我们一样为生活而劳作的人们。

第二辑

峡谷里的溪水

松花江畔

　　同学宏伟和淑霞夫妇从山东来，我和妻子及另一位女同学玉民与他们在松花江畔相聚。这两位选择了江畔的一处酒店入住，从酒店便可俯瞰松花江。

　　宏伟是我上两级的，而淑霞同我和妻子及玉民同班。宏伟和淑霞去山东多年了。宏伟毕业之后曾在机关工作过，还曾在山东某县当过副县长，后来经商了。他是个儒商，读过不少书，早年写作并发表过不少短篇小说。

　　我们一同去看松花江。人生到一定的年龄再来看秋天宽阔的松花江，是一种非常好的契合；人生在经历了许多的跨越之后再来看松花江上大桥的跨越，该会有多么深刻的理解；人生在经历了不少风波之后再来看松花江上的船，就是不坐船也觉得是船上的一名乘客。松花江，我们以它为背景照相，我们抬头望江水的时候却常常沉默。

　　这次我给他们两位带来了我刚出版的写河流的散文集《河流的表情》。第二天早晨我和妻子刚从江北的玉民家醒来，我便看到了宏伟发在朋友圈的读后体会。可以想象他读书的情景，当他读完这本新书的代序《河流赋》的时候，他可能透过酒店的窗子看气势磅礴的松花江和气势雄伟的防洪纪念塔。他说："河的历史与现在，就是人的历史与现在。吟咏河流就是吟咏人生世界，吟咏作者的情怀……"他还重复了我这篇文章中的话"河流的融合是同道的融合"。的确，毕业后我与他虽然走着不同的生活道路，但一定意义上我们还是"同道"。淑霞当过中学教师，但更多的时间是从事电视台的编辑工作。当年在大学期间她也是文学爱好者，写过不少诗，工作后虽然很少写作，但还读一些诗和散文。妻子的散文集《芳甸》和《花事》出版后，她写了一些评论文字，对文学她有自己的理解。

这一天，我们到附近的虎园看了看。多年前我曾来过这里，比之以前变化不大。我们看了太多的老虎，那些老虎或卧或行，它们对投放食物最感兴趣。虎的繁衍全赖强烈的保护意识。如果我们以这样的意识去呵护松花江，污染就会大大减少。

玉民领我们去看她家附近的湿地，那一条条栈道通向湿地的深处，已有不少游人在栈道上流连。虽说松花江离我居住的地方只有一百多里，但对它的了解还很不够，尤其是这沟沟汊汊。蒲草、芦苇，还有水中嬉戏的野鸭，望去都是一种享受。小野鸭在水中扎猛子，一会儿又在不远处露出头来，如此循环往复，小鸭子玩得很尽兴，我们看得也尽兴。但我看到了漂在水上的死鱼，这说明水还是有一定的污染的。

再往南走就是哈尔滨大剧院，这是一项宏伟建筑。从远处看，这剧院像什么呢？有人说像雪山，我倒觉得像甩动尾巴的巨大的银鱼。在松花江边涌起了这样的建筑，确是一处风景。站在大剧院的最高处向下望去，松花江正由西向东行去，而我们眼前的江汊子都比一条大河宽，可见松花江的实力。

我曾到大剧院的内部看过，真是宽敞而优雅，是一个非常好的所在。我真想在方便的时候，哪怕驱车百余里，也要来这里看一场演出。当那些歌唱在夜晚的剧场响起的时候，松花江的浪花也在不舍昼夜地翻卷，演员的歌唱一如浪花的歌唱。但如果我们这条江的污染日益严重，再好的大剧院也减色不少。最清澈的大江，最清亮的歌唱，这样的和谐是我们的希望。

玉民多年前就在江北买了房子，这次在玉民家住，我们也羡慕玉民的选择。抬眼是大江和湿地，又有着远离闹市的安静。只是玉民的丈夫（也是我们的同学）在几年前去世了，玉民现在仍一个人生活。玉民的房子很大，但盛装的都是她的孤独。人生总是有遗憾的，何况是这样大的遗憾，但玉民还是乐观的，生命总要往前走，正如向前行去的松花江。

后来玉民发来了读我的《河流的表情》的体会，可以想象在夜的深处，在松花江畔她的家中，她认真读书的样子。

玉民和我妻子在高考前补习的一年里就是同学。大学毕业后，玉民做过多年的中学教师，后又到哈尔滨某大学工作。当年呼兰河畔玩耍的女孩如今在松花江畔生活，邻水而居的她在感受着松花江水的柔情。

那一段松花江

那是我没有去过的江段。在照片里，一个女人或站或坐的远望中是江水流来的方向，她也一定会向江水流去的方向望去，无数的浪花也在望着她。不知道已有多少次这样的远望，沉默中两眼含情，任江风吹拂着头发……在江边长大的女人，在江边渐渐变老的女人，远望的时候心情该会时而平静，时而涌起波澜。

江边是绵延的山，我相信那些山已绵延进无数远望中的生命。山的高低起伏和人的高低起伏是相互映衬的，这些起伏又与江水的高低起伏相互映衬，成为这个世界足可回味的内容。年轻时看江水与年纪大时看江水肯定有太大的不同。年轻时会因向往远方而怅惘，也会有江水一样的激情。年纪大了会想起很多事情，虽也有江水般的不平静，但更多的是平缓，并会以包容的心态看待这个世界，一如那善于容纳的大江。

江水中肯定有大船驶过，不过我看到的照片中是一只小小的机动船。比之于那宽阔的大江，那小船小如一尾鱼甚或一根针，但也不要说微不足道。世上所有的微小都会有活着的坚忍，世上所有的强大都来自一丝一毫的从容。

一个老女人，她在洗着衣服，最突出的是一件黑色的羽绒服。一个冬天的穿着让人想起雪花飘舞，想起朔风的包围，但人生总要走过冬天，就像那大江无法绕过冬天。此刻那黑色的羽绒服正沉浸在江水里，一如老女人的思想沉浸在江水里，羽绒服与老女人得到的将是江水给予的清爽。从家到江边的路一定很短，从热爱到热爱一定很久长。在家里洗衣服与在江水里洗衣服肯定是不同的，我相信在老女人的想象里，所有的衣服都像鸟，在沐浴后展开衣袖的翅膀。

面对那样一条大江，谁的心思不会被流水带远？走远的人内心携带着一条大江，让澎湃的江水给自己一些底气；归来的人面对大江，会把开阔注入再一次走向远方的梦想；没有走远的人整天守着大江，习惯了江风吹来吹去和江水的自然流淌，习惯了俯首劳作后的抬眼远望。

晚霞如火。在大江流来的方向，谁的望眼不流连此刻？那是红红的花朵最后的开放，还是谁泣血的表白？如此隆重而感人。望过的人谁都不能忘记这样的一刻，就像望着历经沧桑的自己。这时的江水好像受了晚霞的感染，有着很深的惆怅。如此的感染力，就这样铺向远方。

阿 什 河

　　走进伏尔加庄园，我发现了里面的一些小湖，湖边有一些柳丛。再往里走，我竟发现了一条河，当时我还不知道它叫什么河，后来才知道叫阿什河。在来伏尔加庄园前，我对这个庄园的情况一无所知，所以不了解阿什河也在情理之中了。

　　河上有桥，我们在桥上走走停停。在河上望河的来路和去路，总有追念和畅想两种情绪。那桥栏杆上的花环相挽的造型像相挽的手臂，要留住时光，而那些钢筋交叉的造型又形成了一些菱形的"窗口"，我们可以蹲下来透过那"窗口"而有趣地望河流……河边的草地，河两岸的杨树和柳树，还在八月末的绿色中。是河流修饰了草地和树木，还是草地和树木修饰了河流，这样的问题已不用回答，这样的映衬之美在谁的望眼里都是一瞬间的永恒。河风在吹拂柳树，也在吹拂我们的头发，在这样的时刻，头发和柳丝真可以互为喻体，想象中人与树也可以来一次位置的置换。时光匆匆，我们也匆匆，但这样的停留该是多么有意义。扔下所有的忙碌和疲乏，让喜悦从心底涌出，洋溢在我们的脸上。

　　我们走过小桥去看那些雕塑和建筑，雕塑不少和希腊神话相关，建筑多是俄罗斯风格的建筑，如尼古拉大教堂、巴甫洛夫城堡等。哈尔滨是一座深受俄罗斯文化影响的城市，而伏尔加庄园一定意义上反映出了这种影响。不但如此，俄罗斯一些消失了的建筑也在园中有所体现。伏尔加庄园，这有着浓郁的俄罗斯风格的名字，体现的是接纳。伏尔加庄园不是在伏尔加河畔，它是在离中国最北边的省会城市哈尔滨不远的阿什河边。这样的接纳是需要气度的，正好我们赶上了一个富有气度的时代。

伏尔加庄园，自然让我们想到伏尔加河，想到列宾的那幅名画《伏尔加河上的纤夫》。伏尔加河，它是俄罗斯河流的代表，或者说它是俄罗斯风格的代表，让我们想到那个与我们有着久远联系的国度。文化的相融是大趋势，历史和现实都告诉我们这一点。阿什河依然是阿什河，本土依旧是本土，在保持本土特色的前提下，我们不妨接纳一些外来的东西，就像这伏尔加庄园。

但我们应该知道，哈尔滨的尼古拉大教堂毁于一个疯狂的年代，几十年过去了，无论是时间还是空间，装进的都该是我们的反思。这伏尔加庄园里的复建，虽不是在哈尔滨原址上的复建，但也能给我们带来一些安慰。也许有人会质疑复制的意义，但我要说，这种复制的意义在于，它让我们知道破坏是那么可怕，而被破坏了的又是多么珍贵！这种复制的提醒该是多么重要啊！

伏尔加庄园坐落在哈尔滨市香坊区成高子镇，这个镇因为这个庄园而驰名远近。这个庄园位于城市的喧闹和乡村的宁静之间，它在一定意义上纾解着从喧闹中走来的人的疲惫，又在从河流汲取的宁静中不断增加着宁静的质素。还有比这个更好的地方吗？成高子是满语"敲冰取鱼"的意思，地名都有河的气息。我们现在缺少的并不是城市，或者说我们缺少的并不是高楼，而是无污染的河流和它所给予我们的一切。

除了那些雕塑和建筑，我们还看了湖中的荷。虽说已过了花期，但田田的荷叶也是一种美。荷叶给了我追念的味道，我希望时光中我们不该只是追念，还有呵护。那些逝去的不再回来，那些复建的却是一个时代的善良所显示的意义。

阿什河，松花江干流南岸支流。魏晋至唐代称"安车骨水"，金称"按出虎水"。每个民族都是逐水草而居的，女真族当然也不例外。说到阿什河，不能不提到女真族。作为黑水靺鞨一支，完颜部辗转迁徙到按出虎水边。"按出虎"，女真语"金子"之意。收国元年（一一一五年），完颜阿骨打统一女真各部，建立金朝，国号为"大金"。不知为什么女真人把这条河说成是金子一样的河，也许是显示水如金子一样珍贵吧。当阳光照在九百年前膏腴之地的按出虎水上，谁的望眼里不充满喜悦呢？也许坚固的金子也寄托了一个民族对自己美好命运的向往。完颜阿骨打，这个出生在按出虎水边的人，是如何把这条河看得像他生命一样重要。这个带兵四处征伐的人，这个善骑善射的人，最后在返回上京途中病死了，之后葬于上京宫城西南，出生地成了最初的安葬之地。当年的都城如今唯余一座土山和夯筑的城墙，但一条河还在。当年这条河与那些铜镜一样如何照出了那些男人和女人的面孔，它又如何感知戏水少年的欢乐，又如何照出采花女孩插花于头上的喜悦？阿什河流过了漫长的历史，阿什河在见证着时代的变迁。到明朝时这条河称"金水河"，清初称"阿勒楚喀河"，一七二五年（清雍正三年）改称"阿什河"。"阿勒楚喀"，据新编《阿城县志》载，系满语"嘎拉哈"的"珍儿"（不平的一侧），引伸为"耳"。无论是金子一样的河，还是那个像耳朵一样的河，都显示了一条河的存在。在跃金的浮光中，阿什河难道不是一条金子一样的河吗？在时代的脉动中，阿什河难道不是一条善于用漩涡的耳倾听的河吗？很难想象如果伏尔加庄园里没有这条河该会怎样。阿什河已经流了太久太久，而我们从它旁边经过却只是一瞬间。

那一天，我和妻子相依着站在河边的几棵老树下，我俩还和几位朋友坐在了河边的草地上，照相机一一拍下了这美好的瞬间。

　　那一天，伏尔加庄园里的阿什河像是我的一段心境，而它也该是许多人的心境，也该是这个时代的心境。而心境是需要喂养的，那么是谁喂养了阿什河，又是谁喂养了我们的心境？

一天经过七条河

这是一列从哈尔滨开往北安方面的火车，我们是从绥化上车。这几天气温下降了，但车内很温暖，上车后我就脱掉了羽绒服。

车行不大一会儿就看到了一条河，这就是呼兰河，而河北不远就是秦家镇。这一段呼兰河我没来过，但我吃了太多的秦家大米。我所在的小城，有一个超市有秦家大米，十几年来，秦家大米是我家最青睐的大米。呼兰河水滋润过的大米粒粒莹白，那种米香是弥散到记忆里的香。我的认可是自然的，自然中带着执拗。秦家有两位诗人，其中一位女诗人还是农民，她家就是种水稻的。不知道她是什么时候开始写诗的，但可以想见呼兰河对她的影响，当她在劳作的辛苦中发现了美，就是她写诗的开始。当晨光照来，稻穗顶着晶莹的露珠，就连微风都远远地隐藏起来，不忍来触碰。她会动情地望着这条向西而去的河，直到它流向目光之外。

在四方台前不远有一条河叫诺敏河。诺敏河我看过写过，但列车经过的这一段此前我还没看过。小时候就听说过四方台，但至今也没踏上它的土地。听说四方台的一座四方形土山是当年金兀术的点将台，四方台也因此得名。民国期间，我大爷（我爷的大哥）曾在此当过警察，最后不明不白地死了，甚至埋骨何处都不得而知。对于我们王氏家族而言，这应该是一个伤心之地。诺敏河从这里流过，它看过了多少云的聚散，看过了多少鸟的飞来飞走。不管生活中发生什么事情，河两岸的草木都会在春天里发绿，河水都会在呜咽后继续前行。今天的四方台已是绥化市北林区最大的集镇，我打算以后来这里看看。

克音河总是和绥棱联系在一起。我曾到克音河与诺敏河的交汇处，但对克音河的了解实在不多。它是一条发源于绥棱境内的河，流过绥棱后又流向绥化和望奎。人生的牵连就像一条河的牵连。这里我要说说我的一个学生。她家在泰来，毕业后来到绥棱，最初不习惯这里生活的她，还让父母在这里陪伴了一段时间。她后来在绥棱成家了，后来又有了女儿。一位曾经的校园诗人，参加工作后不再写诗了。生活消磨掉了许多东西，她已不再有当年写诗的心情，但她肯定想过，爱一个地方，多么需要心境的调整，这和写诗时心境的调整有近似之处。她的女儿一天天长大，我希望她在春天拉着女儿的手来到克音河边，感受大地上河流的歌唱。

海伦北不远有一条小河叫扎音河。我曾是扎音河边的孩子，不过我熟悉的那段河在火车西边几里远的地方。九岁的时候，我认识了这条异乡之河的一段。那时扎音河边水塘密布，鱼儿很多，水老鸹、野鸭子比比皆是，柳丛中还有那么多的小鸟。在扎音河边，我体会到了那么多劳作的苦辛，也看到了那么多生命的悄然而去，知道疾病和灾难多么可怕。五十年过去了，我再也没有回到那段河的边上。听说现在那里大部分的土地种了水稻，人们的日子也有了很大的改变。可以想见，我们当年租住的青砖房早已不在，代之而起的是漂亮的红砖房，门前的老井也早被填平了，我的怀念再也找不到凭依。但那段河会在的，今天我看到的一段与它紧密相连。

海北和通北之间有一条河，它就是通肯河，列车经过的地方属于它的上游。我故乡的小河三道乌龙沟是通肯河的支流，所以我对通肯河有特殊的感情，只是我想去考察通肯河源头的愿望一直没有实现。通肯河是一条大河，它是北安市与海伦市的界河，发源于海伦东北山区，在流经明水、青冈、望奎后，在兰西大成玉村西不远处汇入呼兰河。从山区到平原，通肯河以它的不同形态显示自己的存在，它牵连的城市和村庄也随着时代的变化而变化。近年在青冈和望奎河段青冈一侧发现了大量的猛犸象化石，通肯河的声名为此大振。但不管人们知道不知道通肯河，它都是一条久远的大河，它都按着自己的秩序流淌，它的看似平静其实是一种夺人的力量。

在北安南有一条河，它就是乌裕尔河。真的还没有好好看看它，我只是在几个河段匆匆而过。乌裕尔河是黑龙江省内最大的内陆河。据有关资料介绍，它原为齐齐哈尔市境内、嫩江东部的一条支流，近一二百年由于河口淤塞，成为一条内陆河。我曾经去过扎龙自然保护区的边缘地带，知道乌裕尔河最后变成了一片沼泽。一条河最后的形态竟然是这样的，除了感叹岁月的变化，我们还能说什么呢?

感叹还没有结束，我们一行人就在北安下火车了，之后又乘一辆汽车去往五大连池风景区。本来此前已看地图，得知我们会经过讷谟尔河，但我没有看到它，一定是我低头打盹儿时把它错过了。

白 河

一

来到五大连池，给我印象最深刻的是火山。据有关资料记载，五大连池火山群的形成，距今已有近七十万年的历史，五大连池最早的火山喷发在二百多万年前。

很难想象那一次次猛烈的喷发，再也不能压抑的火从地球深处喷涌而来，让天空接受一次次的炙烤。这是大地对天空的激情表达，流溢的岩浆大量堆叠，渐渐形成了别具一格的火山。

据我们最近的火山喷发是一七一九年到一七二一年，从而形成了老黑山和火烧山。

在五大连池风景区，老黑山是最有名的了，它因为山体黑色而得名。刚进山，不时可见大大小小的火山石。火山石呈黑色，表面蜂窝状，抽象的时间在这里被具体化了，它可以细微到如此程度，它原来可以这样逼真。在这里不能不想到从前的燃烧，从夕阳一般的红到煤一样的苍黑，时间过去了近三百年。不知为什么，凝望一块块火山石，总想象它们如何变回一七一九年到一七二一年的烈火。我知道它们回不去了，但它们的征服力依然在，时间的遗骸以如此的真切俘虏我们的心。曾经表白过，这就是不悔，这就是火山。从山脚下往上走了好长时间才登上山顶，火山口就在那里等着我们。我们看那个巨大的漏斗状的火山坑，那是时间之口，里面还有长不大的火山杨。好像要一试时间的口风，最终成了时间之口里的内容；好像是迫不及待，替人间无数的情感在那里扎根。多年前我去过老黑山后写过几首诗，其中有一首《火山口里的树》："深深的火山口里/唯一的树/你在替谁表白？//总觉得你是谁的灵魂变成的/你是为幻想中的我们/试着去站一次吗？/站着站着就回不来了/就变成了死心塌地//那就让我们用想象/把你拔下来/然后借你感知火山的根/把我们炽热的爱/写上我们的天宇/然后又用想象把你栽进去/想你在历史的深处/怎样独自絮语//那是我们该用心培植的树/那不是沉沦/那是以一种纯真/依偎千年沧桑。"

老黑山上的树除了火山杨，还有松树、桦树、柞树等。有的树长在相对小的火山坑里，是老黑山无尽沧桑的体味者。它们与坑之外的树最大的不同，是体味了阳光的重要，争高向上是它们一致的愿望。不要说坑之外的树比它们高多少，坑内坑外的树只是所处的位置不同罢了。所以我对那坑里的树格外关注，真想走进去抚摸它们的树干，问一句：你们还好吗？

站在老黑山顶，可见其他火山。向东望去，从北到南是火烧山、尾山、莫拉布山、东龙门山、西龙门山、小孤山、东焦得布山、西焦得布山，向西望去，由南往北依次是药泉山、卧虎山、笔架山、南格拉球山、北格拉球山，让人想见自然的神奇。火山群诉说着亿万斯年的沧桑，敞开的口子像是永远没有完成的表达。由于种种原因，我们还无法去看所有的火山，这恰恰给我们的寻求留下了很大的空间。大地永远是我们所无法理解的，它为什么在此突破，然后便是长久的沉默？看到那么多的火山灰，便想到了世界上那么多的心灰意冷。还不是落雪的时候，但可以想象雪覆火山的情景，雪与心灰意冷该是多么相配！其实所谓风景的美从来都是多层次的，而火山口会让世上的失落和忧伤找到去处，这样的风景之地就会让善于思考的欣赏者有深刻感。

老黑山和火烧山的熔岩流把一条河截成五段，从而形成了五大连池。

这条河叫白河，也叫石龙河。一条自然流淌的河遭遇了不测的命运，湖就是命运的造影。从某种意义上说，熔岩也成就了一条河，湖和熔岩的组合成了有特色的风景。我曾经到最大的湖上乘船游览。水面开阔，波浪起伏，不时有鸥鸟飞过，呼扇的翅膀与起伏的波浪相呼应。最有趣味的是，在船上可看远远近近大大小小的火山。火山也是高低错落，即便是最矮的山，也曾证明过自己的喷发。在船上体会山高和水深，体会火山的热情和水的凉意，体会世界的多元化和彼此的衬托。这是北方的堰塞湖，它像隐士一样躲在远离人群的地方，而那些游人大多来自喧嚣之地。夕阳的金光透过树丛照在湖面上，跃动的波浪像在争抢着金子一样的光芒。我的内心真的有波浪般的跃动，在思想里收藏了这金光灿烂的时刻。

当我们回到岸上，另一伙船上的人也上了岸，其中一个小伙子攥住了一只鸥鸟的翅膀正要走回岸边的屋中。见此情景，我们这些游人围拢上来，希望他能把这只鸥鸟放走。鸥鸟落到船上，被这个船主抓了个正着。人和鸟本来是和谐共处的，起码鸟把船看成了它的暂栖之地，没想到成了心思不正的人的俘虏。见我们这帮人围拢过来，小伙子没有结果了鸥鸟，把它装袋子里拎进了屋中，看来是凶多吉少。这已经是多年前的事了，我不知道那个小伙子是否还在用自家的船拉着游人畅游湖中，但我觉得他不应该有这样的资格，连起码的善心都没有，美丽的山河怎么能让这样的人利用呢？

125

白河发源于格拉球山以北的沼泽地，经五池、四池、三池、二池、一池后，向南沿石龙熔岩流东侧注入讷谟尔河。有的熔岩流如白河的波涛，与白河相映成趣；有的熔岩流如绳索，仿佛要拉住前行的白河；有的熔岩流如馒头，在被无尽的时间慢慢地蒸；有的熔岩流如巨蟒，缚住它的是时间的巨手；有的熔岩流如木排，让人想象谁在木排上撑篙；有的熔岩流如爬虫，在吃着时间的分分秒秒……白河被讷谟尔河接纳了，讷谟尔河被嫩江接纳了，嫩江被松花江接纳了，松花江被黑龙江接纳了，黑龙江被大海接纳了，海洋的故事里有白河的故事。从海洋回望河流，白河是值得回望的一个点。

白河是这样的一条河，在坎坷的路上焕发了生命的神采，它留下了珠串一样的湖。

二

第二次去五大连池已是九年之后，不是在夏天，而是在冬天。

老黑山当然是我的首选，而且我找到了愿意与我同去的人。

冬天的景点是免费的，这不重要，重要的是这里的景色与夏天迥异，再说游人不多，没有拥挤和喧哗，可尽情欣赏这里的景色。

阳光透过树隙，一闪一闪的像奔跑的鹿。我们先于一对广东的游客到达了山顶。多么熟悉的火山口，是一种必然的等待，而对我而言，这是必然要赴的约会。火山口里落了一些雪，但它的苍黑还没有完全被覆盖。这次给我印象最深的是火山口边上的雪孔。这是老黑山在呼吸吗？雪孔像温润的嘴，有的微微张开，有的大大张开，不同的口形却有共同的意义，仿佛不动声色，但却在证明着老黑山灵魂的不死。雪孔聚集的地方热气在升腾，让附近的大树和小树以及蒿草都凝上了白霜。真想探进手去，感知老黑山的体温，但又觉得是对它的惊扰，就让每一个雪孔都保持自然状态，让雪孔下的每一块火山石安静地躺在那里。

这天下午，我们按着当地人的指点来到了白河桥上。桥南桥北都有不冻的水，这是我事先没有想到的。向桥南的远处望去，河中和河边的熔岩已顶上了雪冠，熔岩的侧面是雪覆盖不上的地方，它的苍黑与雪构成了鲜明的对比，极富诗意。

温泊景点也是很有特色的地方，它充分利用了白河和熔岩台地，可以说是水与熔岩的完美结合。刚走进景点就看到了一条河，这就是白河了。不远处就是一池，也就是说，这是白河以湖的形式呈现后依然以自己本来的面目示人。

我们沿着栈道往里走，感知火山熔岩流的各种形态，熔岩井、熔岩垄、熔岩裂缝……牌子上的这些介绍真的让我们大开眼界。那些火山杨从每个缝隙中探出头来，该是怎样艰难的生长啊！我特别注意到一棵不大的火山杨，弯来弯去简直是挣扎的样子。阳光对生命的牵引简直是无处不在，生命的形态就是命运的形态。

熔岩中有温润的湖泊，这就是"温泊"之名的由来吧。在这个冬天，湖泊大多封冻了，如温润的碧玉，被白雪小小心翼翼地呵护着。但也有一些湖泊仍有泉水的喷涌，水面上还有袅袅升腾的水汽。枯黄的草，顶着白雪的熔岩，挂满霜花的树，清水盈盈的湖泊，这些构成了别样的冬天景观。有些地方的水也只有几尺宽，但正是这只有几尺宽的不冻水，让这寒冷之地有了足可回味的温情。大地之泉从来没停止过涌动，这是大地恩泽的呈现。

沿途看到了几只叫不出名字的鸟，它们可是和我们一样在体味五大连池冬天这独特的美？

走着走着就看到了白河，原来这栈道与白河是若即若离的状态，原来这栈道像展开的巨大折尺，又像在模仿曲折的白河。这段白河被白雪覆盖着，那些湖泊都该与白河有着紧密的联系，这使得白河成为这里的灵魂之河。白河在这里被芦苇拥围着，芦花在风中的万千絮语都是说给白河的。这时夕阳照来，无数金光在白雪覆盖的河面上幻化成难以言语的美丽。我们就在夕阳的金光里沐浴，万千述说都成了深情的一望。

我们又来到了白河桥上，从开始到结束走了一个完满的圆。几个小时前从这里出发的时候，我们遇到几位老妪，当我向其中一位问路时，她热情地告诉我，还说我穿的衣服少，千万别冻着。对陌生人的热情来自母性的情怀，这种情怀让我们在奇寒的天气里深感温暖，在母性的情怀里一切陌生都不是陌生。之后又遇到了一位去北泉打水归来的中年人，他问我们还要在这里住多长时间，他建议我们明天去温泊景点，他还给我们推荐了其他景点。但我们知道时不我待，事实也证明这下午的几个小时我们是充分利用了，就像那位中年人充分利用了北泉。

北泉是五大连池的一个景点，北泉之水是世界上最优质的矿泉水之一。除此之外，药泉山下还有二龙眼泉，我还掬了一捧水喝了几口，感觉好极了。五大连池的泉水，与白河有着地脉上的沟通。

游过了五大连池的一些景点，我宁愿把白河看成是这些美景的品读者，这种品读当然包括它对自身的品读，而我们这些品读者真的要在品读白河中向白河学习，即使在冬天，也要有喷涌之泉。

三

在五大连池期间，我泡了三次温泉。比之于室内温泉，我更喜欢室外温泉。

如果说五大连池的温泉与别处的温泉有什么不同的话，那就是它的矿物质，这已成了五大连池的一大品牌。我看到那么多的俄罗斯人来此泡温泉，看来五大连池的温泉是名不虚传的。

　　在室外那个圆形的池子里泡温泉，可看池子周围的芦苇和松树，池子里升腾的热气和冷空气发生作用，使芦苇和松树都挂上了白霜，还有那圆圆的红灯笼与池子边的白雪相映，构成了冬天别样的美，尤其是夜晚红灯笼亮起的时候，那种韵味真是妙极了。更奇妙的是，有一棵大树的树枝竟然伸到了头顶几米远的地方，霜枝之上还可看到月牙，恍如梦境。

　　池子边的雪被热气融化而又冻上，形成了一个个冰溜子，有点儿像表盘的刻度，只是它们不是平行伸开，而是垂下。那圆圆的水池就像表盘，而我或我的妻子最好是时针，我的女儿最好是分针，我的外孙女最好是快乐的秒针，而这样的时刻真是经典时刻。这样想着的时候，我欣喜于自己的想象力，生活的启悟真是无处不在。

　　泡温泉时，我遇到了一位来自漠河的老师，与他一起谈到了黑龙江，谈到了鱼。他说他们那里最好吃的鱼是鲐鱼、细鳞鱼和滑子，他还说鱼只要一离开水，再放入水中也活不了。这使我想到人与水的关系，尤其是五大连池的水，它的珍贵已是人所共知。

　　在白河岸边，我懂得了什么是真正的温泉浴。

不 冻 河

一

库尔滨河，黑龙江中游南岸支流。库尔滨是满语，汉译为"晾鱼场"之意。河流总是和鱼联系在一起的，库尔滨河更凸显鱼的特色。早已无法说清有多少人曾到过库尔滨河打鱼，但可以说明的是，库尔滨河养育了两岸无数的人。河的子孙在这片富饶之地上繁衍生息，连年有余是他们的希望。

库尔滨河流域有一个地质公园，亿万年前的火山喷发留下了大量的熔岩。火山之火平静了，年年五月却有火苗一样的杜鹃开放。杜鹃的花期不长，但它们的盛大开放是长期不断积蓄的结果。生命的能量在花朵上显现，那是季节的邀约，也是生命的必然。

早就听说逊克境内的大平台景点，这个景点因为附近的大平台村而得名。

听说那里的库尔滨河冬天都不封冻，吸引四面八方的游客，尤其是那些摄影爱好者。原来库尔滨河上游建有库尔滨水电站，河水经过水轮机后温度升高，这样水电站下几十里地的河就成了不冻河。

由于水汽的凝结，还形成了树挂景观。那些树挂以最形象的方式显示了一条河的存在，或者说是一条河在为那些树木化妆，而化了妆的树木也装点了北国的冬景。在北方，冬天可看见几次树挂，但像这样让树挂保持常态却是极为少见的。树挂出现的前提，是水电站一定要放水，再就是气温要降到一定的程度。那些树多像长髯飘飘的老者，它们与河有着非凡的默契。有些树木倾向河流，好像是河边的垂钓者。还有河中小岛上的树木，好像是一个家庭中的几口人，在极力炫耀着它们的得天独厚，好像在邀请我们登上去。此刻有一蓝色小舟横在河面，小舟里面已落了一些雪，这是天空点化的几笔，真是有味。这时已不必登舟，也不必请划船的人来，只在一定的距离上望，我们便成了一幅画的内容。

几场雪下来，河边的熔岩都顶上了雪冠，好像无数的雪蘑菇，让人想到冬天也是童话的创造者。河中的大石也顶着雪冠，与流水的动形成鲜明的对比，那雪冠有的像蛋糕上的奶油，有的则像珊瑚。有的岸上还有白桦，与白雪相和谐。如果雪不算太大，白桦树间还有一两丛黄的草，这是怎样的对比度，让人感到色彩的搭配之美。常有穿红衣服的摄影爱好者来到河边，仿佛一束火要把冬天点燃。鲜红与雪白互为映衬，这样的时刻美如经典。

夜是神奇的，夜是独具匠心的。当玉一样晶莹的树挂出现在视野里的时候，晨雾还没有完全散去，真的有如置身于幻境，真的庆幸没有白起早。尽管天气寒冷，但正是这样的寒冷让凝固成为必然。当一点早霞要越过林梢，一轮朝日正喷薄欲出。披挂霜花的树不约而同地加入了这壮美的仪式，而流水的声音更为这仪式增添了悠远的韵味。也许在这样的时刻会发现河边雪地上动物的痕迹，也许是狍子、野猪或者野兔留下的，也许它们是在夜里来倾听流水的声响，也许霜花会挂上它们的胡须，也许此刻它们在不远的地方正好奇地望着那些游人。

并不是来这里的每个人都可以看到树挂，如果在该看树挂的时候还沉浸在梦中，如果一阵风把树挂吹落……树挂是极易消失的东西，就看你与它是否有缘分。

　　河里有时会有老年冬泳爱好者的表演，他们从船上纵身一跃的瞬间，不少观众都看呆了，而他们正是以这样的方式体会了流水的暖意，从肌肤到心都经历了洗礼。他们还在岸边或船上摆拍呢，意志在与寒风对抗，微笑绽开在脸上，冬天在为这样的微笑镶边。摆拍的人还有很多，无论是普通服装还是少数民族服饰，都以艳丽展示着生命之美。河边那身披大红绸的人，把一匹大红绸拖在身后的雪地上，仿佛一个长长的热烈的拖腔在经过冷色的季节，直到把春天拖来。还有那个把长长的红围巾展开的老女人，像一只蝴蝶。

　　那些游人有很多是从有冰河的地方来，他们在对着奔流的库尔滨河水拍照。有人为了拍好一张照片，竟然跪在河边的雪地上，他无意间跪拜了山河，并把山河之美永远藏进了内心。

　　多亏有水电站相助，让一条河的温度在冬天发生了变化，水仿佛经历了灵魂的再造。真的，如果我们内心有这样一座发电站，我们心灵的河水就会保持温暖的常态，这样我们就可以笑对严寒的冬天。

二

　　去大平台除了欣赏不冻河和树挂，可欣赏的还有很多。

　　你可以欣赏向河边方向去的脚印，不管是大的小的，都走得很深。那小的可能是当地的孩子踩出来的，那是对外地游客的一串指引，那是纯真对好奇的指引。第一个踏到雪地上的人是幸福的，那河边的雪仿佛为他一个人而下。之后就有别人循着他的脚印而来，后来者该感谢那最初的踏入，也会在这不冻河边感叹对美的共同认知。

你可以欣赏河边雪上的一段车辙。车早已不知开向何方，车的主人和它的乘客也不知到了哪里。相信他们几个人不是来凑热闹的，也不是躲在旅馆里打麻将的那一类。他们一定是为美而停留的人，是真正的欣赏者，在选准角度拍完照片后满意地离去。雪上的车辙印会在春天里消失，但美的记忆不会消失。

你可以欣赏河边红红的刺玫果，它们像一盏盏小小的红灯笼，与无边的雪意相映衬，与村里的大红灯笼相呼应。这些依然在枝上的刺玫果，仿佛是为欢迎人们的到来而不肯落下来。这一点点的红，是朱顶雀头部那样的红，是宝石一样的红，是诚心的红，是诗意的红。所有的刺都像是为了捍卫一个个红果，你都不忍心把它们摘下来，就细细地看细细地拍照吧。

你可以欣赏那个叫大平台的小村庄。从脚下覆雪的村路到覆雪的屋顶，从一条陌生的狗到朝你望来的人，从一辆久违的马车到那个戴狗皮帽子的赶马车的老者，从木栅栏到木栅栏上的麻雀，从袅袅升起的炊烟到天空的蓝，从火炕之下的火到窗上的冰花……你可能就是从一个小村庄走出的，见惯了那些闹市里的装潢和豪华，你是不是更向往这里的简单和淳朴？

你可以在夜里和旅伴走出户外，看满天晶亮的星星，这是你在都市那烟霭蔽天的环境里看不到的。当一双蒙尘的眼睛看到星星的纯粹，不知你该是怎样的心情。你也许想到了童年，想到童年的眼睛才配望这样的天空。这时你会不会想到河边纯美的白桦树，想到那些纯美的雪，想到每一朵雪花都梦想做一颗晶亮的星……

你还可以欣赏山里厨师的好厨艺，那餐桌上的山野菜，那一条条炖好的色香味俱佳的鱼，说不定那鱼就来自那条不冻河。

凉水河与永翠河

凉水国家级自然保护区在伊春带岭境内。带岭，总让人想到绵延如带的山岭。"带岭"之名，源于境内小兴安岭支脉达里带岭。"达里带岭"是满语，其规范语为"达勒达阿林"，意为"隐山"，即隐于群山中的山之意，另有一说系磐石之意。不管怎么说，带岭这个名称是带着诗意的。

出租车女司机带我们向园区进发，我们所坐的车就成了山岭之上的一个兴奋点。这是七月下旬的一个下午，我是和学生在去铁力考察呼兰河源头之后去园区的。第一次去凉水国家级自然保护区是在二〇一三年九月末，因闭园而没能进入园区。

凉水河是一条不起眼的河，而永翠河比它的名气要大得多。凉水河在保护区由北向南流淌，在保护区西南汇入永翠河，可以说，保护区是在凉水河与永翠河的交汇地带上。

同去过的伊春几个景点一样，红松是这个园区的代表性树种，有的都几百年了。在这样的大树前停下来，摸一摸树皮，或者拥抱一下，再向高处望去，这样的亲近和仰视就显得特别自然，特别值得。那微微翘起的树皮像一种欲言又止，而红松的征服力靠的是高耸云天的成长。真的好久没有仰视了，今天的仰视带着我的崇敬，而我的崇敬也沐浴了红松的清香。静静地站在红松的影子里，真想一直站下去，让它把某种东西传递给我。如果说生命是一片土地，那么记忆该在这土地扎下根须，从而显示铭记的力量。

冷杉、紫椴、蒙古栎、山桃稠李、裂叶榆、春榆、狗枣猕猴桃、山葡萄、龙牙楤木……这些树构成了树木家族的丰富性。除了冷杉和蒙古栎，其他树我都不认识，多亏标志牌的提示。冷杉我已多次看过，那树木上的青苔给我留下了深刻的印象。

园区里还有一些枯木。有的中间是空的，也许那是松鼠的栖息之地；有的只剩下树干，像一柄剑要刺破天空。还有一些倒木，告诉人们曾经来过的大风和它们的无奈。有的是连根拔起，但就在那拔起的根的下面，又生长起它的子孙。

在离开园区前，我登上了瞭望塔，感受群山绵延万木葱茏的诗意。天下的树很多，就是一座山的树我们也无法看尽，而登上高处有一种总结感，尽管这种总结还显得粗略。在瞭望塔上向群山致敬，向万木致敬，也向自己的热爱致敬。我们的时代确实站在了一个高处，它意识到生态的意义和保护生态的紧迫感，并且有了一系列有关保护生态的举措。这片森林和伊春的许多林子被留下来了，这样的幸运我们怎么体会都不为过。凉水国家级自然保护区有着鲜明的科研特征。从一九五八年凉水实验林场的建立，到后来成为国家级自然保护区，东北林业大学都是它的主角。

来凉水国家级自然保护区的路上经过碧水中华秋沙鸭自然保护区，因为时间紧，我们没有进去。听说碧水原是一个实验林场，后来变成了碧水中华秋沙鸭自然保护区管理局，这一转型看出了我们这个时代的转型，这个进步是时代反思之后的进步。永翠河以它的纯净和美丽吸引了被称为"鸟类活化石"的中华秋沙鸭的到来，我们该向这条河致敬，并希望"永翠"成为我们的珍重。保护区有监测系统，已实现全天候监测。我曾经看过一个专题片，片子记录了

135

保护区内中华秋沙鸭繁殖生长的过程。那在高处树洞里繁殖的小鸭子在长到一定程度后就飞到了低处的河中，之后在河中追逐和戏水……这样的场景谁看了不激动呢？听说中华秋沙鸭来得早的时候河还没有开，保护区的工作人员就凿冰捕鱼给鸭子们吃，还听说工作人员普查沿河树木的洞口，对一些洞口进行修复，这就是工作的细致入微。中华秋沙鸭是我国特有的，已属濒危物种，在黑龙江省只有少量分布。听说碧水中华秋沙鸭自然保护区人工孵化已经成功，这是令人高兴的事。

带岭最初只是一个村，后来变成了镇，变成了区，它的不断壮大说明了时代的壮大。但壮大之中总会有我们深忧的问题，比如生态的保护。令人欣喜的是凉水国家级自然保护区和碧水中华秋沙鸭自然保护区的建立以及保护区让人满意的现实。

带岭境内有永翠河、西南岔河、大青川河三条主要河流，也有像凉水河这样的小河。永翠河发源于环山林场翠岭南麓，沿途汇入一些支流，在带岭东南部与西南岔河（发源于小兴安岭锅盔顶南麓，在朗乡以上称小白河，朗乡以下称西南岔河）汇合，流进汤旺河。带岭区分为永翠河流域北部山地和大青川河流域南部山地。看地图，带岭区近似一个纺锤形。如果说它是一个纺锤的话，上述河流就是这纺锤上的线，而美好的编织全靠这珍贵的线和美好的心灵。

大亮子河

　　我和作家王鸿达为了去看抗联第六军军部遗址而去大亮子河国家森林公园。早晨的客车没有赶上，我们是打车去往那里的。汤原县城距离公园一百一十里。汤原因地处汤旺河流域而得名。

　　以大亮子河命名的森林公园，里面一定是有河的。从售票处的游览路线图上可知有一条河，但没有标注河名。往里走就发现了一条小河，我想应该是大亮子河。河上有木桥和吊桥，无论从哪个角度看，都别有韵味。站在木桥上，体会一种古朴。手扶铁索走在吊桥上体会那种悠荡感，也可停下来，倾听流水的声响。

　　这里的红松林是很有名的，我看到竟有六百多年树龄的红松。从漫长的时间史来说，六百多年是时间的一瞬；从一棵树来说，六百多年真的是漫长。六百多年，一棵树是怎样从最初的生长到参天大树，是怎样在风雨和雷劈后屹立不倒，这是我们一生都追想不尽的。作为一棵树来说，它只管生长，在这一过程中它收获了最重要的自信，还收获了阳光，收获了鸟鸣，收获了我们永远的崇敬。有一棵松树，树干有一部分是空的，但它依然强劲，生命的神奇和从容怎能不令我们惊叹。有一棵松树上挂着一个牌子，上刻宋代诗人吴芾的诗《咏松》："古人长抱济人心，道上栽松直到今。今日若能增种植，会看百世长青阴。"吴芾是浙江台州府人，作为一介官员，他有着济世的高尚情怀和远见卓识，今天读他的诗仍能受到深刻的启迪。这里的红松和后来看到的"巨树岛"上的大青杨形成了呼应之势。这里的古树都有树龄、树高、胸围和鉴定时间的标志牌，鉴定的时间是二〇〇二年。

树林里有"伐木人家"和"猎人居"等木刻楞，这样的小屋形象地再现了林区从前的生活。有许多方格子的小窗，用几截白桦随便竖成的小窗，让人感到真实而新奇。茅草覆盖的房顶上落满了树叶，这是陈年的落叶，经历过白雪的覆盖，经历过风吹。正是九月下旬，一些树叶会逐渐落下来，在风中会有窸窸窣窣的声响。树的馈赠和木刻楞小屋的接受，这是它们之间的呼应，而风成了媒介。"猎人居"小屋前有一棵干枯而依然站立的松树，松树的枝上已挂满了岁月的青苔。不知这棵大树的年轮停止在多少圈，而我们的思索不止。

天气时阴时雨，不过工作人员还是开车送我们去抗联第六军军部遗址，一路感受树木的色彩缤纷。在"东北抗联影视基地"牌子前车停了，我和鸿达则继续往里走。走过蜿蜒的林中路，一会儿就到了目的地。

从标志牌上的介绍可知，该遗址有房基和残墙，一九八九年县文物管理所的人员在园内的水井边采集了辘轳残件。该遗址是二〇一一年在原有的基础上复建的。木刻楞房屋，茅草覆盖的屋顶，里面有军部、政治处、李敏当年营房……我们逐屋看，白桦做成的炕，炕上覆盖茅草，由此可见当年的艰苦程度，但就是这样的茅草温暖了抗联战士的梦境。真想在这里住上一宿，体会当年的艰辛。屋里树墩子的旁边长出了蘑菇，也许当年就是这样，蘑菇好像伸着大耳朵倾听那些战士的鼾声。四合院中间有一眼井，旁边竖起的木头上有"抗联井"的字样，字的上面是一颗红五星。辘轳是残缺的，没有把儿，体现遗址的味道，也给了我们想象的空间。在我们的心中，我们每个人的手臂都该是那辘轳把儿，我们就是这样来实现过去到未来的传接，而那柳罐里该有清泉，我们从清泉里似乎看到了先辈的面孔，在对美好未来的憧憬里，我们的面孔和他们的面孔就这样重合了。在四合院之外，还有一眼"抗联井"，井壁用截成段的白桦制作，白桦上覆盖着青苔，从白桦的缝隙中长出了绿色植物，更显沧桑感。据考证，东房屋的东侧有两处窝棚遗址，当年为后方医院。还有一个牌子上有关于东北抗日联军第六军被服厂的介绍："该厂于一九三六年秋开始兴建，年终竣工。厂房占地面积三百平方米，全木结构。六军司令部派裴成春为厂长兼党支部书记，先后在被服厂工作过的有夏嫂（夏云阶妻）、李桂兰、牟淑琴、牟惠芝、尹瑞卿、金伯文、张世臣、韩姐、李师傅等十余人……为前方六军指战员赶制了数以千计的军服。"据说有民间的老裁缝指导他们制作衣服。他们用树皮和艾蒿煮的水将白布染色，染出的颜色很不理想。为了一个民族的伟大理想，他们就是在这样的不理想和许多的不理想中吃尽了苦头。

作家王鸿达正着手写反映抗联生活的小说，他一再说不虚此行。我深有同感，这样的教育绝非一般的教育，这是鲜活的教材，让我们的心无法平静。房屋东侧有一片树莓，这时的叶子是红的，鸿达说这就是土名叫"托玛"的植物。看那红红的叶子，当年的九月也该是一片鲜红吧？那鲜红是如何映衬了一颗颗憧憬未来的心？我和鸿达都穿了一件橘红色的上衣，这是秋天的颜色，这是与树莓的叶子相配的颜色，更是与抗联战士的激情相一致的颜色。遗址附近有不少紫色的野葡萄藤，这和谐的颜色是绝美的颜色。在来景点前一天的傍晚，我和鸿达瞻仰了汤原县烈士陵园，内心受到了极大的震撼，可以说是来遗址前的一个铺垫。

抗联第六军军部遗址附近就是格金河，而往南不远就是格金河与集科河汇合处，再往南是小金河、黑金河等，它们和大亮子河一起构成了这个地域的水系，而正是这样的水系和山脉成了我们追思的脉络，绵绵无尽。

　　大亮子河最后流入汤旺河，那是一条满语意为"岛子"或"晨光"的河，而汤旺河最后流入松花江，大河的召唤已经很久，那是无比美好的召唤。

峡谷里的溪水

在登凤凰山的路上，我看到了一对并不年轻的夫妇带着一个很小的孩子上山。父亲把他兜在胸前，我一问才知道，孩子才十个月。等到了山顶，我看到父亲用羽绒服把孩子包裹起来。毕竟已是深秋，但一家人爬山还是做了充分准备的。是什么魔力使这对夫妇敢于冒这个险？毕竟孩子太小了，还不到感知山河美好的时候。

这是我第一次来凤凰山，刚开始的时候有些乏味，毕竟我是登过山会比较的人。见一些人还没等到峰顶就返回，我还是没有止步。到了峰顶我倒有了不一样的感觉，这是因为大片岳桦和偃松的出现。岳桦不是我们常见的笔直的白桦，它们枝干盘虬，是那种错落的美。偃松当然不同于那些红松、落叶松等，因其枝干呈偃伏状，故得此名，又因其树身矮小，又名"矮松"。

凤凰山是黑龙江和吉林的界山，也许我左脚踏着黑龙江的土地，右脚就踏上了吉林的土地。站在山顶望沟谷纵横，那种开阔感真非语言所能形容。

凤凰山上有高山湿地，只是我来得不是时候，草枯黄了，可以想见夏季草繁盛的景象。山上还有石海，诉说着时间的沧桑。

下山的路上，我又看到了那对并不年轻的夫妇，女人正坐在栈道的台阶上给孩子喂奶，而在他们身边是一道淌过的溪水。

这一次的行程是对第二天行程的最好铺垫，那一道溪水里有我的期待。

凤凰山大峡谷，当地人叫陡沟子。我被峡谷里的溪水征服了。

我们向里走，溪水往外流，像是在迎接我们。清澈的水绕过一块块石头，那一路哗响是笑闹，也是欢歌，又像是嘚嘚的马蹄声。每一块挽留溪水的石头，都成为溪水走过的地址，都有苔藓的纪念。

说水清见底，这样的表达实在太一般了。那种清，是不宜用手触碰的清，是望一眼就流淌到记忆里的清，是让人返老还童的清，是不能再清的清。我们从很远的地方来，我们能否把这样的溪水带回去呢？

都说水是无形的，在陡崖上成为瀑布它就是有形的了。那些瀑布或几米，或十几米二十几米……陡崖像是为了试探水的胆量而在那里蹲伏了亿万斯年，瀑布像是为了寻找出路而不再犹豫，那样的壮美也不仅是瀑布的壮美，也有陡崖的铺垫，而陡崖是时间的肩头，水在一次次的跌落中升华。

说这些流淌的溪水和瀑布像一匹匹白练，虽真切但还显得不够。真的应该细致地想一想这些水，这山里涌出的水是水的童年，它承接着最深的天意，又在最深处存留，进而流淌出最真的自己。

这水淌了多少年了。多少年了，山外的人都不知道它们的存在。想从前的樵夫，他们是如何享受溪水的歌唱；想那采药草的人，如何在溪水的匆忙中加快脚步；想那大大小小的鸟和松鼠野鹿，是如何在干渴时来畅饮溪水……

想一想那些走远的水，有多少是在无奈中回想从前的清澈和雪白。

小溪两边的山都像为这一脉水的存在而默默久立，那山上是五色缤纷的树。有的早已死去，通体苍黑，依然是守望水的姿态，有的倒在了另一面的山上，成了溪水上面有高度的桥，这些树是死了也与溪水相伴的树。

曾听说一棵树就是一个贮水库，这话确实有道理，说明树对于山的重要。我们伐掉了多少树啊，好在我们早已认识到森林的重要，好在有不少树留了下来。大峡谷里的树最老的已经五百多年，这些树和其他树一起在涵养着水源，不断的溪水在延续着山的血脉。

我又想到了那在栈道上给孩子喂奶的女人，但愿多少年后，她给她孩子讲起溪水旁的过往，那时她的孩子已经长大，也许长大后的孩子会在母亲的指点下来大山里寻找溪水。

而对每一位母亲而言，每一个孩子都是她们生命中的溪水。

横道河子

　　横道河子是海林市西面的一个小镇，它因为横道河而得名。据说早年有一条道路由南而北穿越河流，这条河就叫横道河。不知那最初的起名者是谁，总感到他有着诗人的气质，在河流和道路的启发中完成了一个命名。

　　横道河子是有着历史文化遗存的小镇，这使它成为一个独特的小镇。至今这里还有中东铁路机车库。横道河子是中东铁路绥芬河至哈尔滨的咽喉，又是西越张广才岭的起点，由于列车检修和西行列车加挂补机（辅机）的需要而修了这个机车库。当年的机车库是如何吐纳机车，机车是如何从这里走远，车上的旅客如何透过车窗看横道河子的山色，这些都在我们的想象之中了。曾经看到一幅照片，一个戴眼镜的红衣女孩斜站在斑驳的车库门前望着车库，车库木门的木板呈鱼刺样或箭羽样排列，门上的锁已锈迹斑斑。门之上是一个凸起，而在那之后是长出来的小树。真的有一种荒芜感，这就是历史带给人的感觉。女孩的脚下是长得不高的绿草，但她的感觉不一定绿起来。历史就像那个车库，一旦大门关闭，就留给我们的回味了，门里是历史，门外是当下。有人说这个建筑是扇形建筑，确实形象。但我看它又像展开的手风琴，再也无法合拢，由此我感到了一段历史的旋律，这旋律是由机车、人的声音和横道河的波浪声组成的。

随着一九〇三年中东铁路的开通，一些外国人纷纷来到横道河子，镇内至今还有不少俄式房子。在一块石头上有"俄罗斯老街"五个鲜红的字，这老街诉说着横道河子的百年沧桑。那是些黄房子，房顶是黑色，窗户的四周装饰着白色，房子侧面还有白色的装饰，房子外面是白色的栅栏。从俄罗斯老街经过，感受的是独特的俄罗斯气息，甚至想象从黄房子走出的是黄发深目的俄罗斯姑娘……

横道河子有一处建筑始建于上世纪三十年代，曾是原铁路卫生所，现在是横道河子油画村所在地。横道河子风景如画，每年都有一些中外画家和美术学院的学生来此写生。横道河子真美，尤其是冬天，白雪覆盖屋顶，屋顶上炊烟袅袅升起，好像舞女在翩翩起舞，招呼着远方的客人。这时的横道河子本身就是一幅油画，这油画里还有映衬的山，山上是披挂着霜雪的树。

横道河子还有王洛宾纪念馆。一九二八年六月，王洛宾来到哈尔滨的姐姐家。不久，王洛宾经身为中东铁路职工的姐夫的介绍，来到横道河子站当信号员。此前在姐姐家的大杂院里他结识了吉他教师、进步青年赛克，并向他学习弹吉他、唱歌、作曲。王洛宾时常在哈尔滨和横道河子之间往来。关于当年王洛宾来哈尔滨的原因，有的说是因为父亲去世他来报丧，有的说是因为姐姐生孩子他来看姐姐。不管怎样，他来了，而且来到了比哈尔滨更远的横道河子，此举肯定有人生的好奇成分，人生的好奇和人生的向往总是联系在一起的。当他挥动手中的信号旗示意火车前行，那咣当咣当的车轮声是一种音乐作用于他的记忆。也许这最初的车轮声还无法预示一个音乐爱好者的人生前景，但它却似音乐爱好者思维的前奏一点一点扩展到远方。如今前面广场上斜立着一个胡琴雕塑，这是对王洛宾纪念馆最好的衬托，这胡琴是回味，也是期待，期待懂它的人。

王洛宾竟然与中国东北部的一个山区小镇联系在一起，这让我想到山的褶皱里曾经埋藏着的黄金，只是当时谁也不知道他是一块黄金，谁也不会想到他会成为"西部歌王"。这让我格外看重横道河子，所谓名人效应并非只在名人本身，当年的横道河子有王洛宾的投影，这投影依偎着大地的厚重。

说到横道河子，一定要提到威虎山影视城。它深受《林海雪原》的启发，也在一定意义上再现了旧东北山区小城镇风貌，是此类内容的外景基地。几年前我去过那里。刚一下车就看到一个巨大的门楼，很是气派。棒槌老人屋、常宝小屋、夹皮沟大车店、威虎厅……我们逐一看过。威虎厅给人一种阴森之感，一把椅子上是一张"虎皮"坐垫，游人也可把它披在身上，也"虎"将起来。旁边是杨子荣雕像，还有座山雕雕像，两个雕像构成的场景演绎着英雄威震敌胆的豪气和敌人的狼狈。

横道河子镇还有东北虎林园，它与威虎山影视城中的老虎雕塑有一种呼应。我们看过了那些虎，让现实的感觉与历史的感觉沟通，有一种不能平抑的心情如横道河的水。当年这一带的山水影响了曲波，小说《林海雪原》以及据此改编的京剧《智取威虎山》也影响了这片山水。现在一提起牡丹江，提起海林，一下子就会想起"威虎山"，可以说威虎山已引起轰动效应，似乎看哪座山都像威虎山。虎园里的那些虎，身上的斑纹都像山岭的围绕，如今这些山中之王静卧在大山之中，让我们这些过客想象它们犹在的雄风。

横道河子镇东北不远有一个七里地村。有一年我们一行人受邀参加海林的端午诗会，在那里的抗联广场的抗联英雄雕塑前朗诵诗歌。当年，这个小村有抗联战士的密营地，抗联战士多次在这里集结。当年的坎坷变成了今日广场的平坦和村路的平坦，那村路连着横道河子，连着远方……我们的朗诵都有一种追溯的味道，也有现实的感慨和对未来的展望。

　　我们走进一座很有历史感的木屋，厚重的木门让我深感自身的单薄。据说当年向威虎山逃窜的座山雕曾在这里睡过一夜，追赶座山雕的杨子荣也曾在这里睡过一夜。听说杨子荣和孙大德等战士就是在这里秘密商讨侦察方案，并化装成土匪，向夹皮沟进发……历史的演绎里总少不了敌人的溃逃和英雄的追赶，而英雄付出的代价是巨大的。从小村到横道河子也不过七公里，而从昨天到今天是无数的历程，是英雄献身的历程。

　　这是一个被长满了绿树的群山环抱的小村，是一个有蓝色木栅栏和小柞树木栅栏的宁静的小村，是一个在小柞树木栅栏上扣着水桶的小村，是一个有"翠翠客栈"的小村……我们在山里的气息中朗诵，连空气都因我们的激动而震颤。

　　朗诵活动结束之后，我们又经过来时经过的横道河子小镇，没能留步，在车上只是一次匆匆的阅读，这也给未来到这里深度游留下了余地。

　　这里我要说说山市河。它发源于张广才岭大岭、高岭子一带，在横道河子镇内流段又叫横道河，它流经横道河子、山市镇，最后汇入海浪河。

　　横道河子，这以河流命名的小镇正像河水的波光，闪着金色的光芒。

吊水楼瀑布

一

多年前我去看吊水楼瀑布。那时我以瀑布为背景照相，或远或近，或左或右。那么多像我一样爱照相的游人，他们在瀑布边流连感叹。

因为镜泊湖，瀑布才有了强大的冲击力；因为瀑布，镜泊湖更有了名气：二者真是相得益彰啊！

临湖的崖壁，它的陡峭注定了它会成为水的道路，这是命运的出口。既然命运可以让一条河转化为湖，也会让一面湖转化为河，而这出路就显得尤为重要。"八月观瀑/想河流无法绕过的峭壁//是危险也是机遇/是绝路也是前途/峭壁的高度是几十米/但河流却需测量一生//这样就有了风景/瀑布就成了河流的另一种形式/那是焦急中的勇敢/那是勇敢中的壮丽。"这是我后来写的诗《八月观瀑》。觉得那瀑布就是一条站立的河，在不断的接续中成就恒久的风景。

瀑布之下是一汪深潭，有表演者一次次从瀑布上面跳下，激起一阵阵雪白的惊叹。跳水表演者自然地利用了瀑布，瀑布也确实提升了表演者的水平，而这水平是以头朝下漂亮入水为标志的。跳水

148

者叫狄焕然，听说他从小就在江河里游泳，是一位谙熟水性的人。他并非专业运动员，跳水全靠自悟。可以想象他第一次在这峭壁上跳水的情景，那怦怦跳动的心就像要跳出胸膛，但他还是平抑一下心情，飞鱼一般入水，从此便一发不可收，一跳就是几十年。他的热爱是独特的，他用额头触碰水底的蓝天和白云，他又像一枚神奇的针入水，稳定着观众不安的情绪。他已成为吊水楼瀑布一张闪亮的名片。后来我听说，他是世界最高瀑布跳水第一人，是世界吉尼斯纪录的创造者。后来我还看到了这位可敬的跳水者在冬天的冰瀑上往下跳的画面，他以这样的方式拥抱潭水，潭水也以温情拥抱他。下面的潭水是不冻的，因为里面有很多泉眼。

瀑布之下的水向前流去，我坐在中间的一块石头上想这好水的来路和去路。

牡丹江是因发源于穆丹哈达（长白山脉白头山之北的牡丹岭）而得名，"穆丹"是满语"弯曲"的意思，"哈达"是满语"山岭"的意思。

镜泊湖是火山熔岩堰塞湖。镜泊湖是清初才有的称呼。清初宁古塔是流放者的土地，流人以湖水照人如镜而将此湖命名为镜泊湖。我们常说波平如镜，历经人生风波的流人是如何以达观的心境来看这个大湖的，我们只能想象了。如果从放逐者的角度上说，河流不是世界上最大的放逐者吗？火山熔岩堵塞了河流，那它就成了湖，就成了河命运的造影。风起波涌，但总会有风平浪静的时候，于是这样的湖就成了一面镜子，照见了流人的悲欢。它也成了一面心的镜子，镜子里还有月亮的镜子，因为内心的澄明，那月亮便成了绝世的沉淀。

我是在多年前的八月去看镜泊湖的。坐在游船上感知山绿和水绿，心情都融在湖光山色之中了。那一天正好赶上微雨，但我还是走出船舱，一次次拍照。"船行微雨之中/船在品湖/湖在品船//人在船上/品湖品船品山色/好像也在品自己/一种小酌的味道/让微雨添一点朦胧/再添两三只燕子/这样的快乐不需言语/就像湖里的红尾鱼/在悄悄游动//船行微雨之中/会想起某个人的面庞某个往事/会沉醉得像要把握不住自己/船头的波浪不断被犁开/船尾的波浪好像也不愿/马上合拢。"这是我后来写的诗《船行微雨之中》，表达了我当时的心境。

看完了镜泊湖再来看吊水楼瀑布，就理解了什么是深沉，什么是出路。峭壁提供的出路不管多险，水都要跳下去，生命的大境界敞开了，生命的大气象太有震撼力了！由此经过的水太了不起了，涉险的水是世界上的大风景，吊水楼瀑布只是其中之一罢了。由此想到了牡丹江真是弯曲之江，而吊水楼瀑布只是它一个立体的弯曲处。

牡丹江在依兰县城西注入松花江。从吊水楼瀑布到松花江，牡丹江又走了很远的路。

二

小北湖位于镜泊湖西北，它也是火山堰塞湖，是由于火山熔岩堵塞河道而形成的。论名气它当然无法与镜泊湖相比，但它是自己就够了。试想镜子一样的湖面映出天光云影，还不时有鸟掠过，有中华秋沙鸭和鸳鸯戏水，有马鹿和青羊等来此饮水，这就是最大的承认。由于远离人烟，世界上的许多湖都处在宁静之中，像修行的隐士，小北湖也属于这一类的湖。当迁徙的水鸟在此歇脚，湖水会有片刻的激动。

小北湖是火山口国家森林公园的一部分，离它不远便可看地下森林。那年八月，我是在游览镜泊湖之前去看地下森林的。在火山口里竟长出了森林，这真是奇迹。是鸟衔来的种子，还是风的传播？是岩石转化为土壤，还是土壤被风携带到这里？岁月沧桑，但不变的是成长。在两个古松之间走过，真有走进回味之门的感觉，阳光和黑暗成为我回味的主题，争高直指是这主题里的主题。走在这里全无来自山口之外的优越感，对所有树木的敬佩油然而生。如果你站在山口之外想你和树差不多一样高，那你就自不量力了。你应该想你是借着地势才这样的，也就是说你本身的高度是很有限的。在山口里走，人就显得渺小了，即便是面对一棵很小的树，你也应该觉得它是伟大的。所谓命运，关乎所有的人与物，但命运的差别便显出了世界上的大不同，而正是这大不同，构成了世界的内涵，也给了我们深思的理由。火山口里有一处岩洞，在火山巨大的口中，这个岩洞像口中之舌下面的部分，我们进入里面感到了凉意，就像火山含了薄荷糖带给我们的感觉。在火山口的岩壁上有一种叫"火山花"的植物，像攀缘而走的人，显示着生命的神奇。"走进火山口/自然的路径和人生的路径/多么相似//从生活的深口里走出/我们的走进必有缘由/那些大大小小的树/习惯了寂寞/已经很久//属于这里的树/谁也不会把它们推上峰巅/这是阳光不易到达的地方/它们成为风景/是在命运的低暗处//走进火山口/看那些遭雷击的树/死了还在站立/看神性的'火山花'/像在攀岩而走//走进火山口/我们就成了火山口的内容/一旦被吐出来/就厚重了许多。"这是我的诗《走进火山口》，它是我思索的痕迹。

小北湖的水通过小北湖河进入镜泊湖，小北湖自然保护区还有大柳树河、小柳树河等，它们都汇入镜泊湖。汇入镜泊湖的河共有三十多条，这给镜泊湖无尽的力量。由此想到吊水楼瀑布，它那一缕缕的水就像一条条发辫，每一缕中都有万千情丝。

呼 玛 河

　　向一张照片看去，十月中旬的大兴安岭已经落雪，一条河还在奔流，水中的石头和河边的石头都顶上了雪冠。

　　照片是我的学生森发在微信朋友圈的。我问那条河叫什么河，她说是呼玛河。

　　森当初是千里迢迢来我任教的大学上学的。她曾向我介绍大兴安岭某地她的故乡，说到植物，她说有一种植物叫"托玛"，说在大兴安岭很多。后来我知道她说的"托玛"就是树莓。

　　印象中我没给森上过课，但她在校期间跟我学习过写作，甚至毕业后也给我寄过稿子。

　　印象最深的是森毕业后没有找到正式工作，曾在离我家二百多里的一个城市给补习学校的学生上课。在发给我的短信中她表现出焦灼和羞愧。我理解她，因为像她这样经过努力找不到正式工作的学生太多了。我知道森最初的理想是走出大山，到大城市生活，那是她心中的远方。其实，她的家乡不也是别人心中的远方吗？

　　曾生活在高纬度地区的孩子对寒冷总是有忍耐力，对社会中的寒冷亦然。森后来迎来了她生命中的温暖，她通过努力回到了大兴安岭，先是到税务部门工作，后又到党校当教师。

　　呼玛河是她家乡的河。虽然我至今还没有走到它的边上，但我会为我的学生而骄傲，因为她的家乡有一条灵动而清澈的河，有一条过早经受寒冷依然有魅力的河。

　　森在诗一般的呼玛河边生活过，有过对美好诗意的向往，在离家千里的地方曾寻求诗意的表达。如今她在离呼玛河几百里远的地方生活，我相信她也会把呼玛河之美带到她的生活中。太多的人在写作的路上没有写出名堂来，但甘于平凡，做好自己的本职工作，这何尝不是一种好呢？

　　感谢森让我分享了呼玛河的深秋之美，那高纬度上的河过早地迎接了白雪。有的白雪融化在奔流的河水中，有的就在大大小小的石头上停了下来，奔流和冷凝的美就这样统一于一条河中。我知道不久的将来呼玛河将停下它的脚步，而后被厚厚的白雪覆盖，那时它就有了冬天的冷静之美。

　　不知有多少人欣赏过呼玛河深秋如此的美。其实再美的地方也都有人不欣赏，说到底，他们没有欣赏美的眼光。

　　几年前我曾去过呼玛，但却没去过呼玛河边，后来我知道，离呼玛不远就是呼玛河与黑龙江汇合的地方了。我从呼玛到了白银纳，那也属于呼玛河流域。白银纳是鄂伦春民族乡。我在那里看了鄂伦春人的新居，真是漂亮。吉雅希广场就在这些民居的旁边。广场上木杆子搭成了撮罗子的样子，但并没有覆盖上茅草，那我们就在想象中覆盖上茅草吧，然后回望一个民族的沧桑经历。广场上还有与鄂伦春有关的雕像。白银纳的栅栏上都有反映民族风情的彩绘，很有韵味。之后又去了十八站，真想在那古驿站上寻找到传奇，悠远的回想里都是辚辚的车声和嗒嗒的马蹄声。后来又到了塔河，塔河紧邻呼中，而呼玛河的源头就在呼中自然保护区的雉鸡场山和伊勒呼里山北侧大白山之间，也就是说，塔河离呼玛河的源头已不算远。我虽没到呼玛河边，但这一路之行也算是另一种追根溯源吧。

北极村之北

　　这是我第一次去漠河县的北极村。北极村给我的印象是多方面的，但第一印象还是"北"字。

　　比如村子的北面就有一个"中国最北一家"。那是两幢非常漂亮的木屋，正屋是蓝色的窗框，窗前的木栅栏和房子之间搭上了木架子，木架子上爬满了倭瓜秧，还有一个个橘红色的倭瓜垂下来。西面的厢房白色的窗框与正屋的蓝窗框相映成趣，而厢房前垂挂的红灯笼又与正屋前橘红的倭瓜相映成趣。园中灿烂的向日葵在映衬着留影者的笑脸。屋东面"中国最北一家"牌子下面有一蓝色的窗子，这应该是一大特色，房山开窗是少见的，有对游客欢迎之意。东大门是栅栏式的对开的木门，疏朗简单，倚一下就感到了幸福，是在自然地体会那个"北"字。东大门北面是木制栅栏，固定栅栏的是石头垒起的基座。就在那栅栏的缝隙，探出一朵紫色的小花，让游客觉得连花朵也是好客的。

　　从"中国最北一家"东面的木质栈道向东北行去，是草地和树丛，不时可见蓝色的野豌豆花，它们在以芳香之眼看着我们。一路上那么多的樟子松在迎送着我们，每棵树上都有铁质的牌子，标明树龄等。再往北走，是一些有关"北"的设计，比如刻在石头上的"我找到北了"，创意者的幽默让人忍俊不禁。"中国北极点"有两

154

个设计，首先是刻在石头上的这几个鲜红的大字，再就是往北不远"北"字雕塑下面的地球仪上"中国北极点"五个字。后者的设计当然更有现代色彩和文化意蕴。地球仪前面地面上标明北极点与北京、上海、天津、南京、曾母暗沙等地的距离，很有创意。还有不少石头上有"北"的不同写法，也很漂亮。

村子西北的一个江段太美了，江边遍布鹅卵石，江水开阔。从此岸看对岸，对岸的山如斧削，有一种奇绝的美。我是和一位云南游客走到那里的，只是他要赶车，我们就匆匆返回了。下午，我租了一辆自行车，看了离村子有五六里的东南的瞭望塔，但没有登塔，还隔着栅栏看了一个哨所，这是中国最北的哨所。回到村里，我决定到上午去过的村西北的江段再看一下，但由于走错了路，没有找到。回到村里，我又重新起程，终于找到了那个江段。江边有几个垂钓的人，江上有江鸥在飞翔。我把双脚伸进江中，体会江水带来的凉爽和小鱼游过脚面的滑润。我把自己下午的一段时光给了这个江段，投进江中的影子在体会着时间的流逝。有少年捡起江岸上的鹅卵石打着水漂儿，我也像他们一样打起了水漂儿，但我早已不是少年。对我来说，鹅卵石穿越江面的感觉似乎不是舒畅，而是难言的复杂，它不仅仅是少年无法穿越的苦恼，更是负重人生的种种忧伤。

从村西北的江段回来，我到了北极村建于一九七七年的供销社。和北极村的一些老房子一样，这北极村的老建筑一定程度上保留了北极村的一些风貌，是我所喜欢的。北极村，它是不能落后于时代，比如上面我提到的雕塑。但最为重要的，还是北极村的原汁原味感。

夜里我在北极村的狗叫里体会到了北极村之北，我洗过的衣服在晾衣绳上体会着夜风吹拂的北极村之北，我还看到了炕灶里火光熊熊的北极村之北。还有我的信封和明信片，它们也一定体会了邮戳狂吻的北极村之北，此刻正等着明早先于我走向回家的路，它们要告诉我的妻子"北极村之北"……我就这样枕着黑龙江的涛声睡着了。

河上的桥

一

认识桥是从故乡开始的。那是三道乌龙沟上的一座小桥，记忆中是一座木桥，后来换成了钢筋混凝土拱桥，几十年后又换成了一座有桥墩的新桥。这样的更替反映了时代的变化，但无论怎样变，它都是小格局，因为这是适应故乡的小河的。

从故乡走出，看到的桥也越来越长。觉得通肯河的桥长，但呼兰河的桥比它长多了。我说的呼兰河桥是指兰西段的呼兰河大桥。这是一座钢筋混凝土拱桥，建于一九六七年，在它建成十四年后我认识了它。好多年我从桥上经过，或坐车，或步行，深感一座桥的负重已经太久。后来此桥限高通行，在距离此桥南一里左右的地方又建起了一座新桥。这真是一座现代化的大桥，下面几个巨大的桥墩显示了桥的实力，这样的跨越是时代的跨越。无论是上班路上还是考察呼兰河路上，我都无数次经过这座大桥。我坐在车上经过时，桥下谁会望向我们的车，猜想都有哪些乘客呢？当有一天我望向那些来来往往的车时，谁又会透过车窗望我呢？桥上和桥下互为望的对象，构成了时光中有趣的瞬间。

在车上我曾想，不知在经过大桥的一瞬，乘客们都在想什么，是想起了从前坐船渡过对岸的不易，从而感谢这个时代，还是感谢如桥一样的人过渡了自己的人生？如是前者，年老的人可能会有，作为年轻人是没有这种对比感的，因为他们从出生开始就在一种优越感之中；如是后者，那样的人一定是善感的人。以上只是我的想象，也许能想起什么的人已经不多。这倒不是我过于悲观，太多的人已经在消费此刻的玩乐中变得麻木了，也许此刻谁在玩着手机，也许此刻谁在打着无聊的电话……

无论是呼兰河老桥还是新桥，都能看出大格局，这让我想起诸如眼界、视野、视域之类的词。一定要从小地方走出来，看看世界之大。即便有一天再回到故乡的小桥旁，也会是一个有着宏阔视野的人，也会在内心建立起一座巨大的桥。这桥通向世界，通向未来。

二

这么多年去哈尔滨无数次了。哈尔滨的两座江桥应该说一说。

一个就是老江桥，就是滨洲线哈尔滨松花江大桥。一九七八年的时候我曾在那里走过，那是我从乡间走向外面世界见到的最大的铁路桥。站在桥边的人行道上，我以一个外来人的眼光看汹涌的松花江，只是那时我还看不清自己的前途。那时我在一家杂志社帮忙，一个星期天在那大桥上散步。那时的哈尔滨对于我来说还是一座陌生的城市，最初的闯荡让我认识到自己太多的不足，我在大半年之后离开了哈尔滨，通过高考改变了自己的命运。现在回顾当年在桥上的情景恍如昨日，其实时间已过去快四十年了。我在桥上成了过客，我在哈尔滨也成了过客。但这样的过渡实在是必要的，起码让你知道往前走的必要。如今这座大桥已不再使用，当年一个青年停在那里眺望，他的忧伤是迷惘的忧伤。

再一个就是滨北松花江公路铁路两用桥。当年我坐汽车去哈尔滨经过那个江桥，回来时依然如此。后来到一个小城工作，常去哈尔滨，往返都要从那公路桥上走过。桥面挺窄，但那时我的心不窄，毕竟我通过自己的努力考上了大学，有了如意的工作。吃着从哈尔滨买来的东西，读着从哈尔滨买来的书，回味着哈尔滨城市的气息，就不能忘记那迎送我们的桥。如今这座桥也不再使用，它被别处新的大桥代替了，但我们的记忆是无法代替的。

对于我来说，哈尔滨是一座重量级的城市，它总在一定的距离上启迪我的人生。无论走进还是离开，桥都曾在那里等我。

这两座桥跨过了遥远的岁月，如今以风景的姿态静处在我们的视野里。

人生如能成为桥，那该是怎样的跨越，而跨越之下是岁月的大江汹涌的风波。

三

我是走过吊桥的人。如今我们在有些旅游景点可看到吊桥，那吊桥往往引发我们的怀旧情绪。怀念一座吊桥，其实也是怀恋一条河。那时我们多么害怕呀，但害怕又有什么用呢，因为我们要到对岸去。河水在桥下流，我们有点儿发晕，越是这样越是把住铁索，一步一步往前挪。现在我们在那吊桥上会很从容地走过去，因为我们曾经走过。

在旅游景点还有一些小石桥，桥下是淙淙流淌的小河。这样的小石桥可谓小巧玲珑，但用的可是大智慧。

小石桥和其他桥一样，实用是前提，但如果它不美，就不会被欣赏。在小桥上休息一下，或者照一张相，有一种心情被整理的感觉，再向下一个景点走去。如果是即将走进婚姻殿堂的人，来到这桥上的感觉就更不同了。女的穿着曳地长裙，云鬓高耸，男的像护花使者呵护有加，摄像师就这样拍下了他们亲密的瞬间。这小桥该是多么好的过渡，从此一对新人开始了他们的新生活。

但我想到更多的还是景点之外的桥。我常常想起一对年轻男女，男的在河的这边，女的在河的那边，在没有桥的时代，在离渡口很远的地方，他们常常默默相望。有时男的会泅渡到对岸，和自己的心上人相会，他会采一朵野花插在姑娘的发间。后来有了桥，他们的相会就变得极为容易，直到后来结婚。当新桥变成老桥的时候，当年的青年男女已变成了老祖父和老祖母，他们来到了那座老桥上，仿佛又回到了年轻的时候，老祖父想到了当年的泅渡，老祖母想到了当年恋人手中的花朵和他年轻的气息……

四

在古诗里有太多的"板桥"意象。"鸡声茅店月，人迹板桥霜。"这真是温庭筠的绝妙之笔，特定时段人在途上的表达是那样真切，自然和人的交融是那样富于韵味。起早的人为什么起早，他要到哪里去，答案都交给了我们的回想。板桥是人行动的见证者，无论时间多么早，季节是怎样的凉意，人从板桥上踏过都是生命的必然。霜上的行迹是一个特写，是以小见大的写法，是以有限表达无限，也将短短的板桥赋予长久的意义。

"小桥流水人家"，不知马致远笔下的小桥到底该是个什么样子，但它深印在马致远的记忆里了。马致远笔下的小桥是他生命中的桥，直到他成为一座桥，让我们的思想走过。最让我们感动的是，看过了那小桥的人在天涯断肠，他的家在哪里呢？一种流浪的意绪在那字里行间，有关路上和归宿的话题成了一个永远的话题。

五

很多时候，火车行驶在夜里，我们坐在硬座上或躺在卧铺上，困意让我们闭上了眼睛。一觉醒来，天已大亮，原来列车早已经过好几座大桥。

有的人一生在生活的小地方可能经过一两座桥，但就是在这一两座桥上，来来回回走旧了自己。有的人从故乡走向外面的世界，经过多少大大小小的桥，已经无法说清，只见清晰的皱纹横在自己的额头上。

成全人和车的桥永不说话，但它们的默默却是世上最有分量的语言，说在河流与天空之间，并不是所有的人都能读懂。

人走桥，桥也走人，直到走进善感的人的记忆里。

河 流 宽

一

对于每一条小河来说，它们的长度毕竟有限，所以增加宽度就是它们的梦想了。事实上，在河水的一次次冲刷中，这些小河的宽度在一点点增加，但它们仍不能被称之为大河。从它们诞生的那天起，它们就与大河形成了鲜明的对比，命运注定了它们就是小河。

小河也是河，尽管有的小河被称为沟子，但这丝毫无损于它们的形象。一脉流水流淌在大地上，这就是无限的美好。

有河的地方和没河的地方是不一样的。即便是一条小河，由于它的存在，便有了别样的风景。

那些青蛙一会儿跳到岸上的草丛里，一会儿跳到河中。在流水的韵律里，小青蛙长大了，大青蛙变成了老青蛙。

那些蚂蚱和蝈蝈，年年在夏天河边的草丛里栖息。它们不像青蛙可以不受小河宽度的阻隔，命运注定了它们只能守在小河的一侧。如果一只蚂蚱或一只蝈蝈要过河，这对于它们是天大的事。但如果它们落在我们的身上，我们在水浅时蹚过河去，或在水深时乘船渡河，它们的命运将随着我们到达对岸而改变。也可能一棵树倒下了，

162

横在了河上，而蚂蚱或蝈蝈顺着树一点点跳过去了，不过还是有危险的，万一跳到水里呢？这只是我的想法，也许这些蚂蚱和蝈蝈根本不想这些事情，它们已安于河岸一侧的草丛，年年在秋天里老去。

也许有人不会相信，有些人在河流一侧生活了几十年而没有走到小河的另一侧。劳作的间隙，他们也曾望向不远处的对岸，小河不宽，他们却没有踏上对岸的土地。这对于他们来说也许不算什么遗憾的事情，遗憾的是生活中的许多愿望还不能满足，生活的负累早已消磨了他们的闲情逸致，或者说他们根本就没有要到对岸的闲情逸致。在他们的思想里，也许彼岸和此岸并无区别。

倒是那些牛马，小河的宽度对于它们来说不算什么。比如突然雨来了，游到南岸吃草的牛马还可游着回到北岸来。至于冬天小河封冻了，牛马更可自由往来了。由此我想到，那些蚂蚱和蝈蝈要是在冬天就可以此岸彼岸来回跳了，但命运不会给它们机会，它们的弱小，注定了它们不会活到冬天。

一条小河无论多宽，都是距离，距离上有风景。一条小河无论多宽，都不是一步两步就能跨过的。能一步跨过的只有桥，而就是为了这桥的一大步，我们的时代曾经走了很久很久。

二

通肯河比我故乡的小河宽，呼兰河比通肯河宽，松花江比呼兰河宽，黑龙江比松花江宽……在去闯世界的路上，我的视野就这样一点点扩大。

在河流的对比中，我时刻告诫自己，既要守住故乡的根，又要不局限自己。

在河流的对比中，我感谢自然的赐予，远行的脚步与浪花的脚步有着特别的和谐。

在河流的对比中，我知道热爱故乡和热爱世界该如何统一。只有热爱故乡的河流，才能为热爱故乡之外的河流奠定情感的根基；只有热爱故乡之外的河流，我们的人生才变得开阔，我们的情感才不会偏执，我们才会在更大的意义上把世界看成大故乡。

也许是出生在乡间的缘故，我没有那种居高临下的眼光，我对待天下河流的态度都是一致的，那就是热爱。我羡慕远方的大河，但我不会因为故乡的小河而自卑，也不会看扁故乡之外的其他小河。天下的河都是沟通的，我的思想也与世界有着自然的沟通。

每年都要去哈尔滨几次，每次往返都要经过松花江大桥。在哈尔滨江段，松花江除主流外，还有江汉子。就是那江汉子，也比一般的河流宽很多。松花江以这样的形式展示它非凡的气派，对此，我们真有羡慕不过来的感觉，同时为自己成为一个欣赏松花江的人而感到自豪。我不是哈尔滨人，但是我可以在眺望中把宽阔的松花江装进心中，也许这就是一个人的胸襟和气度吧。松花江哈尔滨段有不少柳树岛，水大的时候被淹到水中，水小的时候就浮出水面，它们是宽阔的松花江的欣赏者和体味者。对于江鸥来说，怎样的宽度都不是问题，它们在两岸飞来飞去，像空中绽开的浪花。还有游船上的那些游客，他们正是在这样的宽度上放眼望去，他们幸福的宽度就像那锦缎一样的松花江水。

我在多个江段看黑龙江。看它的流水向前奔腾，我似乎有一种置身于某种仪式的庄严感。作为有了一定经历的人，看黑龙江的感觉就会与少年和青年时代的感觉有太大的不同。作为界河（俄方叫阿穆尔河），它带给我的心情是复杂的。黑龙江真宽，我回溯中的内心却忽而有一种狭窄的感觉，那是因为历史的伤痛。心还是要宽，不宽又会怎么样？有句老话不是叫面向未来吗？

三

人在一生中总应看几条大江。站在大江边上接受江风的吹拂，那种感觉和远在千里之外的想象还是不一样的。

你可以在早晨站在江边，看轻风如何吹去薄雾，看轮船如何起航，看轮船上的人如何招手，看怀恋和向往如何统一于那么多人的行程中。

你可以在中午站在江边，看阳光在江面上欢跳，看货轮依然不停地来来往往，看两岸的垂钓者，想他们一边是对早晨的回顾，一边是对下午的期待。

你可以在傍晚站在江边，看那愈来愈贴近江面的唇吻般的夕阳，看那火烧云是如何在夕阳之后燃烧起所有凝望之人的回想，看那江上洲渚是如何像人一样在凝望。

你也可以在深夜站在江边，看大江是如何怀抱着一轮明月，像怀抱着人类的相思，也可以如时间上游的老杜一样，吟出"星垂平野阔，月涌大江流"。

真的需要用这宽阔的大江来开阔自己的心境，然后带着它走向没有大江的地方；真的需要在这样宽阔的大江面前领悟负载的意义，这样就知道人生的大格局紧连着担当；真的需要在这样宽阔的大江面前想到涓滴的汇聚，每个涓滴里都有着太阳的光芒、明月的银辉……

四

河流宽，河流宽，城市和村庄，分布在两岸。河堤的台阶上望着河水出神的人，他还要望多久？那挽着手臂的爱情，像亲密的花瓣。

河流宽，河流宽，故乡和异乡，一个在这边，一个在那边。因为都饮同一河流的水，故乡和异乡已不大好分辨。

河流宽，河流宽，我在这边，你在那边，因为同饮一河水，我们就是第一次见面，都不一定有陌生感。

河流宽，河流宽，昨天和今天，谁在挥手说再见？每一朵浪花都和我们说再见，每一只鸥鸟都和我们说再见，那水里的每一条鱼似乎都和我们说再见……就在这样一次次的再见里，无数人的青丝变白发，无数咿呀学语的婴儿变成了翩翩少年……

河流宽，河流宽……

河 流 深

　　我相信每个人对于有深度的水都是畏惧的，这种畏惧是与生俱来的。只是有的人在学会游泳后才会改变对水的态度。由于小时候有在池塘里被水淹的经历，我对深水有着更深的畏惧。就是在大一些之后，我也不会轻易下河。当然，我也羡慕那些在河的较深处抓鱼的孩子，我没有那样的本领，更没有那样的胆量。村里有个会游泳的，夏天的雨后，他常常在涨满水的河中顺流而下，除了有一两个陪游的，其他都是观众。河水深，这是大人们的告诫，也是我们对自己的告诫。

　　河流成就了一些泳者，而这些泳者也成就了一些观众。其实当观众也没什么不好，在一定的距离上欣赏那些泳者，也是一种快乐。那些泳者充分利用了水，让身体的每一个器官都亢奋起来，让双桨一般的双臂划向前方。水也利用了他们，一展自己雪白的浪花。

　　用自己的身体一试江河的深浅，这样的泳者真是勇者，而勇敢是以技能为前提的。有的人游过了大江大河，一些小河可能不放在眼里。其实小河也是有深水区的，尤其是一些水草的缠绕，非得加小心不可。

　　作为不会游泳的人，除了看那些泳者，我们有我们对待河流的方式。有时我们会蹲下身来捧一捧水，以表达我们对水的敬意；有时看到十分清澈的水，还不禁喝上几口。世上每一条有深度的河流，无不反衬着人生之浅，因为它的深度既是自然的深度，也是历史的深度，而我们短暂生命的积蓄也实在太少了。有时我们会抛出一个鹅卵石，它除了留下一个声响，还有逐渐扩散的涟漪，那有去无回的鹅卵石无法告诉我们河水有多深。有时我们还会把钓钩甩入水中，让河水与我们保持紧密的联系。河水之横与钓竿之纵，如此的交叉让时间和空间有了韵味，如此有诱惑力的水，那样的深度是钓线也够不着的。有时我们把网撒向河中，那张开的网眼像要把河看个究竟，但终究是无法看尽的。每当看见晾晒的渔网，我就觉得那网眼是疲惫的眼睛，因为深入河流毕竟不是简单的事。

曾经多次看到山里的河，浅处的水留下哗响，而深处的水却不动声色，正所谓静水流深。

河流深，有时跳出水面的鱼会给我们一个惊喜，也像在和我们开着玩笑。河流深，有时水的波纹会透露鱼的行踪，好像是鱼在靠近水面的地方故意引逗我们。更多的时候我们无法看见水里的鱼，当然也无法判断它们的多少，它们有它们的世界。

除了鱼，河水里还有什么会让我们感到好奇？

也许是一棵树被埋在泥沙里。也许它来自近几年的岸上，在一场大雨后倒在了河中；也许它来自遥远的年代不知哪里的森林中，经过一番漂荡最终沉入水中。不管是一棵普通的树，还是一棵神奇的古木，都说明了一条河的沧桑感。

也许猛犸象化石就埋在某条河流的泥沙里。河流已流淌了亿万斯年，泥沙的掩埋也是一种保护。河流不但有水的深度，也有历史的深度。

"千寻铁锁沉江底"（刘禹锡《西塞山怀古》），"沉舟侧畔千帆过"（刘禹锡《酬乐天扬州初逢席上见赠》），从中可见河流深度里的内涵。

不管是大河还是小河，都有各自的深度，尤其是那些大河，总是让人心生敬畏。

河流深，无论是桨橹还是长篙，都体会不尽。

河流深，不管是你是我还是他，都在船行的时候留下回味的波痕。

"我欲渡河水，河水深无梁。"（《步出城东门》）这是古代游子思乡时的感慨。没有桥梁，当然无法渡过深深的河，我想游子的眼前也是没有船的。

在一个遥远的年代，一个少年在异地求学，上船后，送他的母亲还在江边站立，直到船消失在远方。也是在一个遥远的年代，一个年轻人和他的新娘分居两地。每当他怀揣着船票从异地回乡看他的新娘的时候，穿着长衫围着围巾的他，都会把目光投向那深深的大江，那时的大江就像妻子的柔情，把装载他幸福的船托起。

对深深的河流，相信我们会有共同的感觉，但也并非没有差别。就是一个人对它的感觉，也会随着时间和心情的变化而变化。

人生浅，但又不仅仅是人生浅；河流深，但又不仅仅是河流深。

垂 钓 者

一

作为曾经的垂钓者，我看过一些与垂钓有关的文字，深知垂钓是一门文化，垂钓是一部历史，而这门文化和这部历史像河流一样深远。

庄子钓于濮水，楚王派两个大夫去看他，许他高官厚禄，但他连头也不回。"庄周家贫，故往贷粟于监河侯"（《庄子·外物》），但他为了自由而放弃了高官厚禄，为了自由而选择了贫穷。庄子真够清高的了。在古代和今天的人看来，庄子就是个傻子，这正是庄子不同流俗之处。

说到垂钓者，不能不提到东汉的严子陵。他隐居富春山，即位后的刘秀多次延请，他都不为所动。一个钓者，他以这样的方式把自己隐得很深，不失为明智者。对于这样的隐者，我们不必深究他的想法，把生命交给自然，这本身就是一种坚定而从容的态度，这也是常人无法想象的。"我心素已闲，清川澹如此。请留盘石上，垂钓将已矣。"王维在《青溪》中的表达暗含了严子陵垂钓富春江的典故，素愿与清川的淡泊融合在一起，将生命的时光交给青溪。"生事且弥漫，愿为持竿叟。"綦毋潜在《春泛若耶溪》中表露了他学习严子陵的归隐心迹，若耶溪离严子陵垂钓的富春江不远，这使他对严子陵的回想显得极为自然。水对隐者都有着强烈的吸引力，这使他们把心思置放在山水间，让山隔断那些世事，让水沉淀那些纷扰。这位唐代诗人曾做过官，安史之乱后归隐，后不知所终。他的归隐正如他的名字"潜"一样，把生命交给自然，所谓的不知所终恰恰是有所终。

与庄子、严子陵、王维、綦毋潜不同的，是姜太公的垂钓。关于姜太公的垂钓颇有传奇色彩，什么"直钩"啊，什么对周文王的期待啊。从人们的心理上看，宁可信其有，不可信其无，而姜太公的故事恰恰在这个传奇性上，在这种迷离的色彩上，在这个故事的意蕴上。李白《行路难》中的"闲来垂钓碧溪上，忽复乘舟梦日边"就用了姜太公在磻溪钓鱼和伊尹在受商汤聘请前曾梦见自己乘舟绕日的典故，表达了李白有所待和有所为的心理。从后面的"长风破浪会有时，直挂云帆济沧海"更见他这种心理。李白《赠钱征君少阳》中的"秉烛唯须饮，投竿也未迟。如逢渭水猎，犹可帝王师"与前面李白《行路难》中的句子有近似之处，也用了姜太公钓鱼的典故，虽是写给钱少阳的，但寄托了李白壮心不已的情感。

非常喜欢与钓叟有关的画作，那戴着斗笠、手持钓竿的老者，或坐在河边一块突出的岩石上，或坐在江河之中的船上。在我的想象中，钓叟脸上的每条皱纹都是经验，或者说，钓叟钓竿上的长线就是经验的延长，与无边的水意有着深远的沟通与融合。古老的河流与历经沧桑的钓叟该是怎样的和谐。那是永远充满悬念的等待，那是让太阳和月亮的钟摆走来走去而钓者没有直起腰身的等待，那是让猫一样的轻风在水面上脚步轻移似乎嗅到了鱼的味道的等待。水面以下都属于我们的猜想了，但愿水底的那些鱼并不急于咬钩，但愿那从容的把握持续千万年。这就是味道，当悬念没有揭开，当人与自然构成了互为等待的关系，人在等鱼，鱼也等待着人的耐性。人的凝然不动和可以想象的水的流动，构成了对比。世界的灵动之美尽在一条河流中，而人的点缀便是对这灵动之美的依恋。那凝然不动的还有睫毛，点缀着专注的眼睛。其实在大河眼波旁，钓叟何尝不是一根睫毛呢？这睫毛微小，但却在依恋河流的眼波中尽显河流的意义。

我特别喜欢唐代词人张志和的《渔歌子》："西塞山前白鹭飞，桃花流水鳜鱼肥。青箬笠，绿蓑衣，斜风细雨不须归。"作为曾经为官的人，张志和因力谏肃宗而获罪贬官，后来又被肃宗赦无罪。他是深味宦海沉浮的人，后来就弃官，在母亲和妻子相继故去的情况下浪迹江湖。多好的一首词，这首词之所以充满了画面美，是因为张志和的情感里有图画。如果不是有扁舟垂纶的经历，张志和也许写不出这样的词。

二

他们是无名的垂钓者，从古至今，他们的数量无以计数。

河流邀请一般地流淌着，于是就有了这些钓者，从"蓬头稚子"到白发老翁。

他们选一个适合垂钓的地方停下来，不必考虑别人是否在此垂钓过，最重要的是，一条绵长的灵动之河，总会对他们有着永远的吸引力。

不要说这些人都是什么身份，他们统一的名称是钓者。河边的草映着他们的身影，不管他们坐着蹲着或站着，他们都该是大河边上的谦卑者和追寻者。

对于有些人来说，需要拨开烦冗，就像拨开河边的柳丛，这样时间就有了一个小小的缝隙，看来悠闲也是需要创造的。当然，对于另一些人来说，他们有的是时间，可谓悠闲无限。不管怎样，一片开阔的水面展现在他们的眼前，这样的机会可贵，可贵得就像河面上金子一样跳跃的阳光。

垂钓者很小心，从小心翼翼地抛出钓钩，到小心翼翼地把钓钩拉出。

垂钓者不言语，唯恐一丝声响惊动了鱼群。

垂钓者很耐心，就像凝然不动的雕像。这一点他们和撒网者不同，那些旋网在被抛进谜一样的水中的时候，很快就揭开了谜底，而垂钓者已经惯于长时间等待，身体前倾，握竿沉稳。

垂钓者有时会点上一根烟，那不断扩散的烟圈有些像涟漪。

垂钓者的内心不一定都是平静的。有的人在河边会想一些事情，流水会稀释他们的不快，河风会吹散他们的清愁，也会像梳子一样理清他们的思绪……在这样的过程中，时间像皮筋一样被他们拉长了，思绪结束时，这皮筋回到了初始的状态。这时再抬头望一眼天空，是云朵的纯白和超越。

有少数夜钓者，在夜里要战胜蚊虫的叮咬。在唧唧的虫声里，在钓竿起落之间，所有的兴奋都会把眼帘拨开。"半夜鲤鱼来上滩"，在别人进入梦境的时候，夜钓者有了收获。也有空手而归的时候，当明月照耀着回家的身影，风也带着一丝凉意拂过面颊和头发。谁都有钓不着鱼的时候，人生正因为这样才显得真实，才能激发无尽的向往。

垂钓者在芦花一片白的时候也会垂钓，那时他的头发也是一片白，旁边是他刚刚摘去的斗笠或者草帽。两种白融合成一种白，那是秋天的白。经历过沉淀的秋天的水已显得沉静，垂钓者会想起从他眼前经过的水变成了远逝的水，想那水不用从他额头经过就在上面打出了沟槽。

就这样在一条大河边，坐过蹲过站过向往过；就这样在一条大河边，把自己的影子投向流水，与流水有着一种默契。

唐代诗人胡令能有一首诗《小儿垂钓》："蓬头稚子学垂纶，侧坐莓苔草映身。路人借问遥招手，怕得鱼惊不应人。"生活化的细节描写，真切动人。与其说这首诗中的"蓬头稚子"是唐朝小孩，莫如说他是所有年代小孩的代表。面对这样的孩子，白发老翁都想重新回到小孩的时候，重新开始那富有悬念的垂钓。

冬天的时候，垂钓者把他们的钓竿放置一边，但在他们的梦境里，他们还是一名垂钓者。

在垂钓者心中，那条大河永远是值得期待的。

第三辑

河流的指引

河流的指引

我们是从哈尔滨坐火车去往乌兰浩特的。在快到乌兰浩特时发现一条河，听说叫洮儿河。不过洮儿河是向东去，我们是向西走。就是这样，也觉得河流是从远远的地方来欢迎我们。

火车到乌兰浩特已是晚上八点多。接我们的导游叫李根，他的名字一下让我们想到美国前总统里根，这样他名字的幽默性就不言而喻了，连李根自己都笑了，我们也笑了。他的笑好像带着草原的风，一下子把我们心中的陌生感拂去。李根向我们介绍说，乌兰浩特是蒙古语"红色的城市"的意思。我们这些没来过的人，真的有些好奇。

八月的乌兰浩特之夜已有了一些凉意，但我还是和徐岩、宋成君选择一家烧烤店的门前作为我们喝酒的地方。这是一次草原之行，而乌兰浩特就是我们进入草原的门槛，所以这样的酒就喝得特别尽兴。两个月前，抚远之行我们有了一次短短的聚会，这次相聚又感到特别兴奋。啤酒是草原的啤酒，连同一串串鲜香的羊肉，让我们感到了浓浓的草原气息。我们向店主问这问那，话题都离不开乌兰浩特。晚风吹来，轻抚着我们的醉意。有一些卖西瓜的大车停在道旁，店主说他们来自离乌兰浩特不远的乡下。卖西瓜的人把生活的梦想寄托在这个城市，但愿他们卖得多，卖出好价钱。

返回宾馆的路上，我们无言地望着这个城市深邃的天空。

二

早饭后向阿尔山方向进发。

李根当然要介绍阿尔山的旅游热。他说了一件事。有一年，一个日本老者独自来到阿尔山，在一座僻远的山上，用酒和香烟偷偷祭奠他当年的同伴。这个不知反思战争的人，他的行动当然被发现，他成了一个不受欢迎的人。由此我想到阿尔山曾是一片弥漫着战争硝烟的土地，我们的阅读当然不会轻松。一路上我们看到了不少蘑菇状的巨大的水泥建筑，据说是当年日本人为停留飞机而修建的。那水泥建筑有的已显残破，成了牧羊人和羊避雨的地方。

中午我们到了一个叫白狼的地方。关于白狼，有多种解释，其中一种说白狼是由蒙古语"白力嘎"演变过来的，为"富饶"之意。即便看资料，我们的思索也离不开白狼，或许想到早些年狼多，或许想到被白雪覆盖的山如狼形。到了白狼没发现白狼，却发现了我们吃饭的主人家的一只黑狗。黑狗并不咬人，也许它早已习惯了这些来旅游的人。为了吸引游人，这家正在修建一座木楼。我上去走了走，在这座木楼上，可望白云和鸟影，可望远山与河流。

饭后我们到一座日伪时期的工事参观。那是一个院内长满荒草的所在，院内有倒下的石碑，石碑上有日本人的名字。那是一座钢筋水泥建筑，里面伙房、洗澡间等一应俱全。给我印象最深的是那四面的机枪口，枪怎样对准了一个民族，从这里喷出的曾是怎样的凶狠啊！工事内的墙壁上有子弹的痕迹，那是一个民族反抗的痕迹。工事内有多幅照片，详细介绍了日本人侵略的历史，介绍了无数劳工被奴役和杀死的过程，还有中国人奋起反抗的故事。阴森恐怖、沉重、压抑，是这个工事给我的总体印象。我和几个人登上了那工事的顶端，我把它踏在脚下了。下午的阳光仍很刺眼，也刺到了我们心中的敏感部位。这个地方已被辟为爱国主义教育基地。

　　白狼镇高若山西麓是洮儿河的发源地，洮儿河由北向南纵贯全镇。在这样的地方无论是感知历史，还是思考现实，我都有一种探求感。走了太远的路，我们寻求的哪里只是河流本身。

三

　　下午我们到达阿尔山。阿尔山全称"哈伦阿尔山"，是蒙古语"热的圣水"的意思。阿尔山四面环山，它是一个安静而美丽的边陲小城。最有特色的是骑警。

　　到阿尔山的第二天早上，我们乘车去阿尔山森林公园。车行不久，经过一个叫伊尔施的地方。此地是阿尔山林业局所在地。伊尔施还处在一片静谧里，这样的静谧真的让人有种珍惜感。有一条河从伊尔施流过，这就是哈拉哈河。"哈拉哈"蒙古语为"屏障"之意，这与如壁障一样的河西岸高于东岸有关。

　　出了伊尔施，车行的路变得很窄，导游李根说这条道从前是日本人修的火车道。在路上我看到了干草堆、油菜花、收割和未收割的麦子以及采蘑菇的人。最使我兴奋的是，我看到了那么多的白桦树。它们一群群，或站在山冈上，或站在山坳里，也有的是一两棵。阿尔山的白桦树太美了，那样的美简直让人如在梦中。那白桦树让你想到爱人，想到你生命中最初的那位姑娘，想到那属于你的最美的年华，你甚至要下车和它们拥抱。但我们在车上，一如我们在人生的路途上，我们只能看看它们，和它们说再见。

阿尔山的天池比较有名。我们登山，对天池的向往尽在这攀登中。我们眼前的天池是亿万年前火山喷发的结果，一个巨大的坑承接了天空的雨水，成为一面安谧的湖。湖是有高度的，也是有深度的，这就是天池。因为四面是树，天池的水呈现出一片绿意。这高度上的水并不与四面相通，可谓独守的水。

三潭峡属于哈拉哈河上游，三潭是指卧牛潭、虎石潭和悦心潭三处潭水。这是一个美丽的河段，大大小小的石头，喷珠溅玉的河水，两岸的绿树，构成了三潭峡的诗意。洗一洗手感知河水的清凉，坐在大石上望远，都是一种回味的味道。在三潭峡的边上，我们发现了很长的木桩，据说是日本人当年伐木时为了赶进度留下的。

午餐后我看到了不远处停放的一列火车，那是森林小火车，如今成了一处景观。小火车的窗子里还有欲拉未拉的窗帘，让人想象从前坐在里面的人，那些笑语和欢声。火车停在了人们的回味里，而我们仍在匆匆赶路。

在去杜鹃湖的路上，我们看到了太多的石头，这是石塘林景区，是火山喷发的结果。黑黑的石头形态各异，有的像怪兽，有的像人的头颅，散落各处的石头形成了一个火山历史博物馆，让你感知造化的神奇。还有一种松叫偃松，是匍匐在地上的。在石头遍地的生存环境中，松竟能活下来，怎不让人慨叹。哈拉哈河经过石塘林，有时为瀑，有时为湖，有时在地下形成暗河，好像故意与我们捉迷藏似的。

杜鹃湖属火山堰塞湖。一条河是如何被火山熔岩阻塞而形成湖泊的，又是如何寻找出路的，哈拉哈河给了我们答案。到了杜鹃湖，并没看到湖边的杜鹃，因为已过了开放的日子。湖边的树，有的有被火烧过的痕迹。导游说近些年这里烧过几次火，都是干旱的原因。被火烧过的树并不马上伐掉，而是等几年盼它们醒来。我真希望那些被火烧过的树能醒过来，挣脱噩梦。离杜鹃湖东南二十多里远是松叶湖，那是哈拉哈河的源头。松叶湖又叫达尔滨湖，它偏处一隅，又向远方输送着流水，固守和放达构成它的两重性。由于旅行路线的限制，我们没有到达松叶湖，只能在靠近它的地方期待将来与它相识。

一天的旅行都在哈拉哈河流域，回来的时候再次经过伊尔施小镇。听说流经这里的哈拉哈河流入蒙古国贝尔湖，之后折返入境流入呼伦湖，这真是一条有情怀的河。

四

玫瑰峰，当地人叫红石碰子，因岩石颜色发红而得名。我对它的颜色并不在意，在意的是它的峭拔，几座山峰呼应着，有一种共振效果。玫瑰峰是地下的花岗岩经过地质抬升运动所产生的大气象，玫瑰峰下的那条河就是哈拉哈河，真是好山配好水。

在哈拉哈河上漂流是诗意的，这是我第一次漂流，我为我能在这样的河上漂流而自豪。其实离我家几百里的地方并不乏漂流地，但并不能代替蒙古高原带着浓郁的草原气息的哈拉哈河。河中水藻不少，不时有野鸭飞落身边，陪伴我们的行程。我们用桨理解或缓或急的河流，而船像一条神奇的大鱼驮着我们，双桨就像那两鳍。哈拉哈河多么清澈，那天的幽蓝就像我们的喜悦融入其中。哈拉哈河让我想到人生的动情处往往在远方。后来我写了一首诗《哈拉哈河》："哈拉哈河/今天我是你上面的漂流者//把手放在你的流波里/流年的深浅/在顾盼之间/被一一甩过//船桨达不到的地方/就让我们的思想到达吧/手能触及的水底/鹅卵石在另一种凉意中/点化我//为了你的曲折/为了你的清澈/为了你水底我叫不出名字的鱼/为了你绿绿的水藻/把我的心缠绕/我在你的上面漂流/天空的幽蓝如我的迷醉/跌入一湾清波//孤鹭在这上午的天空里飞/一起一落之间感受着命运的风波/说不上哪片落霞/在并不很远的傍晚/等待着它//哈拉哈河/在你长长的行程里/我只是温习了你的一个段落/在你聚散的波浪之上/我是你的一道记忆/当有一天我在远方想你/你的波浪一定会打湿我的眼窝。"

在去七仙湖草原的路上，我们看到了高原上的麦田，那麦田让我想起华兹华斯的诗《孤独的收割人》，想起诗中那个孤独的姑娘。越往里走就越感到孤独，因为我看到了一棵棵孤树。草原上的孤树，是不是也在望我？是不是也想和我对话？导游李根说草原上的男人很爱喝酒，而他们的女人常常挨打。女人被休后，就赶着一头白牛渐渐走远。我想这样的故事应该是在很久很久以前吧，它有着怎样的人生况味啊！七仙湖草原就要到了，这是我第一次到真正的草原。我的眼中充盈着泪水，不仅因为我虔诚膜拜的心情，还因为草原的辽远和人生的短暂。

午餐我们吃了手把羊肉，羊的恩泽就是草原的恩泽，端起酒杯我和诗人庞壮国不禁唱起歌来，同来的小说家王立纯也受到了感染。还有草原上红脸膛的姑娘和小伙子，他们献哈达时的歌唱让我们沉醉。这一路上，其实是旅游车上的歌把我们领进草原的，我们就把这样的歌唱进人生的记忆。

午餐后我和作家王鸿达、董谦等到了七仙湖前。湖水浩渺，湖上有水鸟飞。湖边有水鸟的羽毛，这里似曾发生水鸟被猎杀的事。我们无语了，目光环视着湖水的无边。不一会儿，省作协冯主席、诗人李琦、作家李汉平来了，省文学院的辛美琪和周静也来了。李琦提议大家光着脚在草原上走，她还随口吟出了"这是羊啃过的地方"。是的，这是羊啃过的地方，也是惯于行走的人走过的地方。我们走在草原的八月，让热爱从脚底走进记忆。

这一天，我们看到了草原上的勒勒车，看到了勒勒车旁的骏马，还看到了五颜六色的蒙古族服装。

七仙湖草原已见沙化的痕迹，这是令我们担忧的，似乎有野兽正在我们热爱的边缘游走。

在离开七仙湖草原的路上，我们每个人都唱了一首歌，那歌里有欢欣，也有忧伤。

五

乘车返回乌兰浩特的途中，在一个地方停下来，面对一个山谷，山谷里有一条河，就是文章开头提到的洮儿河。河流曲曲弯弯，是一种徘徊的状态，仿佛对这个山谷有着无限的眷恋。河两边的树或多或少，在全部身心护送河水的同时，也把自己深沉的绿投向了河水。当我们到达乌兰浩特，再到白城，再往东，一路都有洮儿河陪伴。洮儿河最后注入嫩江了，而我们的这一段经历注入记忆的大江中了，即使在十多年后依然有波浪的起伏。

感谢这次旅行中河流的指引。

激 流 河

二〇一四年八月，我打车从漠河到满归。我的目的地是室韦，为了到达室韦，必须经过满归。快到满归时，我发现了一条河，它一会儿远，一会儿近，像我们一样在匆匆赶路。我问司机河的名字，他说叫激流河。真像它的名字一样，河水波浪相激，顺着山势在尽情地奔跑，不管是大回转还是小回转，其速度之快令人吃惊，像一个体力充沛不知疲倦的人。

第二天我要经根河、额尔古纳去室韦，这样我便坐上了一列从满归到牙克石方向的列车，山里人管它叫绿皮火车。

从满归上车后，我与对面的一个女孩闲聊，问附近的河叫什么名字，她说叫激流河。

女孩是返回她就读的牙克石某中学的，她开学就读高三了。她是一个人返回的，不像车厢里的不少孩子由家长陪着。在我左侧和斜对面的两个女孩是去根河上学的，她们这学期就是高二的学生了。那两个孩子看来很外向，一个对着小镜子整理自己的发型，一个戴着连接手机的耳机好像在听着音乐，抑或在与谁进行 QQ 聊天。

车走了大约两个小时，已有乘客陆续涌到我们这个车厢，寻找可坐之处。车停在了一个小站，这回上车的人也不少，还听到了一个女人愤怒的叫喊声，意思是说谁挤她了。这个时候正是客流高峰期，拥挤的人就像河流拥挤的浪花。那两个外向女孩不得不把座位让给有座的人，原来她们有票，但无座。我也和她俩一样，可我的座位一直无人来找，可能是这个座位的票卖给了很远站点的人，但愿下车之前一直这样。如果不是右侧挨我坐着的那个女孩的一席话，我还真不知道刚刚坐在我右侧最边上的女人就是刚刚大喊大叫的女人。女孩说："妈，你这是干啥呀，人家怎么你了？"说话的是一个去牙克石上高三的女孩，我是在后来和她闲聊时才得知这一情况的。女孩的母亲显然是不服气，那意思好像是我都是为了你，你还说我的不是。女孩用沉默缓和了她与母亲之间的不快，女孩的懂事远远超过她的母亲。女孩马上靠在了母亲的肩头，闭上了眼睛。母亲俨然是个胜利者，而那个她发怒的对象不知在何处，也许在另一个车厢，也许就在这个车厢靠近厕所的地方站着。那人是不是也送孩子上学，我不得而知，但无疑是一个男性乘客，因为在女性面前他有可贵的谦让。

坐着的，站着的，车厢里满满的，行李架上堆得满满的，座位下堆得满满的。

我的斜对面换了个四十多岁的女人，她也是送孩子去牙克石上高中的。从周围人的谈话可知，附近都没有高中，上高中要去海拉尔、牙克石和根河，而能去海拉尔的是最优秀的学生，去牙克石的也是不错的学生。女人说她孩子才十五岁，因为上学早，考上高中也早。她说孩子学习成绩不错，是一个以学习为乐的孩子，只是她得陪读了，因为孩子太小，在外边生活不容易。我没有看到那个十五岁的女孩，显然她们母女没坐在一块儿，我想她的票上一定标明是有座位的，否则她母亲不会在我斜对面坐着。

我对面一个四十多岁的胖女人在吃着煮熟的马尾松松塔，那松塔比红松的松塔小很多，很像蚕蛹。胖女人是挨我坐着的右侧女孩的姑姑，估计也是送孩子上牙克石上学。这个胖女人看来心很大，她先是把侄女带的松塔吃去了大半，吃起来像是技艺娴熟的松鼠，然后又吃鸡爪子，胖女人肯定早晨没吃饭。与那个十五岁孩子的母亲不同，她似乎没有什么心事。

那个我刚上车时对面的女孩，买的车票显然是有座，她是一个早有准备的人，别看她外表平静，别看她与有家长陪同的孩子相比显得有些孤独。

需要说明的是，在这列车上，除了上学的孩子和送孩子的家长，还有采山不成而返乡的人，还有像我这样的游客。我突然想起刚上车时对面女孩说的"激流河"三个字。这列火车就像一条激流河，在这个日子有了一次拥挤，有了跌宕起伏，有了种种背负。这些孩子要到的地方是比激流河更远的地方，将来这些孩子的大多数还要到更远的地方去读书，他们是人生激流里的一朵朵浪花，浪花的绽放本身也是一种背负，那时他们会不会想起今天路上的情景呢？反正我是不会忘记的。

我在根河下车了，除了来根河上学的孩子，其他去别处上学的孩子还要继续赶路。

额尔古纳河边

　　室韦是额尔古纳河边上的小镇。去室韦旅游住在一位山东大婶家。

　　大婶家的屋子有两间多，外墙墙面抹着泥，给人素朴的感觉。屋里是木制地板，厨房里有砖搭的炉子，炉子上面是一个铝制锅。里屋分为南北两个屋。屋里有床、几口木箱和老旧的石英钟等，陈设简单。

　　大婶六十七岁，操着浓重的山东口音。她说她早已习惯了这里的生活。从闲谈中得知，大婶有一个儿子，现在扎兰屯一个单位上班。她说儿子一家会在春节回来，待上五天，然后就走了。儿子说要接她到城里去住，但她现在还不想去。我问她一个人生活多久了，她说刚几个月。她说她丈夫得了癌症，没有治好。她说丈夫早些年当过生产队队长，人很实在。说着，还给我看手机里她丈夫的照片。我不想再与她深谈这个话题，恐怕让她的心更痛，毕竟她丈夫去世不久。于是我转移了话题，自然聊到了这里的鱼。大婶说，几年前的冬天，她和老头儿去一个河段凿冰打鱼，打出的鱼堆成小山，她说他们把鱼送给了不少人。捕获的快乐，在一个老女人的讲述里像一条流淌的河突然涌起的浪花。没想到由鱼又谈到了她老头儿，可见大婶是如何放不下大叔。

大婶房子的后面是一块很大的园子，一半荒芜着，就连园中的小路都长满了荒草。我知道，没有了老伴的日子是孤独而悲哀的。她不是没有锄头和镰刀，但心头的一半已随那一半园子荒芜了，她无力把它们握起。令人高兴的是，靠近房子的另一半种了向日葵。本想帮大婶把那荒径上的草清除，但大婶说不用了，过些天她会弄的。我想也是，但愿随着那园中小路的畅通，大婶的心境能逐渐好起来。

我看了大婶的炊具，好像很久都没有用了。大婶说，她经常到外面去买东西吃。很难想象大婶一个人在家的情景，旅游旺季还好说，游客住在她家对她是一种陪伴，淡季的时候也真够她受的了。我想象几个月后的冬天——她老伴去世后的第一个冬天，在北风的尖啸里，老人一个人燃起壁炉，那种孤独之寒不是壁炉能够驱散的。躺在床上，老人可能会像过电影似的回想她的一生，回想有丈夫和孩子相伴的岁月，回想儿子一家人回来的那几天。

在大婶家要出去看风景的那天早晨，天下起雨来。我和在她家住的另一位游客与她闲聊起来，对她和她的家有所了解。这是天在留客，也正符合大婶的心思。这些年我走了不少地方，专注于路上的风景，而对人却关注不够。

临走的时候，大婶告诉我们："如果你们不走，晚上再回来吧。我挣钱不是主要的，主要是你们来了，我临时有个伴儿。"我和另外一位游客恋恋不舍地走出了大婶的家，那时外面还有零星的雨。

那天，我去看额尔古纳河了。额尔古纳河拥抱着室韦小镇，但谁会拥抱这位山东大婶呢？

我曾试图走近额尔古纳河，但两个地方都围有铁丝网，无法靠近。后来我去看额尔古纳河大桥，依然无法靠近河流。我是在一定的距离上看额尔古纳河的，这就像我在一定的距离上看中俄的一段历史。

　　额尔古纳河原是蒙古帝国时期中国的内陆河，从一六八九年《尼布楚条约》签订至今，额尔古纳河一直是中国与俄罗斯的界河。现在室韦是中国唯一的俄罗斯民族乡。十九世纪时由于额尔古纳大量沙金的发现，淘金客纷纷涌进来，不少人还娶了俄罗斯女子为妻，还有一些俄罗斯贵族，在十月革命后来额尔古纳，与中国人通婚，将生命置放在这片与河相依的土地上……当年的沙金不见了，但视爱情如金的中俄男女将他们的血脉延续在这片土地上，而这些中俄后裔抬眼看一下墙上他们老祖母的照片，就会想起那个从前的俄罗斯少女是如何嫁给了中国小伙，就会去追寻那一段时光，就会在望额尔古纳河的时候感叹时光流逝。其实每个中俄家庭的历史里都有近乎传奇的故事，生存的实际和爱的感召力在两个生命中融合的时候，便有了家，便有了几十年的相守，便有了可回味的平凡中的感动。

　　小雨后的空气很清新。室韦北面的额尔古纳河边是一片草场，有静静吃草的马，也有骑马的游客，而河里不时有游船驶过，听说晚上河边还有俄罗斯歌舞表演。这使我想到额尔古纳河是一条有着历史意蕴的河，是见证了不同国别人生之爱的河，是融合了不同种族命运的河，是为今天的美好而用浪花鼓掌的河，也是托起明天之船的河，好多人都是那船上的乘客。

　　从额尔古纳河边往回走的时候，我认真地看那一家家俄罗斯风格的木刻楞建筑，感到它们与额尔古纳河有着和谐的美。安居是一个多么好的词，而无论是当年的俄罗斯人，还是当年的中国人，他们来到这额尔古纳河边，都曾经历过漫长的流浪。当一条河不能成为阻隔，它就成了最好的背景，而它的深远就成了永恒。

　　还记得在看额尔古纳河之前，我曾问过那位山东大婶不同民族相处的问题，她说挺好的。

我就这样在思索中与额尔古纳河作别了。

三年多的时间过去了，我在想那位山东大婶。不知大婶是否去城里的儿子家，也许她还恋着室韦那个家，在对老伴的怀念里一天天生活着，这样的怀念会给她的余生带来暖意。我也在想远方的额尔古纳河。作为界河它是以主航道为界的，但两个不同民族的人的结合就像水一样没有缝隙，谁还分你我呢？

莫日格勒河

莫日格勒河，布仁巴雅尔在为你唱歌。舞台上的他穿着蒙古袍，手握话筒，不时闭上眼睛沉醉在你的美丽里。

莫日格勒河，布仁巴雅尔在为你唱歌。只见他骑着一匹马经过你，看似浅浅的地方却像是一次深深的经过。因为你的恩德太深了，需要铭记，需要用这歌唱引领我们的敬仰，而那马儿正引领着他进入无边的草原。

莫日格勒河，布仁巴雅尔在为你唱歌。那是女孩如花朵的草原，那是羊羔如花朵的草原，那是牛犊如花朵的草原……在你的边上，所有的生命都如花朵般盛放，所有的眼睛都像你一样清澈。

牛羊和马儿饮水，唇吻晨光初照的流水，原来你是一条显得年轻的河；牛羊和马儿饮水，唇吻晚霞染红的流水，原来你是一条疲惫而脚步稍有迟缓的河。待明早梦的雾纱被轻风揭去，你还是一条充满朝气的河。

河里的游鱼，岸上的青草，波浪般起伏的远山，不时还有大雁飞过……

莫日格勒河，老额吉脸上的皱纹都像你，千里之外的我们都想拥抱她，就像去拥抱你——莫日格勒河。

莫日格勒河，那牛羊的奶汁里有你，那挤奶的老额吉曾是草原

191

上的花朵，那挤奶的老额吉告诉我们风霜雨雪是如何从这草原上走过；莫日格勒河，那奶茶里有你，当我们把奶茶捧在手上，所有的奶香都像馋醉了云朵。

老额吉的银手镯与你有着自然的辉映，马头琴里流淌的你远远超出了地域。

莫日格勒河，你的曲水是谁的曲水？你的追寻是谁的追寻？你的狂草是谁的狂草？曲折也是美，每一步都不能跳跃，每一步的扎实注定了拥抱草原的广阔；追寻也是美，每一步都有迷惘伴随，每一步的前进都是开拓；狂草也是美，有一个我们看不见的狂草者，其运腕的功夫令人叹服，它的名字叫岁月。

莫日格勒河，你的曲折让我想起徘徊、蹒跚、踉跄、蹀躞、匍匐等词；莫日格勒河，你的每一朵浪花里都有传说。

莫日格勒河，我的两位朋友当年起早去看你。在向导的带领下，他们走了一段曲折的路，只是他们不如你走得远啊，他们的曲折也远远不及你的曲折。当他们在一个高处望你，拍摄你，他们一声声感叹，但却无法用最恰当的语言表达他们的感悟，那是被你的美征服时最真实的状态。美是自然产生的，神奇的你，当然也没有想过想征服谁，但却有了教科书般神奇的效果。

莫日格勒河，我知道你也叫莫尔格勒河，我知道你的意思是"弯弯曲曲的河"，其实天下的河流都不是笔直的，只是你弯曲的程度很难有河比得过。

莫日格勒河，你让我想到蒙古包、烈酒、牧羊犬、套马杆和勒勒车，你让我想到敖包、鹰和百灵鸟，你的弯曲让我们感到你是想拥抱草原的一切。

莫日格勒河，我知道你发源于大兴安岭西麓，在经过长长的奔走后流入呼和诺尔（意为青湖）。那一年我和妻子就在那面大湖的边上，望它的浩渺，想它的深度，想你一路奔波，到大湖里休息。我知道你又从湖中流走，然后汇入海拉尔河……

莫日格勒河，布仁巴雅尔在为你唱歌。他沿着你走，走不出的影子躺进了你的碧波；他坐在草原上，坐在你的怀抱里，看着渐渐远去的你流进苍茫暮色。

莫日格勒河，布仁巴雅尔在为你唱歌，那是草原之子的倾情演唱。一个歌者逝去了，但他的歌唱留下来了，他的歌唱一如你的歌唱婉转悠远。

莫日格勒河，你千回百转意绵绵；莫日格勒河，你百转千回情切切。

乘槎河与锦江

两次去长白山天池，第一次是从北坡去的。

公园里的车把我们送到了山上，剩下一段需要步行而上。山上的风挺大，这是在山下绝对体会不到的。我猫着腰缓步前行，恐怕有什么闪失。

到了峰顶，终于看到了天池，真要感谢天公作美，没有一丝云雾缠绕。只是风太大，沙砾不断地撞击相机和脸，我真是满面风尘了。

天池太美了，这样的美是大美，让我们无言而望。蓝蓝的天躺进水中，还有绣花一样的云。对于天和云来说，这样的水该是怎样的享受，这是天和水创造的奇境。

从天池下来后便看到了长白瀑布。一道跳跃的水，是在跳跃中寻找前途。当时我还不知道瀑布之上的那条河就是乘槎河，也不知道长白瀑布两边的山峰叫天豁峰和龙门峰。乘槎河应该是世界上最短的河了，全长只有一千二百五十米。关于乘槎河的得名，不能不提到刘建封。这位山东人，在一九〇八年率队查清了长白山的江岗全貌和松花江、鸭绿江、图们江之源。刘建封因为看到河边一根木头，并受到乘槎（木排）去天河典故的启发，于是将此河命名为乘槎河。真要感谢这位为此河命名的人，由木头联想到木排，这样的命名是自然的，又是很有文化意蕴的。那翻花的洁白告诉我，从险峻之地跳下的水仍带着不可平抑的激动。我慢慢蹲下来，将手伸进流水，让它流过我纵横的掌纹。它还是一条溪水的规模，正应了那句细水长流，天池的底气保证了它的绵绵不尽。岳桦和黑色的火山石都在为流水送行，还有一个深情望流水的我。这绵绵不尽的水注入二道白河，水在二道白河里壮大起来，而二道白河是松花江的正源，松花江又是离我不远的江，我去哈尔滨也无数次喝过松花江的水。对于我来说，那时这道水流去的方向还是未知，如今我不得不感叹有些河流在我们知道它之前已与我们发生了联系，比如二道白河。

第二次去天池是在多年之后，是与妻子和其他几位朋友去的，从西坡去看天池。由于是阴天，此前长白山又下了雪，所以登山的愿望被笼上了浓重的雾气。一路上天时阴时晴，好像是老天的故作神秘，又好像是老天的故意引逗。不管怎么样，我们还是毫不犹豫地登上了山。天池边已经挤满了游客，一阵风来，天池神秘的面纱就要完全揭开了。挤到最前排的我赶紧举起相机，力争拍出最佳的角度，我后面无数的人一定把双手举过人丛拍照。一会儿风跑了，天池又拉上了它神秘的面纱。我找妻子没有找到，就往山下走了一段等她。一会儿天又晴了，我又往山顶跑，正好看见了妻子，她高兴地说看见天池了。我又匆匆地拍了几张照片，这时大雾又弥散开来。不管怎么说我们还是看到天池了，尽管不是很真切。

从天池下来便去了长白山大峡谷。这里我们还是第一次来，它位于吉林省抚松县境内。一进园区便看到了许许多多的树，我的心情在秋天的森林里呈现出斑斓的山色。

不长时间就到了大峡谷，第一眼之后便是惊叹。峡谷里的水是细细的一线，那时我还不知道它属于锦江的上游，不知道它的源头在长白山，也不知道锦江是松花江西源头之一（漫江也是松花江西源头）。比之于平地上的水，这道大地褶皱里的水的待遇是不同的，风吹动涟漪要迟一会儿，阳光照来也会迟一会儿，它对黑暗的感知也是最深刻的。但就是这样，水依然在该流淌的时候流淌。我们从高处向下望去，那是我们无法亲近的水，我们与它的距离是一百多米，这一百多米是可以思索一生的。那些峭壁上的松树和桦树，是在缝隙中一点点长起来的，树的种子仿佛长了眼睛，命运的机遇终于把握住了。这绝非一般的景致，我们在拍照时都怀着一种难言的情感。仿佛在为山河分担着什么，这些树的枝条伸展开来，在每一个风来的白天，在每一个雨来的夜晚。峡谷里有太多的怪石。有的像背负重物的骆驼，却喝不到深处的水；有的像一把刃向上的斧头，随时要把闪电劈断；有的像一把刀叉，要以云朵为餐；有的像凹陷的臼，不知谁会拿神奇的杵来此捣药……这里的怪石太能激发我们的想象了。在离开长白山大峡谷前再望一眼里面的水，我想鸟是可以落在它的边上的，不知那水里会不会有鱼，如果有，那也该是很寂寞了。

我突然想起十月长白山上的雪，当它和冬天的雪一起融化的时候，那水会成为哪条河源头的水？

辽河入海口

　　国庆节假期，我们一行人驱车千余里去看盘锦的红海滩，到盘锦的时候已是晚上。

　　第二天我们起早从入住的宾馆出发去景点，发现一条河与我们时远时近，听说这条河就是辽河。

　　对辽河我们知之甚少。我们都来自黑龙江省，但我和另一位旅伴的先辈都是辽宁的，而且我的这位朋友的老家就是盘锦。她的先辈曾与辽河朝夕相伴，辽河波浪的起伏中有多少人生的起伏。当年他们家在对未来的憧憬里离开了辽河，这一走就是几十年。说到我的先辈，虽然所住并不是辽河流域，但也并不意味着他们没看过辽河。所以我觉得我和我的这位朋友来看红海滩，顺便看一看辽河，也是一种回望方式。

　　在进入景区前，我们看了旧木船展览区。在熹微的晨光中，那些大大小小古旧的木船在述说着辽河与辽东湾久远的岁月。那些空了的船曾有怎样的承载，从辽河到辽东湾，船行的过程就是一个衔接岁月的过程。

　　进入景区后，我们第一眼就看到了辽河从远处风尘仆仆而来，那真是大场面。辽河拐了多少弯儿才进入辽东湾的，简直无法计算。长久的寂寞变成了仪式的隆重，这仪式不用准备，因为久已积蓄的力量在这一刻爆发出来，成了最后的冲刺。辽东湾用红红的碱蓬草热烈欢迎辽河的到来，这是这个仪式里的重要部分。但最重要的是辽河本身，如果它不用自己的实力证明到达，如果它的壮阔只是慵懒里的空想，这样的仪式就不属于它。仪式是自己创造出来的，所谓隆重也不是偶然的，它是充盈而奔涌的生命一个必然的结果。

我们长久地站在辽东湾的栈桥之上，看随着潮落而逐渐露出的碱蓬草一直绵延到海的深处，真有一种大幕拉开的感觉。这该是怎样的大喜悦，这是对到来的辽河发出的由衷的赞美，这是心甘情愿的接纳。

一条河叫辽河，一个海湾叫辽东湾。看过了辽河和辽东湾，便想起河流从起点到终点的路，便想起那万千曲折，便想起曲折边上的城市和村落。河流的曲尺量不尽人世悲欢，量不尽人世间的迷茫和憧憬。大海对河流的安慰便是永远在那里等待着，而河流需要走遥远的路，于是便有河流在走完长路后如愿入海，有的却与大海永远相隔……

冰 峪 沟

我们是从庄河市北的仙人洞镇赶往冰峪沟的。

冰峪沟是千山山脉的余脉。如果说千山山脉是一首长歌，那么冰峪沟就是这首长歌永远的余韵。

冰峪沟的美在于山水相融。冰峪沟的水主要由流经景区内的英纳河和它的支流小峪河的水组成。英纳河是满语"因纳辉"的音译，意为美丽的地方，它是庄河境内最长的河流。

冰峪沟的水太清了，水里的石头历历可数。那天妻子围的一条纱巾图案很像一个个小石头，她站在水边照相，让我想到她好像把一条河围在了颈间。

一个七八岁的小姑娘蹲在水边，她先是把两手展开，之后并在一起慢慢靠近溪水，让人感到好像要抚摸水的皮肤，一会儿小姑娘站起来，双手蝴蝶一样扇动着跑开了。我们几个人先后一个个蹲在小姑娘蹲过的地方，做出撩水的动作，但与小姑娘相比，我们的沧桑感就太强了，小姑娘的天真美好真是无法替代。

水上有竹排，竹排上有穿着救生衣撑篙划动的游客。山在水中，往水里一撑，长篙一下子点到了山的秀色，时间在山水的映照里有了沉浸感，人们也在无言中有了沉浸感。竹排轻移，撑篙的人突然从水中抽出长篙，似乎不忍点破这美好的瞬间。

那天我们没有坐竹排，但我们踏到了一个静止的竹排上，仿佛踏到了快乐的琴键上。我们还踏到了棋子一样的石头上，突然感到自己就是快乐的棋子，被时光棋手摆来摆去。

我们看那么多的小鱼在水里游，如梭的小鱼在霞光中织一片河里的锦绣。

最快乐的是在英纳湖上乘船游览。英纳河从西北流来，在这里形成了一个美丽的大湖。坐在游船上可尽情欣赏周围的山色。你在看水，水也在看你；你在看山，山也在看你。山之美在于它们的各种形态，不管是连绵之态，还是孤立之姿，不管是斧削之陡峭，还是腹起之突出，不管是石缝里长出的孤松，还是石壁上垂挂的紫色的野葡萄藤，都在尽显秋天的美，都让我们展开想象的翅膀。船从石壁下经过，我们赶紧仰头望高入云天的石壁，石壁也在仰头，望着头上的行云。我们不约而同爆发出欢呼，这是感叹的欢呼。船犁开了翠绿的水，船后的水一瞬间就合拢了，但我们的激动却久久不能合拢。这是多么好的水，有秀美的山来衬托；这是多么好的山，有柔情的水来为它映照。有的小瀑布从山中的石缝里淌出来，飞花泻玉一般融入河水，这是山与水多好的承接，这又是山与水怎样的默契啊，山与水就这样无法分开。要想感知山与水的灵性，请来冰峪沟，这翠绿的水是以风和梦为朋的清澈的水，这翠绿的山是以云和雾为翅的秀美的山。在这里只要临水照一照我们的面孔，便与水和水中的山心心相印。

在冰峪沟还可见"羊背石"地质景观，还有的石头中间有凹陷，像一个大盆子，有的像一只赤脚。手抚摸石头或坐在石头上照相，感受大自然珍贵的给予，也留下我们的体温，那是匆匆过客的体温。那里的水很浅，好像是为了突出石头似的。

冰峪沟里有那么多的树，有盐肤木、花曲柳、枫杨、赤杨、赤松、核桃楸、秋子梨、假色槭、大山樱、毛樱桃、刺楸、三桠钓樟、玉玲花等等。如果不是绿底白字的标志牌提示我们，真的不认识这些树。有一棵树向小河倾斜，另一棵倒在了小河之上，它们枝上的累累红果分外耀眼，好像是要把这份美丽分享给水。树林里有着陈年的枯叶，在枯叶里长出一株开蓝花的植物，好有诗意。

在冰峪沟有个景点叫"双龙汇"，是英纳河与小峪河交汇之处，这使我想到冰峪沟的美景不仅在交汇处，更在于交汇前的行程中。

浑河之清

去沈阳之前，我对浑河一无所知。去看浑河之前，我查阅了一些资料，对它才算有一点儿了解，得知它是辽宁省第二大河。

到了浑河岸边，我惊叹它的宽，还有那座别致的大桥，那样的跨越是时代的跨越。

浑河发源于清原县湾甸子镇滚马岭下。汩汩清泉汇成大河，这是森林万顷的山岭带给它的底气，也是沿途众水汇聚的结果。

这是星期六的下午，浑河边上游人如织。烤羊肉串喝啤酒的，在微型帐篷里睡觉的，领着自己的小孩散步的……他们都在享受着河风带来的清凉。浑河是一个天然的大风扇，那每一个波浪都像扇叶，清凉的风就从那每一个扇叶中涌出。真羡慕那个睡下午觉的，他的沉沉睡意有大河相伴，他的梦境有金子般的阳光镶边，他有节奏的鼾声有鸥鸟伴奏。还有那些垂钓者，他们把长长的钓线甩向河中，他们在等待中盼望，在盼望中等待。我站在他们身后的岸边观望，并非"徒有羡鱼情"，因为我虽没有抛出钓线，但却觉得他们代替我抛出了，他们的收获就像我的收获。天下多少人虽人生经历不同，却有相一致的情感取向，这就使他们的垂钓由一般的爱好上升为一种境界，而这境界是由一条大河带来的。试想，在流水不断流来又逝去的过程里，在河风不绝如缕的节奏里，在许多双眼睛的陪伴里，在垂钓人到鱼之间的距离造成的悬念里，这样的境界真的是别样的。

我选择了一处，蹲下来洗了洗手，感觉浑河水还是比较清澈的。在河边，我发现了两条死鱼，一条大的，一条小的，看来这是在河水中死去的。其实浑河彻底清澈并不是一件容易的事，尤其是在沈阳这个重工业城市，治理污染是重中之重。

从河边出来的路上，我们又看到了来时看到的一条小河。我们的车上有一个孩子的祖父，这个孩子就是在这小河边长大的，而他的祖父曾在小河边的树丛陪他藏猫猫。据说这条小河的水就是浑河的水。

我们来到了一个别墅区，这个别墅区的名较为特别，在"小镇"前冠上一位法国画家之名。真应了这个与画家相关的名字，这里的风景真的让人有如在画中的感觉。别墅依地势的高低而建，高低错落，别有风致。那结了果的山楂树，那盛开的蓝色的矢车菊，那高大的火炬树，让我除了感叹，再也无语。我在一个别墅前停下来，透过木栅栏看里面杏树上已走向成熟的果实，看里面各种各样的栽种。这真是理想的境界，在独立的所在，创造一个属于自己的世界，而四通八达的道路又使别墅里的人与世界相连，也就是说，这里有他们自己的守望，但也不至于因守望而固执。

置身在别墅群中，真的有一丝羡慕。它们与城市其他建筑群一样接受着浑河的拥抱，这真是美好的诗意。但这里不属于我。我祝福住在这里的人，但我也要祝福自己，因为在一个小城，我还拥有一处所在。在一些人的命运里，就是穷其一生，也无法拥有一处较为理想的居所，更不要说这漂亮的有好几层的别墅。在富人和穷人之间，我是一个思考者，是一个羡慕别人但容易满足的人，是一个置身民间常常忧伤的人。

我们乘车去棋盘山景区了。

棋盘山是长白山哈达岭余脉。景区入口处有铁拐李和吕洞宾下棋的雕塑，这可能是棋盘山得名的原因了。在景区内，匆匆之中我看到了一个"兵"字，想棋盘山的一些景点一定是在"棋"上做文章了。由此想到了两个人的一盘棋，一个单位的一盘棋，一个地区的一盘棋……这些全靠下棋者的智慧。如果说两个人下棋互为对手的话，那么一个单位和一个地区的对手是谁呢？那是我们很难看清的命运。

来到秀湖（棋盘山水库）边上，看到几个人在亭子里畅饮之后往湖里下鱼食，不久他们的垂钓就将开始。秀湖因库体形状像草体秀字而得名。秀湖挺秀美，环绕它的山同样秀美。我拍了几张照片，也把湖光山色拍进了我的记忆。比之于一些著名的湖，秀湖还不为许多人知道，但这并不要紧，要紧的是秀湖要保持它的秀美，要紧的是养自己的鱼，让澄明的心境装得下天光云影，让丰富的内心有足可回味的骄傲，让那些来到这里的人找到生命的本真。

在秀湖边的一个小村里，我们吃到了从秀湖打上来的大鱼，筷子触及白嫩的鱼肉时，心间已泛起湖的波浪。我们在这里吃到的是鱼，但又不仅仅是鱼。在时光的流逝中，多少辛苦才换来大鱼一样的享受，一双筷子很短，但它又多像长路的浓缩。此刻鱼香四溢，酒香也溢出餐馆，这样的时刻是如此之短，而在我们未来的回忆里又是多么长啊！

秀湖是拦截蒲河水所修的人工湖。蒲河是浑河支流，在辽中南汇入浑河入海，这就使棋盘山秀湖与浑河发生了必然的联系。秀湖的水是很清澈的，这种清澈与较为清澈的浑河是呼应的。

夜晚，我们在所住酒店的旁边散步，竟在别墅群边的一个水池边听到了蛙鸣，妻子急忙用手机录音。说到蛙鸣，现在乡村已很难听到，原因是农药的广泛使用。青蛙跑到了城市里，这是不是一种讽刺？这使我想到了水，想到了浑河之清。世上浊水不少，这就显出清澈的可贵。由清变浊容易，由浊变清难。尽管浑河之清还没有达到最理想的程度，但我们还是有理由相信它的日益美好，就像我们相信人间的许多……

在海边和海上回想河流

一

　　小时候在乡间，听人说起大连，读音中的"大"字一般都是阴平，一下子让我想起另一个词"褡裢"，感觉挺有意思。在关于大连名称由来的几种说法中还真有"褡裢"这种说法，其一是说大连因形似褡裢而得名，其二是说山东往东北销售褡裢多路经此地，因而得名。如果说第一种是着眼于大连的地形特点，第二种则着眼于大连与山东的地域联系，有浓厚的历史气息。从山东往东北销售褡裢，这是多么漫长的路，大连当然成了过渡之地。在休憩的客栈里，当年的山东人该有着怎样的人生梦想，那穿越大海后最初的登陆之地是否给了他们穿越寒冷之地的信心？褡裢是长方形的口袋，装钱物用，有大小之分，大的可以搭在肩上，小的可以挂在腰带上。可以想象卖褡裢的人最初的商业意识，这种意识可以让他们不顾人生的劳苦。关于大连还有几种说法，比如满语"达连"（海的意思）的译音、连诸小湾为一大湾、达里因等。需要说明的是，"达里因"是俄语"远处"之意。

　　第一次去大连是在八年前。最先去的是旅顺口，印象最深的是看清军甲午海战时的各种炮弹，感悟甲午战争和日俄战争的历史，感悟大连沦为俄日殖民地近半个世纪的历史。那次从大连回来，我写了一组诗，其中有一首叫《面对》："我们看过了清朝的炮弹/但看不完的是历史的天气/伞承接的雨仿佛来自清朝/但我们有足够的伞骨/和有力的手臂//这就是面对/就像我们的脸/不能躲过从前的屈辱//雨落到伞上/雨落到海里/这样的盛装更能让海浪/在低哀中一次次涌起。"另一首叫《旅顺》："在这个叫旅顺的地方/我们可不能简单地/把自己看成旅人/或者只是想旅行顺利//历史的回想里总有太多的不解/天空拧起的云/像我们拧起的眉毛//侵略者曾经在这里停留/这让我们在这里的停留/脚步轻缓不起来//旅顺，旅顺/一个国家曾经的不顺/曾怎样像一条船/沉落海底。"这两首诗中都有忧伤，但在前一首中还是寄寓一种希望。

二

这次来大连，我是和妻子领着外孙女来的。外孙女阿俊一直有一个看海的愿望，本来去年暑期就想带她来，因临时有事而未能成行，这次终于可以满足她的愿望了。我们就这样从黑土地走向了辽阔的大海。

晚饭后我们三人打算打车去星海广场，但一位老者说不远，他还告诉我们路如何走，他说走到那个大屏幕附近再往南拐就是。我们沿着他指引的方向走，但走了半天才到。正赶上啤酒节在星海广场举办，需要买门票才能进。我们没有进入，在这个啤酒花溢出芳香的傍晚，我们的兴趣是海边。问离海边多远，一个人说走到那座黄色大楼下不远就是。等我们接近那座大楼时一问，知道离海边还挺远，只好停下脚步，望远兴叹。看妻子和外孙女实在累了，我决

207

定返回。我们走到了一条相对人少的路上，终于看到了一辆出租车。

回到酒店我在想：大连人可能善走，他们所说的"不远"大多挺远。我们没有走到海边，这就意味着我们与大海的见面隔着一个夜晚。

大连位于长白山的余脉，它西临渤海，东临黄海，可以说是一座前卫的城市，又是一座带有总结性的城市，因为不少河流从这里入海。注入黄海的有碧流河、英纳河、庄河、赞子河、大沙河、登沙河、清水河、马栏河等，注入渤海的有复州河、李官村河、三十里堡河等，海之归宿本身就是一种总结。

这一晚我很久才入睡，从窗外吹来的海风总像在引逗我兴奋的神经。

三

第二天在旅顺博物馆看到了一些青铜器，这应是此行的收获。有些青铜器的名字，如果不是有注音，我们是不认识的。那些酒器、水器、食器的盛装都成了回忆，那些礼器上的铭刻并没有随着时光的流逝而漫漶，那些兵器的威严似乎还在……最早的青铜器出现于六千年前的古巴比伦幼发拉底河和底格里斯河流域。在中国，距今五千到四千年，当时人们已开始冶铸青铜器。黄河、长江中下游地区的龙山时代遗址里曾有考古发掘。古代文明同现代文明一样都与河流有着紧密的联系，青铜器虽早已没有了当年的盛装，但那些河流还在，并以稳健的步伐走向大海。

此外看到了两具木乃伊，一男一女，是南北朝到唐代的，木乃伊出土于新疆吐鲁番市某地。他们躺在那里，让人想象在南北朝到唐代的西域大地上行走的血肉之躯，他们的心跳和他们的足音，让

208

人想象他们的话语和他们的眼神……新疆除了注入北冰洋的额尔齐斯河和注入印度洋的奇普恰普河（印度河上游支流）为外流河外，其余均为内陆河。当年生活在吐鲁番的这一男一女，无论如何都不会想到，在他们死去一千多年后由内陆河流淌的地方躺在了面海的城市。他们还在一个长梦里，被我们这些刚刚沐浴过海风的游客一次又一次猜想。

下午四点多，我们在某岛坐上了游船。游客可选择快艇或帆船，我们选择了后者，因为帆船稍慢，很符合我们慢慢品海的心情。一路前行，成群的海鸥跟随着我们，因为它们有游客的面包可食。我在船上给阿俊买了个面包，让她喂海鸥。海鸥的眼睛真尖，它们会立刻啄食落入水面的面包块儿，有的还没有落到水中就被一啄而尽。人与海鸥的和谐在蓝天、白云和大海的映衬下显出无限的美好，这样的一刻特别值得纪念。想一想那些以打鸟吃鸟为乐的人，不知他们来到这里会有怎样的感慨，不知他们会不会汗颜。

在船上，想到那些河流不舍昼夜地奔走，想到那些河流经历的万千曲折和波浪的起起伏伏，想到那些河流终于找到了归宿，成为大海的一部分。我们在体味大海，一定意义上也在体味河流。

阿俊还不到九岁，还不是能够体味海的年龄，但她知道海是博大的。至于一个人的胸襟、一个人的深邃，这些她还不会和海联系在一起，但将来一定要让她知道。

四

去海洋馆参观是阿俊快乐的事，我和她姥姥亦然。

看看那些色彩缤纷的鱼，看看那些形态各异的鱼，看看那些或凶猛或憨态可掬的鱼，每一次尾巴的摆动都有无穷的韵味，都有灵动的美感。看看那些珊瑚，看看那些水母，看看成群的鲕鱼似被召唤一样向同一个方向游动，你就会感到大自然的神奇和生生不息。如果不看标志，这里的鱼我们几乎不认识，这来自大海的鱼让我们感到自己的渺小。海洋馆是具体而微的海洋。

还有那些人与动物的表演，总是吸引大量的观众。观众坐在或高或低的台阶上，仿佛坐在凝固的波浪上，观众的掌声与那些表演融成一体，让表演场成了快乐的海洋。那些海豚海狮海象，是那样懂人语，动物特有的语言在表达着对观众的敬意，那与人亲吻的场面更是让人感动，只是不知道那些动物是否想念它们的故乡。

看到那些海豚，我想起了长江江豚。作为与印度洋江豚和东亚江豚并列的物种，长江江豚通常栖于淡咸水交界的海域。由于人类活动加剧，栖息地被破坏，近年来长江江豚的数量急剧下降。既回溯河流又感知大海，既体味淡水的滋味又体味咸水的滋味，长江江豚的生命充满了诗意，又无时无刻不面临着考验。

五

我们是先打车去往香炉礁车站的，瞧这站名，多有海的气息。如果说海边的礁石上海鸥在休息，我们则是在这个以礁命名的小站落一下脚就坐轻轨列车去往金石滩。我们是第一次知道轻轨的概念，也是第一次坐轻轨列车。但这列车的终点并非金石滩，也就是说我们要在中途换乘另一列去往金石滩的车。可我们并不知道这些，当车外有人喊我们下车时，我们才如梦初醒，赶紧下车。下车时车门险些夹住孩子，还是我用力抵住，才顺利下车。不一会儿就坐上了另一列车，想着刚才的情景，觉得很少出门的我和妻子都有不少欠缺。心情还是没有安定下来，想这轻轨列车就像浓缩的河流，而我们每个人都像一朵不平静的浪花。

在大连金石滩坐船去鳌滩园景区，这又是一次海上之行。几年前我去过那里。鳌滩以有"龟背石"而得名，让人有龟从海中爬上来而瞬间变成石头的感觉，有浓重的海的气息。那里的山是有层次的，让人感到像是一种堆叠；那里的山有黄色的，有紫色的，让人感到造物主手边应该有一个巨大的调色板，而他是一位最神奇的画家。

到达目的地之后，阿俊便和她姥姥走到海水中体会潮来潮走的趣味，她们还捡起了小石头，一个个挑选。我们后来选了一处有沙子的地方，让阿俊尽情地玩。此前在老虎滩公园她就一次次地玩沙子。阿俊在沙滩上掏出一个坑，而掏出的沙子自然成了一个小山。我问那个小沙山是不是一个城堡，阿俊说那就是大连的山，而那个沙坑就是大海。阿俊怪能想象的。阿俊玩了半天，大部分时间是她姥姥打着伞陪着她。天气太热了，阿俊的肩膀都被晒痛了，最后她只好恋恋不舍地离开了。阿俊掏的沙坑和堆的小沙山马上就会被潮水抹平，但一个孩子快乐的记忆却是永恒的。

我们从遥远的没有海的地方来看海，属于我们的以往时光似乎像一条河被拉长了，我们在这里找到了归宿感。我们将在愿望满足后回到我们生活的地方，再一次像河流一样想念大海，期望与它再一次相会。如此说来，我们在海边和海上回想的河流就不只是自然的河流。

党河与疏勒河

我的学生李亚宁来自甘肃敦煌一个叫邱窝铺的小村庄。他的祖籍是甘肃陇西。在李亚宁的口音里，总有西北风缭绕。

李亚宁出生在青海西宁，他跟我讲过父亲在青海格尔木当兵时的生活，说一些士兵出现了严重的高原反应，当汽车把昏死过去的士兵拉到海拔稍低一些的医院时，那些士兵一一苏醒过来了。李亚宁的父亲虽不是晕死的士兵中的一个，但他在七年的军旅生活中也吃了很多苦，所以后来他带着一家子人在偏远的村庄邱窝铺安家落户讨生活时，很会以苦为乐。李亚宁在一首诗中写到他父亲在漫长而寂寞的冬日绣十字绣的情景，绣的是张若虚《春江花夜月》的意境。这女性常做的活儿，一个老男人却乐此不疲，这源于历经生活磨砺后的从容。当戈壁上夜风呼啸飞沙走石的时候，他能够以别人很难相信的耐心绣着他的作品。现实生活并不都如春江花月夜般美好，但生活可以是憧憬中的平静和练达。在李亚宁笔下，他的母亲是一个忙碌的形象，那个在棉田里摘棉花的母亲尤其让我感动。李亚宁的父母当初不会想到，他们的儿子日后能成为一个诗人。

李亚宁的家乡有两条河，一条是党河，一条是疏勒河。邱窝铺就坐落在疏勒河的下游。李亚宁在很小的时候就感知了疏勒河带给他们全家的快乐，因为他们家的麦田是用疏勒河的水浇灌的。这滋润了他童年的水，让他对疏勒河充满了深情。他的家乡向来是缺少水的，疏勒河的哺育之恩真是天高地厚。

我曾经看到李亚宁拍的照片，那个叫邱窝铺的村庄里的小土坯房，真是古朴，让人想到生活的本真。那似乎是被世界遗忘的角落，戈壁深处的风寂寞地吹来吹去，红柳花孤独地开，牧羊人孤独地抱着牧羊鞭望云来云走，傍晚飞向乌鲁木齐的飞机总会让那些孤独的人不住地仰望……

李亚宁经常跟我讲起他家种哈密瓜的事，他曾经在假期帮助家里卖瓜。李亚宁多次给我带过或寄过哈密瓜干，那来自大西北的心意让我感动。我经常想象李亚宁家的瓜地，是怎样的精心侍弄让他家的瓜一点点长大。在一个缺水的地方，瓜果成熟前的每一次好雨都让他们欣喜若狂，那时党河和疏勒河的水也涨了起来，经过戈壁，流向沙漠深处。

在党河和疏勒河流域有一个美丽的小城敦煌，敦煌莫高窟早已名震中外。李亚宁跟我说早些年有些洞窟曾是牧羊人和羊避雨的地方，流浪汉生火做饭的地方，关押白俄犯人的地方，当时那些壁画和彩塑的价值尚未被发现。真的让我吃惊，敦煌莫高窟竟有这样的遭遇。当一个时代的心思变得细致，当一个时代的视线变得深远，发现就是很自然的事了，反思也就会深刻了。西千佛洞在敦煌莫高窟之西，中间只隔着鸣沙山。西千佛洞在党河西岸崖壁上，党河水在崖壁下潺潺流过。据说党河的一部分水还要输送给鸣沙山中的月牙泉。天下的河流都是有负担的，但党河的负担却是这样重，所以真要对这条养育着飞天儿女的河表达我们百倍的敬意。

两条河，一种牵念，连起了敦煌人的日子。党河是蒙古语"党金郭勒河"译名的简称，"党金"是人名，"郭勒"是河流的意思。党河发源于肃北蒙古族自治县巴音泽尔肯乌拉和崩坤达坂，高山冰雪融水形成了一条河，它是疏勒河的一级支流。疏勒河源于祁连山区，"疏勒"是蒙古语，是多水之意。其实，当两条河流到敦煌地界的时候，干旱就是巨大的考验了，所以雨水的补充就很有必要了。不论是党河还是疏勒河，都灌溉了两岸的田地，都喂养了饥渴的牛羊，更滋养了这里的文明，这些都让生活在这片土地上的人心存感激。

李亚宁大学毕业之后就与大学期间结识、家在河南许昌乡下的女朋友回敦煌了。在一个冬日，他和女朋友到戈壁深处把干枯的红柳枝捡到了一起，红柳枝燃烧的火是戈壁深处的生命律动，昭示着生命的坚韧和爱的永恒。他还和女朋友用戈壁滩上的白色石子摆出了"海枯石烂"四个大字，并拍照留念。这摆出的四个字会被戈壁的雪覆盖，会被戈壁的风吹乱，但在相爱者的心中却永远不会改变。如今，李亚宁当年的女朋友已成为他的妻子，两人有了小孩，敦煌这有着深厚历史意蕴的地方见证着他们美好的爱情。

还记得当年李亚宁跟我讲起他们一家在邱窝铺的冬夜读作家李娟散文的情景，我因此记住了戈壁深处平凡而又不平凡的一家人。不要说那是个辽远而寂寞荒凉的所在，只要内心不寂寞荒凉，再辽远的地方对他们来说都是亲切，都是可贵的生存之地。想一想我们这些身处闹市有优越感的人，内心却极易荒凉。

我希望我的学生李亚宁多写有关家乡的诗，愿他的笔流淌出党河和疏勒河一样的深情。

一天，看到李亚宁母亲发到微信朋友圈的视频，得知她和家里人到疏勒河灌区捕鱼的情景。那都是一些小鱼，但在戈壁地带已经很不容易。

无论是党河还是疏勒河，都是我不熟悉的河。我想当有机会时，我愿和我的学生李亚宁一同漫步河畔，放眼西部，写下诗篇。

祝愿在那两条河边上生活的人们一切安好。

第四辑

经典里的河流

《诗经》中的河流

"关关雎鸠，在河之洲。"这是《诗经》开篇《关雎》中的头两句。如果说这是为下面"窈窕淑女，君子好逑"而起兴，那么这样的起兴也引发了我们对《诗经》中河流的兴趣。河洲中的雎鸠关关和鸣，引发了一个男子对女子的思慕。一条河的源远流长，总是和人类的爱相伴。

《蒹葭》是《诗经》中一首影响深远的诗。关于它的主旨，学界尚有争议。同大多数意见一样，我更愿意把它看成是爱情诗，而且我也会把诗中的"伊人"看成女性。在那茂盛的芦苇上，白露已经变成了霜。气候变化带来的凉意是可想而知的，但这时在河边的人，想到了"所谓伊人，在水一方"。人生的温暖在这个有凉意的时候产生，这是由爱而产生的温暖。"溯洄从之，道阻且长。溯游从之，宛在水中央。"不管是逆流还是顺流，他都想去寻访，可见决心之大，当然他也知道长路漫漫有险阻。"伊人"在水的那方，但为什么又"宛在水中央""宛在水中坻""宛在水中沚"呢？由此可见追求者想念中的"伊人"有所拉近，但还是没有得到。在这里作者向我们展示了追求之路的艰难，"伊人"给人可望不可即之感，诗意之美就是在这样的距离中产生了。希望不死，人的追求不断，这是一种诗意的定式。当然，"伊人"也可以是人类一切美好的象征。真的

217

太美了，在河流的背景上的向往与追求，是人类的大诗意。

《汉广》表达了男子对汉水游玩女子（一说凌波水上的女神）的热恋，但却苦于不能到达那里。"汉之广矣，不可泳思！江之永矣，不可方思！"诗中反复咏叹，强化了作者的苦恼。与《蒹葭》坚定的追求相比，这首诗重在苦闷感的表达。

《氓》是弃妇的怨诗。在这首诗中，几次写到了淇水。"送子涉淇，至于顿丘。"这是女子送来求婚的男子回家，而且送过了淇水，还给他一个希望，"将子无怒，秋以为期"。"淇水汤汤，渐车帷裳。"这是女子被休后渡淇水而归，淇水很大，浸湿了车上的布幔。当年送求婚的男子过淇水的女子，当她嫁给那个男子的时候，也一定是经过了淇水，而如今她经过淇水回娘家，该是怎样的悲伤。"淇则有岸，隰则有泮。"女子认为淇水再宽总有个岸，低湿的洼地再大也有个边，而男子变化无常，这使女子怎能不怨恨呢？如果说当年送求婚的男子过淇水时内心还是充满了希望的话，那么被休回家内心则是充满了绝望和悔恨。淇水是他们婚姻悲剧的见证者，女子的忧伤像不息的淇水。

《有狐》也是与淇水有关的诗。女子看见狐狸在淇水桥上、渡口、岸边求偶，于是她忧思单身汉连衣裳也没有，就想嫁给他。

《泉水》一诗中的"毖彼泉水，亦流于淇"，是说新涌出的泉水，流到卫国淇河里，表达了出嫁后的女子对祖国的怀念。

《竹竿》表达的情感与《泉水》有近似之处，它写的是远嫁的卫国女子对家乡和亲人的思念。女子回忆在淇水上用长长的竹竿钓鱼的情景，她甚至想象回到家乡，在淇水上划船而行，用桧木的桨松木的舟。但终究是想象，心头的忧愁无法消除。"泉源在左，淇水在右"和"淇水在右，泉源在左"的复唱，强化了泉源和淇水在她生命中的印象。这是两条在经过了一定的行程后汇合的水，而远方的女子只能在思念中与它们相会了。河流因独具魅力而被想念，因被想念而更显魅力。

《褰裳》写了女子对情人的戏谑。女子对情人说：如果你爱我而想念我，该提起衣裳涉过溱河和洧河；你如果不想念我，难道就没有他人吗？傻小子你真傻啊！真是风趣幽默，女子的大胆泼辣跃然纸上。在这位女子看来，爱是不会被河流阻隔的，刺激一下对方是对他的鼓励，也是对自己自由之爱的释放。

《匏有苦叶》写一个女子在济水渡口等待爱侣的情景。在雌野雉求偶的叫声里，在大雁划过天空的鸣叫里，在旭日升起的时刻，女子的等待是美好而焦急的。"士如归妻，迨冰未泮。"她希望心上人在河水没冻上的时候来娶她。

《溱洧》是描写郑国三月上巳节青年男女在溱水和洧水岸边游春的诗。溱水和洧水水流充沛而清澈，手握泽兰的男女，互相调笑并互赠芍药的男女，在这自然的美好中又增添了人生的美好。可以想见眉目传情，就像盈盈春水的美丽。

《硕人》写了黄河之水的盛大，在齐和卫间北流入海，写了渔网入水声，鳣鱼鲔鱼击水之声，还有两岸芦荻。《硕人》是描写齐女庄姜美貌和出嫁卫庄公场面壮盛的诗，黄河风光这一地域特点的展示，是人物背景感的展示，辽阔美好。

《河广》是一首旅卫国的宋人思归的诗。在思乡者的眼中，黄河也不再宽广，就像一根芦苇之长，连小木船都难以容纳。在思乡者的眼中，宋国不再遥远，踮起脚尖就能望见，一个早晨就能到达。如此的夸张，黄河的宽广和凶险全不在话下，都是作者的情感在起作用，这真是思归的独特的表达。

《二子乘舟》写孩儿出门，家人对他们的牵念。随着乘舟的儿子越走越远，思念的心就越发不稳定，牵念就越来越重，甚至怕他们遇到灾祸。牵念和被牵念，构成一种对应关系，除此之外，都是空白。可以想象岸上家人的长久站立，可以想象他们不安的眼神，甚至被风吹乱的头发……牵念因一条河的悠长而悠长。在岸上思念乘船远行的人，在中国诗歌史上，这首诗具有引领意义。

《伐檀》写劳动者伐檀树，把树放在河边。河水清清起着波纹，这时劳动者对那些不劳而获的官吏发出了质问。

此外，《汾沮洳》在汾水的背景上叹贤者隐居，《谷风》中的"就其深矣，方之舟之；就其浅矣，泳之游之"，是用渡水比喻持家。

《诗经》中与河流有关的内容多出现在《国风》中，《潜》是个例外，它属于《周颂》。《潜》是周王以鱼祭宗庙的乐章，其中提到了漆水和沮水，还提到不少鱼，由水而鱼，是一种自然的相承。

《诗经》中的河流有鲜明的地域特征，但它们早已超越地域，成为富有感染力的意象。

《诗经》中的河流大多有比兴作用，有助于作者的情感表达。

《诗经》中的河流与人生相映照，让诗的意蕴绵长。《诗经》中的河流总让人想到几千年前那些望河流的眼神，总让人想到河边那些鲜活生命或站立或行走的姿态。他们的喜怒哀乐被河风抚摸，他们不绝的思想就像河里的鱼……

唐朝的河流

　　唐朝的河流是王湾眼中的河流，他的旅途就像那长江一样遥远，他的乡书要托大雁捎去，那时王湾的头顶正有大雁飞过。

　　唐朝的河流是孟浩然眼中的河流，在建德江一个烟雾朦胧的洲岛，他的客愁如此之"新"。相对于古老的乡愁，这种新是一种特别突出的思乡感觉，所以他感觉江水中的明月是那样近。月儿在孟浩然的脸旁陪伴着他，清清的江水是所有思乡者的思绪，沉淀出一轮皎月，一轮永恒。

　　唐朝的河流是崔颢眼中的河流，在日暮的时候他想到乡关遥远，崔颢与孟浩然有一种烟波式的呼应，那样的愁绪随浩渺烟波向唐朝之外扩散开去。

　　唐朝的河流是张继的河流。那江枫和渔火更增添了愁眠人心中的孤寂之情，那到客船的夜半钟声更是在千年之后余音不绝，那客船之下的大江因此更添文化的韵味。

　　唐朝的河流是李白眼中的河流。不管是"朝辞白帝彩云间"，还是"故人西辞黄鹤楼"，还是"孤帆一片日边来"，李白眼中的河流都有李白命运的影子，都有他远望故人的痴情，都有他对自然和人生美好的期许和欣喜。当作者流放夜郎，行至白帝城，遇赦东归，人生的大快乐可以超越凄异的猿啼和万重山。那时长江在李白眼中活了起来，作为李白命运的见证者，它简直在与李白同乐。可以想象江上的风如何吹动李白的襟怀，一位诗人的精神气度已融入一江流水，渐行渐远渐无穷。伫望"孤帆远影碧空尽"，李白"唯见长江天际流"，长江也唯见李白江边永站立，那一道眼波已在长江的流水里陪伴远去的朋友。李白是纵情山水的人，他对大自然的爱与山水同在。"天门中断楚江开，碧水东流至此回。两岸青山相对出，孤帆一片日边来。"在李白笔下，流经古楚地的长江水也像有了灵性，它与青山和孤帆有着自然的和谐，也正因为有了孤帆，人在自然中的意义得到验证，人在自然中的探索有了明证。值得注意的是李白对黄河的抒写，"黄河之水天上来，奔流到海不复回"，"黄河落天走东海，万里写入胸怀间"。黄河是如何影响了一个诗人。对时光一去不回的感叹，包容着诗人对生命的思考；对黄河气势和胸怀的赞美，包容了对友人裴十四的赞美，也是诗人自己的精神写意。"欲渡黄河冰塞川"则是对自己人生处境的象喻，极富感染力。"黄河入海流"，"黄河远上白云间"，"长河落日圆"，"九曲黄河万里沙"，李白与此前和同时代及此后的诗人构成了一种自然的呼应，是一种气脉的贯通，是一个强大的气场。

唐朝的河流是张若虚眼中唯美的河流。"不知江月待何人，但见长江送流水。"江月之待何曾不是人生的等待，长江流水是绵绵无尽的相思。无论是扁舟子，还是思妇，都寄寓了人间的相思，而相思的背景是在春江花月夜，可见相思之美和相思之悠远。

唐朝的河流是杜甫眼中的河流。从时间流逝的意义上说，杜甫的"不尽长江滚滚来"与张若虚的"但见长江送流水"都有时间易逝之感。但与张若虚的表达相比，杜甫是与"送"相对的"来"字，写出了杜甫的真切感觉，是那种入心入怀的感觉。杜甫长期在外漂泊而又多病，鬓边又增添了白发，他对长江流水的感知显得格外强烈，人生的悲壮和韶华易逝的感慨尽在其中。在杜甫有关河流的诗中，我们总能看到杜甫悲苦的命运。"星垂平野阔，月涌大江流"，从诗歌展示的开阔意境上看，不能不想到杜甫眼中和心中大江的雄浑，而正是在这样的意境中诗人展开了对自己命运的思索，似乎在那一瞬间诗人超脱了自己的身世来看待自然，但诗人对自然美好的感知恰恰衬托了自己命运的悲苦和孤独。最后诗人死在湘水的一条破船上，湘水感知了他最后的呼吸。

唐朝的河流是刘禹锡眼中的河流。刘禹锡的诗歌有着深沉的历史感，"千寻铁锁沉江底"，"山形依旧枕寒流"，在这种历史感中诗人追寻和回味的意味很浓。"寒流"与前一句"人世几回伤往事"中的"伤"和结尾"故垒萧萧芦荻秋"中的"秋"字相匹配，尽显"怀古"意味。《石头城》一诗历史意味浓郁，而诗中"潮打空城寂寞回"，"淮水东边旧时月，夜深还过女墙来"的细节满带着人的情感，极富感染力。这里无论是长江之潮，还是淮水，都在诗歌的主体建构中起着应有的作用。那些《竹枝词》《踏歌词》《堤上行》等，大多与江水有着紧密的联系，"水流无限月明多"、"水流无限似侬愁"等，与人的愁怨相联系，表达自然而情深。"杨柳青青江水平，闻郎江上唱歌声。东边日出西边雨，道是无晴却有晴。"这首诗以江为背景展开诗意，写了初恋少女所看所听所感，把少女欣喜和担忧的情感表达得恰到好处。那条江是美的，那江上的唱歌人是美的，那听歌的少女更是美的，因为从那一刻开始，爱情的层次开始向她展开。那半雨半晴的天空也是美的，少女望天空的眼睛和少女复杂的心跳那一刻都属于对那个小伙子的猜想，而我们在猜想那个情系大江的少女。"清江一曲柳千条，二十年前旧板桥。曾与美人桥上别，恨无消息到今朝。"这首《柳枝词》系怀旧之作。柳千条也"留"不住美人，那大江的曲折又多像诗人愁肠之曲折。如果说大江过渡了帆船，如果说板桥过渡了诗人与美人的相别，那么岁月也在一点点过渡着我们人生的无数个瞬间，刘禹锡遗憾的叹息中似乎也融入了我们的叹息，我们为那些美好的人和事的逝去而叹息。

唐朝的河流是白居易眼中的河流。那年被贬谪的他在浔阳江（长江的一段）头遇到了身世凄凉的琵琶女，"同是天涯沦落人"的感觉让他泪湿青衫。那一晚江心秋月白，那一晚浔阳江的水都像白居易的泪。与《琵琶行》表现的情感不同，《暮江吟》则表现了人生欣悦中自然的美好。"一道残阳铺水中，半江瑟瑟半江红"，那种"铺"的真切感，那种光色的变化，都可看出诗人的细腻体悟，都可看出诗人一瞬间如江水一样的情感律动。

唐朝的河流是柳宗元的河流。那汲湘江水的渔翁，那"下中流"的渔翁，都让我们想到一条江与一个人生命的联系，那种情韵是"欸乃一声山水绿"的情韵，那种情感是人与自然融合的美好感和神秘感，是对人生境遇的审美观照，也是诗人孤高品质的独特展现。那孤舟中"独钓寒江雪"的蓑笠翁，把奇特的境界给了我们，那独钓是如此的与众不同，那寒江雪该与谁的品格相配？柳宗元的河流是独一无二的，是象征意义上的河流。

唐朝的河流是诗人命运的河流，不管是身世之慨还是思念之情，不管是热爱之情还是孤高之喻，都融入了那个时代的波浪。唐朝的河流上有孤舟，唐朝的河流上有月相伴，唐朝的河流上有无眠的人，唐朝的河流旁有树一样久立的人……这就注定了唐朝的河流是大美的河流，是有着诗人呼吸的河流，是牵系着我们情感的河流。

由于古代交通不发达，河流作为水路的作用是十分重要的。与人生相伴的河流，它的波浪注定要与诗人内心的波浪相呼应。河流是灵动的，它是时间、愁绪的代名词，它意旨的丰富性注定了诗人会垂青于它，唐代的诗人当然不能例外。唐朝的河流就这样流淌在唐诗之中，它的优美和丰富，它的宽阔与深邃，它的源远与流长，都给后世留下了宝贵的财富。能得到唐朝的河流的浸润，真是莫大的幸福。

唐朝的孤舟

　　唐朝的孤舟在孟浩然的行程里。那夜他听到了猿猴凄清的叫声，沧江匆急的流水让他的内心也涌起了波澜。秋风吹响了两岸的树叶，明月照着江中的孤舟。他想到邻近的建德并不是他的故乡，一种异乡漂泊的滋味涌上心头。这时他想起了维扬的老朋友，在孤单中寻找一丝安慰。在一江流水之上，孤舟孤到什么样子啊，他真想把两行热泪遥寄给海西头（指扬州）的朋友。河流是多么称职的邮递员，它邮送着孤舟，也邮送着孟浩然对朋友遥远的思念。

　　唐朝的孤舟在李白的行程里。"秋浦猿夜愁，黄山堪白头。清溪非陇水，翻作断肠流。欲去不得去，薄游成久游。何年是归日，雨泪下孤舟。"（《秋浦歌》其二）此诗表达李白客居思乡的情感，在"猿夜愁"和"断肠流"的氛围中，那"雨泪下孤舟"的表达包含了多少无奈和痛苦。"惊涛汹涌向何处，孤舟一去迷归年。"（《当涂赵炎少府粉图山水歌》）虽是题画，但写出了在险恶的环境中人生的寻觅感和迷茫感，每一个寻觅和迷茫中的人都仿佛那孤舟中的乘客。"日晚湘水绿，孤舟无端倪。明湖涨秋月，独泛巴陵西。"（《夜泛洞庭寻裴侍御清酌》）"孤舟"一词表现了李白的孤独无助感，与后面同友人裴侍御相见形成了鲜明的对比。"月色何悠悠，清猿响啾啾。辞山不忍听，挥策还孤舟。"（《自巴东舟行经瞿塘峡登巫山最高峰晚还题壁》）此诗是流放夜郎途中所写，诗中描绘了巫山高峻苍凉的景色，结尾几句切合流放途中的凄凉心情，"孤舟"更显孤独无助的命运。

唐朝的孤舟在杜甫的命运里。无论是"亲朋无一字，老病有孤舟"（《登岳阳楼》），还是"细草微风岸，危樯独夜舟"（《旅夜书怀》），还是"孤舟似昨日，闻见同一声"（《早行》），都可看出杜甫不可改变的漂泊命运。

在刘长卿的诗歌中，"孤舟"出现的频率很高。"天涯远乡妇，月下孤舟人。"（《别李氏女子》）想象对方远嫁他乡的情景，"月下孤舟"的境遇更见对对方的惦念。"孤舟相访至天涯，万转云山路更赊。"（《酬李穆见寄》）诗写诗人的女婿李穆走迢迢水路来看自己的情景，想象对方一路的艰辛，"孤舟"有一种凄楚感，从中也可见女婿为了见他而忍受着孤独，对他的感情很深。"猿啼客散暮江头，人自伤心水自流。同作逐臣君更远，青山万里一孤舟。"（《重送裴郎中贬吉州》）这里的"孤舟"是想象比自己贬得更远的裴郎中行程中的孤寂，表达了诗人对他的惦念之情。在刘长卿的诗歌中还有"孤帆"和"一帆"的字样，如"日斜江上孤帆影，草绿湖南万里情"（《送严士元》），如"长江一帆远，落日五湖春"（《饯别王十一南游》），都有与"孤舟"相同的意味。从上面的例子可知，刘长卿并不是孤舟上的人，他常以一个送行者的身份出现，表达他对对方的感情。

唐朝的孤舟在柳宗元的诗歌境界里。"千山鸟飞绝，万径人踪灭。孤舟蓑笠翁，独钓寒江雪。"（《江雪》）在一个寒冷而寂静的世界里，在一个似乎并不可垂钓的季节里，蓑笠翁的垂钓是执拗的，他似乎在垂钓中静思，所有的喧嚣都远离他的世界。这个"孤舟"是有别于一般孤舟的，它超越了世俗境界，是诗人孤傲精神的载体。

"孤舟"与"独钓"中的"独"相匹配，表明其独特性。孤舟上的蓑笠翁独钓在自己的世界里，这种反季节垂钓表明了诗人不甘寂寞的思想。雪落寒江，雪落舟中，雪落蓑笠之上，渔翁依然凝神不动。寒江里是否有鱼已经不重要，重要的是孤舟中的生命之姿。

唐朝的孤舟在白居易的行程里。"孤舟萍一叶，双鬓雪千茎。"（《江州赴忠州至江陵已来舟中示舍弟五十韵》）由"孤舟"到人，诗歌充满了人世的沧桑感。那一年他在浔阳江头送客，下马上了船，水上琵琶声引发了他的好奇，于是有了一叶孤舟与另一叶孤舟的靠近。年老色衰嫁给商人的琵琶女，常常在重利的商人远去的时候守着空船。白居易在琵琶女身上感到了青春易逝的悲哀，感到了人生的孤独和无奈，也看到了悲哀的自己。琵琶女的漂沦憔悴和自己的谪居卧病何其相似，所以他才感叹"同是天涯沦落人，相逢何必曾相识"。琵琶女的孤舟和白居易的孤舟，这是怎样的琴拨，拨在浔阳江这岁月之琴的弦上，让余韵悠远。

在唐诗中，孤舟常和环境的凄冷联系在一起。"孤舟经暮雨，征路入秋云。"（戴叔伦《送别钱起》）诗人想象朋友钱起与自己别后的情景，表达诗人对朋友的惦念之情，突显了诗人的惆怅。

张若虚的月下春江

　　翻过了不少书，都无法知道唐代诗人张若虚确切的生卒年，只知道他是扬州人，曾任兖州兵曹，神龙年间与贺知章等以吴越文士扬名京都，开元初年又与贺知章、张旭、包融号称"吴中四士"。不知道他的名字张若虚中的"虚"作何讲，猜它不是空虚的意思，而应该是天的意思。天上有月，或者说张若虚的生命里有月，所以他能写出《春江花月夜》这首传世经典就不足为怪了。

　　作为一个扬州人，他一定无数次地站在长江边上，甚至可能在江中沐浴过。他一定在夜晚的什么高处，在一轮明月的朗照中望向长江的流水，或者在睡不着的晚上想着一泻千里的江水，那时明月也在窥窗，窥看着他浩茫的心事。想象他写这首诗的情景，在一个春天的夜晚，他凝眉静思，落笔纸上，激情像江水一样流淌。可以想见他完成诗作后的兴奋和满足，踱步屋中，情难自抑，也可能推开屋门，再一次漫步长江边上，流下激动的泪水。也许是在扬州之外的什么地方，他以一个游子的身份思念故乡，借写爱人对自己的想念来表达自己对爱人的想念。不管怎么说，《春江花月夜》诞生了，这是他感情蕴蓄的结果。不知道当初他对这首诗有着怎样的期许，也许他没有想那么多，也许他只有一首诗完成时的快乐。

　　《全唐诗》只选了张若虚两首诗，不知什么原因，难道是他写得少，或者是早已散佚了？宋人郭茂倩《乐府诗集》卷四十七是最早收录张若虚《春江花月夜》的本子。从明代到清代，很多唐诗选本都选了张若虚的这首诗。《春江花月夜》被晚清经学家、文学家王闿运称为"孤篇横绝，竟为大家"。闻一多先生赞誉这首诗是"诗中的诗，顶峰上的顶峰"。从张若虚这首诗诞生到晚清时期，一千多年过去了，张若虚得到了应该得到的最高的评价。一千多年奔流的江水淘尽无数风流人物，一千多年该是怎样的流逝，而他的诗歌在书里，在一代代的诵读里。其实诗人每一首问世的诗都是一种等待，等待着被评价，这首诗已等待得太久。"不知江月待何人"，而这首诗是等待慧眼识珠者，它终于等到了。所谓经典要经得住时间的考验，这就是不朽。其实在王闿运和闻一多评价之前，无数读者已将他的这首诗牢记在生命之中。随着对《春江花月夜》研究的深入，它不朽的魅力越来越被人认识到，就像那轮光耀千古的月亮。

我们回望唐朝的那轮月亮，那是永远与张若虚的名字相连的月亮。那样的高度似乎只有长江才有资格把它映进水波之中，而它也成了长江的心脏。它寄托了人间的相思，又借流水成为悠远的思念。

那是"共潮生"的明月，张若虚用潮起的心观照江的潮起与人心的潮起，这是怎样的和谐！一条大江的悠长是情感的悠长，一轮明月的美丽是情感的美丽。无论是"宛转绕芳甸"的江流，还是"皆似霰"的花林月照，都可看出自然的美好和青春的美好，都可看出张若虚视野的开阔和心思的细腻。他的月下春江是美好无限的春江。

空中一轮孤月，地上无数孤独的人，而恰恰是这轮孤月，慰藉了多少孤独的人。"江畔何人初见月？江月何年初照人？人生代代无穷已，江月年年只相似。"张若虚的追思太远了，这是没有尽头的追思，这是多么启人心思的追思，从此这个"天问"就不仅仅属于张若虚，还属于所有读到它的人。还是那轮月亮，但一代代人已不同，而相似的是人间的相思。这样的表达启迪了李白和苏轼，李白在《把酒问月》中写到"青天有月来几时？我今停杯一问之。……今人不见古时月，今月曾经照古人。古人今人若流水，共看明月皆如此"，苏轼在《水调歌头》中写到"明月几时有？把酒问青天"。"不知江月待何人"，也不知人间有多少人在等待着谁，一个"待"字，该会引发我们多少联想和想象。人间有多少离别，就会有多少等待，这样的等待就像江月的等待，一点点渐趋圆满，是等待中的思想使它圆满的呀！张若虚的月下春江是相思绵绵的春江。

长江送流水，送走的也是一去不返的时光。人间的一切似乎都在进行中，比如"青枫浦上"的离别，比如"去悠悠"的白云。在张若虚的春江花月夜里，有"今夜扁舟子"，就有思妇相思的"明月楼"。人间的离别总有无奈，而相思便这样长久。与其说那是在楼上徘徊的明月，莫如说那是人间情感的外化。张若虚猜想明月"应照离人妆镜台"，而我想那思妇肯定是"镜里朱颜瘦"。在那"玉户帘中"，在那"捣衣砧上"，卷拂不去的月光是思妇的思绪。她向月亮望去，想丈夫也该在此时望月吧，她多希望那带着目光的月华流到丈夫的身上。一轮明月牵引的相思多么动人！从天上的鸿雁到水里的鱼龙，每一丝月光都是牵念，每一个波纹都是思念的象形。今夜月明，而离别带给人的是内心的残缺，这该是怎样的对比。流水本来就是有聚散的，今夜的江水有着离别的低吟，这该是对相别心境的怎样的衬托？月亮和长江融成的春夜就显得那样意味深长。

花落闲潭，那是美人迟暮的感慨；春半不归，那是离家人的无奈。月下的春江就要流走春天，江上的月亮也在一点点下落。就在海雾藏起斜月的时候，谁的思念变得格外强烈，穿越道路的遥远？"碣石潇湘无限路"，距离无限，思念也无限。"不知乘月几人归，落月摇情满江树。"这样的"不知"是真的不知，而正是这样的表达给我们留下了回味的空间。为了那等待和盼望自己回家的人，远去的人也该回家呀。但为了生计和前途，就有离家的人，就有不归的无奈，而等待和盼望的人的相思就绵绵不断如春江。人间的多少离情别绪随着月亮的余晖洒落在江边的树林里。也许有一阵风来，落月也随风摇动起那江边的树，撩起了树无尽的相思，那相思之根在泥土的深处不断地延伸。大地从来都是相思的大地，春江从来都是相思的春江，大地上的人从来都是相思之人。张若虚就这样为一首诗做了结尾，而余韵就像这月下的春江悠长悠长。大地上最善于表达的是春江，它怀抱着月亮，似乎也怀抱着月亮照耀的花林，世界上无数的语言都融入江水之中，永无尽头。

比起当年张若虚诗歌表达的"此时相望不相闻"，现在即使相距遥远也可通话，还可视频，"相望"的是人的面庞，而不一定是月亮。我们在感叹时代巨大进步的时候，也感觉少了那种强烈的相思，所以每每读张若虚的《春江花月夜》，感动就非同一般。

比之于夏天、秋天和冬天月下的长江，张若虚春天月下的长江更多了些美好和思念的味道，那气息芬芳的草野，那"青枫浦上"的愁绪，那"明月楼"中的相思……一切的一切都以"生长"的方式呈现出来，而他无尽的思绪和非凡的表达决定了这首诗的不朽。

诗歌开阔的意境和诗人放达的目光，都令我们感动。走进诗里，好像我们也是天上的鸿雁，好像我们也是水底的鱼龙，在诗歌的月光里追思无限。张若虚的月和春江是这首诗的灵魂。

在这首诗中，张若虚深深地融进了自己，无论是对宇宙的追思，还是对人生的观照，都可看出诗人的大思索。诗人视野的辽阔源于内心的辽阔，诗人表达的细腻源于内心的细腻，诗人的深情来自他对自然和人生的热爱。

一千多年过去了，只要一读张若虚的《春江花月夜》，就会走进那无与伦比的艺术境界，就会想到张若虚的月下春江。他眼中的月下春江是他心中的春江，他心中的月下春江也属于无数读到他这首诗的人心中的春江，分享的意义就像那月光溢出唐代，照耀后世。

关于《春江花月夜》，还有"孤篇压全唐"之说，可见评价者对这首诗的喜爱程度。当然，可以不同意这种说法，但却无法否认这首诗的永恒价值，就像无法否认张若虚诗中的那轮"孤月"。那是怎样的超越，那是怎样的高度，以普照万物的光芒，唤起人间的真情。

隔水问樵夫

唐天宝年间，有一个人在终南山隐居，宁肯让山的褶皱埋住自己，他就是诗人王维。

王维祖籍太原祁（今山西祁县），从王维的父亲开始，王家从太原祁搬到蒲州（今山西永济）。十七岁的时候，王维写了一首著名的诗《九月九日忆山东兄弟》，可见那时他并不在故乡，也许为了谋取功名正身处长安。异乡的风吹动他的衣襟，他的思绪向华山以东飞去，他的望眼里也许充满泪水。

长安南不足百里就是终南山，王维选择在这里隐居，当然与他对自然的热爱有关，也想借此摆脱人生的烦恼。王维在二十一岁时举进士，调任大乐丞（乐官）。一次因伶人舞黄狮舞而得罪（黄狮舞专为皇帝享用），被贬为济州司仓参军。王维三十四岁时，被身为中书令的张九龄召回长安，任右拾遗。由于张九龄罢相、李林甫上台等原因，王维大约从四十岁以后就开始过亦官亦隐的生活。既然是亦官亦隐，那就说明他还有官场的牵累，说明他处在了人生的两难境地，也许正是这样，才显出王维人生的真实。

我们先看他的这首诗《终南山》：

太乙近天都，连山接海隅。

白云回望合，青霭入看无。

分野中峰变，阴晴众壑殊。

欲投人处宿，隔水问樵夫。

从对终南山的整体印象，到登山过程中对云霭的细腻体悟，到站在峰顶感知"众壑"在阴晴中的变化，王维的表达都很出色。结尾两句有一种跳跃，突然写到因为要住宿而向樵夫发问。如果说终南山是置放心灵的地方，那么这"欲投"的宿处就是这置放心灵的地方的核心。试想，黄昏时刻，当疲惫让双脚变得沉重，诗人的投宿感就变得格外强烈。一道溪涧从眼前横过，顾盼之间，他看到了前方的樵夫，樵夫也看到了他。这"隔水"之"水"多好，在黄昏的沉寂里，唯独它在歌唱着，在穿山越石的旅程里，它的投宿地在哪里呢？也许王维在这样想，水带来的距离感让王维驻足水边。那位樵夫多大年纪，诗人没写，都留给了我们的想象。也许是一位年轻樵夫，也许是一位中年樵夫，也许是一位老年樵夫，贫苦的妻子正在家里等待着丈夫归来。他的家在哪里呢？也许就在不太远的地方。不管怎样，一个男人的担负都是沉重的。而问樵夫的人，其人生的背负也是沉重的，这种背负不是看得见的柴火，而是看不见的人生的遭遇。可以想见樵夫是如何为他指引方向，王维是如何感谢，最终到留宿之地。诗歌戛然而止却是"不止"，结尾留下的余韵耐人咀嚼。

水是这首诗结尾一句的风景要素，而诗人王维和樵夫又是这风景要素中的重要内容，风景加上人的活动，水与人互为映衬，使结尾意境深邃。

一道流水也是一道有关官员与民间的命题。王维在水的这边，樵夫在水的那边，王维对樵夫的信任度可见一斑。但如果现在我们的官员把王维置换成自己，把诗中的樵夫置换成一个路遇的人，那道溪涧是窄还是宽呢？不宽也可能宽，如果说两个人之间真的有隔阂；宽也不宽，如果两个人心心相印。也许我想远了，但这样的置换也不是没必要。

隔水问樵夫。诗人以一天将尽时的一问结尾，把那种本真的意味留给了读者。时间停留在那一瞬，可以想象的流水声会越发增添山中的空寂。"隔水"之"隔"是一种空间层次上的隔，是一问一答中的牵系，只是这种"答"只能靠我们的猜想；"隔水"之"隔"也是一种不隔，从读者欣赏的意义上说，这种不隔就是诗歌带给我们的亲切感。

江上的乡愁

　　那是属于唐朝的长江，有一个叫王湾的诗人来到了北固山下的长江之上。

　　这个洛阳人，取了一个与水有关的名字，"湾"，水流弯曲的地方，地域性特征是非常明显的。

　　洛阳因为在洛水之阳而得名，而洛水是黄河右岸的重要支流。作为洛阳人，王湾与水有着自然的牵系，又因为《次北固山下》一诗，使他的诗名与长江联系在了一起。

　　作为华夏文明和中华民族的主要发源地，洛阳的重要是不言而喻的。当年的王湾正是从这样的厚重之地出发，来到了长江之上。

　　"客路青山外，行舟绿水前。"眼前的青山叫北固山，王湾肯定有一见倾心的感觉。可以想见在江风的吹拂里他舒展开来的眉头，微笑也会绽开在脸上。只是要去的路还在青山之外，那未可知的遥远还在游子的想象里。

　　"潮平两岸阔，风正一帆悬。"也许会有疲惫，但旅途上的美景带来的欣喜总会超越疲惫。正是春潮涌动的时候，两岸也显得开阔了，平和之风让船帆高挂而起。那个洛水之子（也可称黄河之子）在这样的开阔里一定开阔了眼界。对美好山水的热爱，让诗人王湾对长江没有陌生感。美好的山河在自然之子的眼里和内心里一下子得到了认可，黄河和长江一瞬间便达到了水乳交融。

"海日生残夜，江春入旧年。"王湾是聪明的，他没有把"海日"写成"江日"，这一方面考虑到和下一句"江春入旧年"中的"江"区别开来，一方面也显出意境的开阔。毕竟是置身江中船上，很容易写成"江日"，但人们认为太阳是从海中升起的，这样写起来显得很自然。从这两句可看出旅程的漫长，船行在黑夜里已经很久。这两句充分显示黑夜与黎明的接续关系，也很好地体现了春天与"旧年"的关系。这既是自然状态的自然表达，又富于深刻的哲理。"海日"孕育在黑夜，而它的诞生是黑夜就要消失的时候，母体一样的黑夜就要消失了，这是欣喜与怀恋的时刻。"旧年"还未逝去，但春天的气息已经扑面而来，这是一个让美好招引但内心似乎还没准备好的时刻，因为还在"旧年"里。"生"和"入"动词的使用，激活了"海日"和"江春"，别样体悟与独特表达，使得这两句成为千古名句。从这两句中，我们能读出诗人王湾感知"海日"的望眼，能读出他感知"江春"的心，能看出他对时间瞬间性的敏感和适度把握。

"乡书何处达？归雁洛阳边。"这是在迢遥水路上的牵系，王湾毕竟是北方之子，所以他多想托大雁捎去他对故乡的惦念。大雁是春天向北方发去的书信，而大雁也是诗人王湾想象中的信使。由于古代交通不发达，不像我们现在可以随时回到故乡，可以随时和故乡的人沟通信息，所以那时游子的思乡之情便显得格外强烈。与"日暮客愁新"和"烟波江上使人愁"不同的是，此时正是"海日生残夜"之时，可以想见这样的乡愁将伴着之后的行程，像那江上丝丝缕缕的风。

唐代的多少诗人，他们在思想里依恋着故乡，又要在美好的召唤里走着迢遥的水路，在远离故乡的地方留下他们的诗行。有的像王湾一样从北方到南方，尽情欣赏长江之美；有的像李白一样，从南方到北方，尽情欣赏黄河之美。唐代的多少诗人，是黄河长江孕育的诗人。在遥远的距离上更见对故乡感情的醇厚，在对山水的欣赏上更见对世界的认知。正是在这样的意义上，唐代诗人与江河有关的诗才显出博大的境界和深沉的思考，给人以无穷的美感。

如今是一个喧嚣的时代，太多的诗人想让别人知道自己，但结果怎样，还很难说。到目前为止，我们所能看到的王湾的诗很少，最著名的是这首《次北固山下》。我想有这一首就足以确立王湾在唐代诗人中的位置，他位置的稳固，就像他这首诗题目中的北固山。

李白的江河

  在李白的诗歌中，有关江河的描写太多了，这是他的诗歌中非常重要的部分。李白一生游历过许多地方，江河是这些地方的代表性景观，所以它们流淌进李白的诗中就显得很自然。最重要的是，江河中融入了诗人很深的情感，这种情感深深地感动了我们。

  李白一生虽向往远处的山水，但对故乡有着很深的感情。"仍怜故乡水，万里送行舟。"（《渡荆门送别》）长江自蜀东流，李白把四川当作故乡，这里诗人把长江水拟人化，表达了他对故乡的眷恋之情。

  李白经常在大江的长度上做文章，这使他的诗歌韵味深长。"请君试问东流水，别意与之谁短长"（《金陵酒肆留别》），借大江流水表达深沉的离别之情，这与"思君若汶水，浩荡寄南征"（《沙丘城下寄杜甫》）的表达近似。"横江欲渡风波恶，一水牵愁万里长"（《横江词六首》其二），长长的流水牵连着人的情感。

  李白在江的背景上展开怀古的意绪，韵味悠长。"牛渚西江夜，青天无片云。登舟望秋月，空忆谢将军。"（《夜泊牛渚怀古》）东晋安西将军谢尚镇守牛渚，在月夜泛舟时听到袁宏朗诵咏史之作，赞赏有加，邀请过舟相见，两人一直谈到天亮。李白认为像谢尚那样的人已不可得了，在缅怀往事中寄托身世之慨。"只今唯有西江月，曾照吴王宫里人。"(《苏台览古》)这里有着很深的历史况味，永恒的月亮见证了今昔的变化。"凤凰台上凤凰游，凤去台空江自流。"(《登金陵凤凰台》)大江是永恒的，而一个"空"字寄寓了强烈的怀古之情，是古今变化的精准表达。这些诗特别注重情境感，江的意蕴浓厚。

"巫山夹青天，巴水流若兹。巴水忽可尽，青天无到时。三朝上黄牛，三暮行太迟。三朝又三暮，不觉鬓成丝。"(《上三峡》)此诗写于公元七五九年，是流放途中经三峡时写的，表达了长途跋涉的艰辛和沉重心情。此诗与《早发白帝城》写在白帝城遇赦返江陵时的轻快心情形成鲜明的对比，可见行程慢与快的感觉，与心情的坏与好有很大的关系。《荆门浮舟望蜀江》也是李白写遇赦后由蜀入楚途中的愉悦心情。以好心情看美景，这是无比的和谐。《鹦鹉洲》写于公元七六〇年，诗人念念不忘自己的颠沛流离之苦，他用鹦鹉洲的艳丽春景，反衬自己孤寂的心情。"迁客此时徒极目，长洲孤月向谁明"就是这种心情的写照。从这些诗歌中我们看到随着李白命运走向的变化，其心情也在不断发生变化，而正是这种变化，充分显示了李白人生的层次感，显示了李白诗歌别样的质地。

在李白的江河表达中，与黄河有关的诗句是不可忽视的部分。"欲渡黄河冰塞川，将登太行雪满山。"(《行路难》其一)"我浮黄河去京阙，挂席欲进波连山。"(《梁园吟》)这里诗人将世路的艰难进行了形象化的表达。"洪波浩荡迷旧国，路远西归安可得？"(《梁园吟》)这里写在黄河之上难见京城的迷茫感和不能西归长安的惆怅感，与写长江的"正西望长安，下见江水流。寄言向江水，汝意忆侬不"(《秋浦歌》其一)诗意近似。"黄河若不断，白首长相思。"(《送王屋山人魏万还王屋》)借黄河的悠长，表达白首相思的真挚友情。李白在《公无渡河》中写一个披散着头发的老者不顾妻子的劝阻毅然渡黄河，最后溺死河中，这样的故事使这首诗别有寓意。此诗先写黄河的凶险，写尧面对滔天的波浪叹息，写大禹治水。就是在这样的背景上老者出现了。由老者的悲剧会想到老者的不理智，想到老者的明知不可为而为之，很少想到老者为什么会这样。"披发之叟狂而痴，清晨径流欲奚为？旁人不惜妻止之，公无渡河苦渡之。"老者的"狂而痴"证明了其行为不同于常人，证明了其行为的不可改变。《公无渡河》的告诫性是十分明显的，也许李白是在告诫别人，也是在告诫自己。《公无渡河》的悲剧性是十分明显的，但老者似乎在以死证明什么，他徒步过河也说明无舟楫的孤立无援。这首诗表现深深的复杂的命运感，"箜篌所悲竟不还"，其命运之悲具有很大的象征性。黄河文化对李白有着深刻的影响，黄河的历史和传说在李白的诗歌中有一定的体现，它使李白诗歌的内容在长江之外又多了黄土的厚重和磅礴的气势。李白是一个善于吸纳不同地域文化的人，这使他的诗歌在丰富之中见美感，在美感之中见豪放，在豪放之中见真情。

李白写夜晚江河的诗不少，李白尤其注重江水与月的联系，除上面的一些例子外，还有"峨眉山月半轮秋，影入平羌江水流"（《峨眉山月歌》）和"月下飞天镜"（《渡荆门送别》）等。江河与山的联系，如"天门中断楚江开，碧水东流至此回。两岸青山相对出，孤帆一片日边来"（《望天门山》），如"黄河从西来，窈窕入远山"（《游泰山六首》其三），"西岳峥嵘何壮哉！黄河如丝天际来。黄河万里触山动，盘涡毂转秦地雷。荣光休气纷五彩，千年一清圣人在。巨灵咆哮擘两山，洪波喷流射东海"（《西岳云台歌送丹丘子》）等。诗人也注重江河与其他景物的联系，这种联系使李白与江河有关的诗歌内容丰富，余韵悠长。

李白的江河之作有着宏阔的视野，这与他四处游历有着直接的关系，江河不仅在他眼前流淌，也在他的心上流淌。江河之风吹动他的衣襟，吹动他的头发，也开启了他敏感的心灵。有时他是江河边的观望者，更多的时候是江河之上的乘客，似水流年养育了他鱼一样的思想，使他深刻地感知了岁月的水深和流长。

杜甫的江河

　　在杜甫的诗歌中，与江河有关的诗句多表现诗人的漂泊意绪，但有些诗句表现的则是安定感，是人生的喜悦。"清江一曲抱村流，长夏江村事事幽。自去自来梁上燕，相亲相近水中鸥。老妻画纸为棋局，稚子敲针作钓钩。但有故人供禄米，微躯此外更何求？"这首《江村》写于公元七六〇年。诗人经过几年颠沛流离的生活，来到了成都郊外浣花溪畔。从诗中可见诗人对现有生活的满足感，也可想见漂泊生活的艰难。《客至》在春水的背景上表达情感，那日日来的群鸥陪伴着诗人，给诗人带来了喜悦，尽管餐饮并不丰富，但饮酒的欢畅倒在字里行间了。"澄江平少岸，幽树晚多花。细雨鱼儿出，微风燕子斜。"（《水槛遣心二首》其一）在远离喧嚣的环境中，诗人美好的心境像与岸齐的江水和晚上开花的树，像细雨中跃出水面的鱼儿和微风中斜飞的燕子，自然之美和心境之美已融在了一起。"迟日江山丽，春风花草香。泥融飞燕子，沙暖睡鸳鸯。"（《绝句二首》其一）这首诗写浣花溪一带的春光，既有概括性，又注重细节，表现了春天的安适和美好。虽然在成都草堂期间诗人也写过风卷屋上茅草、茅飞渡江、床头屋漏给自己带来的苦恼，但总体来看这段时间的诗歌欢欣大于忧愁。

　　公元七六五年杜甫的好友严武突然去世，对杜甫的打击很大，他失去了生活的依靠，率家人离开草堂，放舟东下，临走时写了《去蜀》。诗歌有对蜀地几年生活的总结，也表现了对自己命运变化的无奈，其中"残生随白鸥"预示了自己未来的漂泊生活，凸显了生命的辛酸感。

"细草微风岸，危樯独夜舟。星垂平野阔，月涌大江流。名岂文章著，官应老病休。飘飘何所似？天地一沙鸥。"（《旅夜书怀》）其实无论是"残生随白鸥"，还是"天地一沙鸥"，都表现了漂泊命运的不可改变。

《宿江边阁》是杜甫宿夔州西阁的所思所感。此诗表达真切，其中"薄云岩际宿，孤月浪中翻"是一种自然的表达，又很切合杜甫漂泊的命运，尤其是"孤月浪中翻"很能表现漂泊的艰难感。结尾两句"不眠忧战伐，无力正乾坤"表现了对国家前途命运的担忧。"玉露凋伤枫树林，巫山巫峡气萧森。江间波浪兼天涌，塞上风云接地阴。丛菊两开他日泪，孤舟一系故园心。寒衣处处催刀尺，白帝城高急暮砧。"这是《秋兴八首》其一，也是作于夔州。诗写长江秋色，有一种磅礴的气势，将秋天的景色和故园之思紧密结合在一起，"孤舟"一词强化了诗人的命运感。

《登高》是杜甫的代表作，从漂泊的意义上看，它具有总结性。诗所表现的人生悲凉感是显而易见的，多年艰难的漂泊生活，加之贫病交加，使诗人对秋的悲凉的感知格外深刻。有谁能比杜甫对"不尽长江滚滚来"体味得那样深刻呢？一条汹涌而来进入到生命中的江，一条带走诗人生命时光让诗人有紧迫感的江，一条不以人的意志为转移而永远有气势的江。我们似乎看到杜甫拖着病体眼望长江的情景，他两鬓霜雪，但两眼含情。就这样，长江带着杜甫的气息流过唐代，一直流到今天，也必将流向无数人的心中，杜甫的生命在诗歌里得到了延长。

《发潭州》是诗人在公元七六九年春离开潭州赴衡州时所作。此诗写漂泊的悲凉和忧国伤时的愁绪。"岸花飞送客，樯燕语留人"的拟人化，表现了诗人流浪路上的孤独感。此外，《燕子来舟中作》借燕子表现人生的悲苦，在燕子身上看到了漂泊的自己，《小寒食舟中作》表现了诗人暮年在漂泊中依然深切关注唐王朝命运的思想感情。

　　杜甫写江河的诗特别注重细节。"江月去人只数尺，风灯照夜欲三更。沙头宿鹭联拳静，船尾跳鱼拨剌鸣。"（《漫成一首》）此诗表达真切，看出诗人细腻的情感。

　　杜甫的江河表达和他的命运息息相关，这个一生很多时间以舟为家的诗人，命运对他实在不公，但也正是如此，才使他的诗歌有浓重的江河气息，才使他对自然和人生的思考有别于其他诗人，由此我们更理解了他沉郁顿挫的抒情风格。月升月落都是那些江河里贫病依旧的日子，波起波伏都是那些漂泊不改的日子，在一定意义上，我们可以说杜甫是江河诗人。但必须强调的是，杜甫的江河之思里总有他的大情怀，这样的大情怀使他超越了许多写江河的诗人。他"百年多病独登台"，在他贫病孤独的命运里还有一个"台"，这个台就是他思想的高度，他就是在这样的高度上思考国家的前途和命运，这该是怎样的"登高"呀！

江枫渔火对愁眠

　　一千二百多年前的一个秋夜，有一个人来到了吴淞江一个叫封桥的地方，他就是张继。

　　不知道他从何而来，又向哪里行去，反正他夜泊在封桥了。

　　有人说他是为躲避安史之乱而来到了这属于江南的安定之地。是什么原因来到这里并不重要，重要的是他来了，重要的是他留下了一首诗《枫桥夜泊》。据说"封桥"因此改为"枫桥"，一首诗的意义真是太大了。

　　"月落乌啼霜满天"，真是概括力非常强的句子。月已落在夜的深处，偶有乌啼传来，打破了夜的寂静，秋天霜冷，让人感到满天都是秋霜。都说"霜"在地而不在天，但要说"霜满地"，那效果就差多了。从诗意的相承关系来看，也不能那样写，因为前面的"月落乌啼"都着眼于空中带给人的感觉，也就是说，月亮是从空中落下的，而"乌啼"声也是从空中传来，所以后面的"霜满天"就显得很自然。可以说，"霜满天"就是一种凉意感，是一种来自高天的辽阔的凉意感。小舟之小，凉意之辽阔，更增添了羁旅的愁思，那愁思迢迢不断如吴淞江的秋水。

　　"江枫渔火对愁眠"，人的情感与周围的景物简直融合无间。"湛湛江水兮上有枫，目极千里兮伤春心"（楚辞《招魂》)，"青枫

247

浦上不胜愁"（张若虚《春江花月夜》），"江枫"总让人想到离情别绪，想到羁旅的忧愁。江边枫树经霜后显出红色，这给经过这里的张继留下了深刻的印象，它们又是表现离愁的最鲜明的物象。世界就像水悠悠，人生无处不离愁。这是多么自然的点染，而"江枫"又与"渔火"有着自然的和谐。在辗转反侧的张继的眼中，惹人愁思的江枫和见证了变动不居的江水的渔火有了一种对应。可以想象秋风中沙沙作响的枫树无眠，渔船上的灯火也无眠，而忧愁中无法入眠的诗人面对它们的时候，它们也像在陪伴诗人。这时有多少人睡去了，而独醒者的忧愁又被江枫知道，被渔火知道，被江里的鱼知道。这时小舟里的他又多像一条忧愁的鱼，一条辗转反侧的鱼。多么可贵的愁眠，在江枫和渔火的距离里，在江风吹皱江水的境界里，张继在皱眉思考。

"姑苏城外寒山寺，夜半钟声到客船。"枫桥附近的寒山寺，始建于南朝梁代，相传因唐代僧人寒山、拾得曾住此而得名。在充满凉意的秋天的夜晚，那寒山寺里也该是一片凉意，而感到夜晚凉意的夜泊者恰恰又听到了夜半带着凉意到客船的钟声。钟声的悠扬总能传达别样的意味，何况这夜半钟声又带着夜泊者的不眠之思和羁旅之愁，这真是只可意会不可言传的意味。

张继这一次夜泊，让一首诗诞生了，它不仅使得"封桥"改为"枫桥"，也使寒山寺出名了，使姑苏这座历史名城多了钟声般悠扬的韵味。

作为喜欢这首唐诗的人，回望唐朝那条吴淞江，我经常想象张继夜泊的情景，想起诗人停下来的重要。停下来便意味着一首诗的诞生，意味着情思像江水一样悠远。

作为一个写诗的人，我曾写了一首诗《张继独泊》："一条船/泊在唐朝的那个夜晚/船在岸边/但思绪已无岸//那个叫张继的人/他的心中该经历着怎样的月落/风尘之中/该是一副怎样忧郁的脸//心已孤愁/乌又如何不啼/霜在心上/它又怎能不满天//愁眠的哪里只是江枫和渔火/还有诗人张继/江枫红了渔火红了/诗人的眼睛也该爬满红红的血丝/那血丝是人生的牵连//谁在寺院里夜半敲钟/钟声飘到客船飘出唐朝/飘到所有孤寂者的耳畔/在人生起伏的波浪中/我们像置身于那条孤独的客船。"

明月何时照我还

　　《泊船瓜洲》属于王安石的晚期作品，但具体写在什么时候，大致有三种意见：一是宋神宗熙宁元年（一〇六八年），王安石应召自江宁府赴京任翰林学士，途经瓜洲后所作；二是神宗熙宁七年（一〇七四年），王安石第一次罢相自京还金陵，途经瓜洲时所作；三是神宗熙宁八年（一〇七五年），王安石第二次拜相，自江宁赴京途经瓜洲时所作。

　　王安石是临川（今属江西抚州）人，少年时代的王安石便随做官的父亲王益到过不少地方。王安石十九岁的时候，他父亲病死在江宁府（今南京市）任上。之后王安石一家便在江宁定居下来。

　　在任翰林学士前，王安石曾在鄞县、舒州、常州等地做官。宋神宗在继位那年的九月，便将王安石召为翰林学士。能被皇帝看上，这无疑是人生的惊喜。王安石泊船瓜洲时肯定对江宁有着眷恋之情，虽说江宁并不是他的故乡，但住久了也便算作故乡。人生的喜悦并没有冲淡他对故乡的热爱，能在应召时把故乡放在重要的位置，说明王安石是一个人格健全的人。

　　如果说这首诗是王安石第一次罢相自京还金陵，途经瓜洲时所作，也有点儿道理。罢相后的沮丧心情可想而知，而急于回家的心情也就可想而知了。但既然是回家，为什么还要说"明月何时照我还"？不是想什么时候回就什么时候回吗？难道途中还有什么阻滞吗？这样想来，第三种意见更为合理。

第二次拜相，这是人生的另一次开始，相信他会思绪万千，相信他内心的纠结远远大于他内心的喜悦。如果说他的内心是一座屋子，那绝大部分已被大团乱麻占据，而喜悦只是一个躲在墙角的孩童。如果不是这样，此时的他为什么对家有着如此的眷恋？"京口瓜洲一水间，钟山只隔数重山。春风又绿江南岸，明月何时照我还？"京口和瓜洲确在一水相隔之间，而从瓜洲到钟山路程也不远，这是从瓜洲的角度上说的。但要知道他这时是在赴任路上，这样的回望就别具深情。因为毕竟被罢过相，虽然他赴任的地方是京城，但政治前途还未可知，这样的回望就成了忧愁之中的回望。无论何时，那个叫家的地方都是心灵的依靠，那个江南之地是可信赖之地。在那个时候，江南成了他的大故乡，而那个叫家的地方就是那大故乡的核心。"春风又绿江南岸"，这早已不是王安石的第一次感知，这样的绿是故乡之绿，是最亲切的绿，也是启人神思的绿。王安石能否带着这样的绿去赴任，让他的前途一片碧绿？瓜洲与京口只是一水之间，但在王安石的心境里，那样的绿可不是在眼前的一水之间，而是想象中无限拉宽的一水之间。从江南钟山的家到赴任的地方，不仅是地理意义上的转换，也是人生的转换，何况在这样的转换前已有人生的大曲折，所以那命中希望的绿色就遥不可及，所以那"明月何时照我还"就成了回望之中的一个大问。也许那时明月在上，正照着回家的旅人，而王安石却离家远走。他真的无法预期自己何时回家，肩上的压力可想而知。越是在离开故乡时眷恋故乡，越说明前途未卜，越说明忧愁深重。"举头望明月"，"月是故乡明"，"共看明月应垂泪"……这样的表达都可与"明月何时照我还"相互映照，让人追想无限的生命之思。

251

入相后的王安石陷入了窘境，不久又离开了相位，回到了曾在明月之下想念的地方。

　　当年返回江南的王安石也许是从原路返回吧？不知那时他是否想起一年之前经过瓜洲时的心境，那真是明月照他还了。

　　无论游子带着怎样的心境回乡，故乡的明月都会照着他们，所有人生的不完满都在回乡的那一刻变成满足。

　　再度离相的王安石出任江宁府，最后辞掉了官务。

　　在江宁的城东门和钟山的正中间，有一个叫白塘的地方，那里就住着王安石。对于他来说，命运并非"安石"，但只有回到家，才像踏到了一块"安石"上。这位写过"明月何时照我还"的诗人，就在一次次望明月之后，让明月望老了自己。

大江东去

大江东去，望过它的人无以计数。

命运注定了苏轼不是纯粹意义上的游览者，因为他身上的背负太沉重了，他是一个被贬官的人。他是因"乌台诗案"被贬官的，他的命运竟然与那个外面树上终年栖息乌鸦的御史台联系在一起，乌台之"乌"就是他命运的颜色。苏轼被贬为黄州团练副使，多次到黄州（今湖北黄冈）城外的赤鼻矶游览，于是他与一条大江有了紧密的联系。

在所有苦闷者的心中，那大江都像他们的精神导师，给他们带来精神上的安慰，苏轼当然也不例外。

苏轼所游的赤鼻矶，并非赤壁大战处。是否赤壁大战处已不重要，重要的是苏轼要找到情感表达的凭借，于是他想到了"浪淘尽，千古风流人物"，想到了"江山如画，一时多少豪杰"，词人在这里特别强化大江的背景感。正因为"乱石穿空，惊涛拍岸，卷起千堆雪"，后面的"江山如画"才有了着落。岸的雄奇，惊涛与岸的关系，惊涛本身的美，都在这几句中得到了完美的体现。

于是他想到周瑜，写他的"雄姿英发"，写他"谈笑间，樯橹灰飞烟灭"，对一个人物的崇敬，让他的词有了明显的夸张意味，这样的表现力让人叹服。

大江流日月，波浪起伏的大江也见过了历史上太多的起伏，而在苏轼心中，那个雄姿英发的周瑜回来了，崇敬就这样使周瑜在苏轼的心中复活了。说不上一个人的精神会依托于哪个人，因为每个人的价值取向是不同的。这时的苏轼建构了一个心灵世界，他突显的人在这个心灵世界中是无以取代的。最重要的是，他在感叹自己的处境，感叹自己"早生华发"，这里包容着多少人生的忧愁啊！

　　"人生如梦，一尊还酹江月。"由此看来，苏轼是在晚上来看大江的，他的散文《赤壁赋》就是写夜游赤壁的感悟。这里写苏轼非常低沉的情绪，洒酒酬月，寄托自己的感情。应该说，这两句与前面豪迈的表达是不同的，但正是这样真实的表达，让我们感动，让我们看出苏轼情感的另一个层次。太多的人在讲到苏轼这两句词的时候都说表现了苏轼旷达的情怀，显然是大失误。在这些人看来，苏轼属豪放派，似乎不该低沉，似乎讲情绪的低沉就有损于苏轼的形象。其实，这是最可贵的忧伤，是未能建功立业的忧伤，是真感情的表达。我们过去对古人诗词的欣赏惯于用"消极"这个词，特别强调积极向上，其实积极向上只是作品情感调子的一个方面。情感的"消极"是与忧伤、忧愤等联系在一起的，它是"积极"之外的一个方面，无论从作者表达方面，还是从欣赏的角度上说，都没有什么可掩饰的。值得警惕的是，有的所谓"积极"其实是虚假。

　　大江东去，东去的大江因为苏轼的望更添历史和文化的韵味。

　　大江东去，东去的大江后来没有完全安慰苏轼，但它收留了苏轼洒下去的酒，它最知道苏轼的忧伤。

　　大江东去，东去的大江渔夫望过，樵夫望过，他们也有着人生的苦辛，但他们的望不同于苏轼的望；大江东去，东去的大江游子望过，思妇望过，但他们的望也不同于苏轼的望。

　　带着沉重的人生背负望大江，并留下一首极为著名的词作，这就是苏轼。

在今天的诵读里，我希望诵读者读出豪放与忧伤的苏轼，读出一个人境遇里人与大江那种交流的感觉，体味历史某一段的某一个点，而这个"点"，就是作者的立足点，情感的聚焦点，才情的发挥点，就是属于作者的世界。那就让我们走进作者苏轼的世界，读"大江东去"，读出我们内心的起伏。

大江东去，一首词与大江联系在了一起，那情思便与长江一样久长……

我住长江头

一首词总会引发我们的许多想象。

无法说清她是哪一位女子，可以说清的是她是长江边上的女子。

住在上游的女子，她常常到长江边汲水。当两个水桶呆立岸边的时候，女子也在江边呆望。怅望中的女子，她向远处望去，想象有一个爱她的人，在长江的下游。

他该有着怎样的眉毛和眼睛？他该有着怎样的面庞和双手？怅望中的女子芳心乱跳，她急忙挑起水桶，一个人两个水桶，而一个人只能想遥远处的另一个人。

从春草萌生到木叶萧萧下，真是"日日思君不见君"，而越是不见越是增添思念之痛。可以想见晨光初照之时和晚霞消逝之时，乃至月上中天之时，女子的思念无时不在，她怀抱着明月却心有缺失，她定是人憔悴了。

"共饮长江水"该是怎样的缘分，这样的缘分该需要怎样的珍重啊！痴情的女子就在岸上，所以她的内心就有绵绵的相思之恨。一水的牵系从来就不仅是一水的牵系，一水的深远从来就不仅是一水的深远。

为什么不乘一叶小舟去见远方的心上人，或者骑着毛驴沿着江边迤逦走去，缩短与心上人的距离呢？《蒹葭》中不也是有主动追求

"伊人"的人吗?

词的深意恰恰是在这个长度上,是"我住长江头,君住长江尾"的长度上。就是这一长度,决定了女子思念的强烈和绵长,决定了悬念的产生,决定了思念的美好,决定了女性的执念和柔情在世界上的永恒。"此水几时休?此恨何时已?"从空间上说流水之长,从时间上说也是流水之长,所以此水不会休,此恨也不会已。这样的表达已穿越那个年代,甚至超越某个人,成为人类许许多多女性的共同表达。

这首词的侧重点就是女子的倾情表达,而远方的男子却没有一点儿消息。这看似是一个江头和江尾的不等式,但恰恰证明了这首词构思的奇巧,留下一个空白,留下一个想象的空间。

"只愿君心似我心,定不负相思意。"这里是对思念的人提出希望,希望这种思念不要落空。从女子的角度上说,她在思念的时候,下游应该有一个等待中的男子,这个人的面貌由模糊逐渐变得清晰。女子的相思本身也是一种等待。能否"定不负相思意",不仅是长江下游的那个男子,每个读到这首词的人都该想到如何不辜负所爱的人的期望。

北宋崇宁二年(一一〇三年),李之仪被贬到太平州。不幸的是,女儿、儿子和妻子相继去世。这年秋天,李之仪携红颜知己杨姝来到长江边,奔流不息的江水迅速开启了他的灵感之门,于是他写下了这首《卜算子》。

李之仪借一个女子之口,表达了绵绵不尽的相思。这个女子可以说是李家女子,也可以说是张家女子,也可以说是刘家女子……艺术化了的作品,凝聚了无数女性的心声,它甚至超越性别,成为人类相思的共同表达,这是这首词历久不衰的原因。

作为在长江边站过的人,李之仪是否想过这首词久远的影响?

在今天的诵读和不同版本的歌唱里，长江在我们心中一次又一次地翻涌，我们仿佛就站在长江边上，站在对李之仪的仰望中，一次又一次地向他致敬。

"我住长江头"，一种开始的相思源远流长；"君住长江尾"，一种等待却永远没有结尾。

不管怎么说，人类之爱永远不会绝望。

登高望江河的人

回望唐代和宋代，我看到了那么多登高望江河的人。

因参加一个宴会，王勃登上了滕王阁，因而有了《滕王阁序》和《滕王阁》。最不能忘记千古名篇《滕王阁序》，其展示的生命大气象是王勃登临和才华有机结合的结果，"落霞与孤鹜齐飞，秋水共长天一色"等千古名句与王勃这一名字紧紧联系在了一起。无疑这是唐朝的一个高度，这一高度以滕王阁为基础，以王勃的表达为中心，令后世永远仰望。《滕王阁》一诗有着很深的历史追寻感，更多的是"佩玉鸣鸾罢歌舞"的流逝感，是"槛外长江空自流"的空寂感。在不断逝去的世界上，一首追寻过去的诗连同《滕王阁序》成为流传千古之作。所谓久远的影响就是永不逝去，就像永流不息的江水。王勃二十八岁的生命毕竟太短了，他的作品却为自己赢得了无限的长度。

王之涣的诗流传下来的不多，现在仅存绝句六首，其中《登鹳雀楼》便足以显示他的高度。我们可以说它通俗易懂，妇孺皆知，但最重要的是它所展示的人生进取意识："欲穷千里目，更上一层楼。"这一诗意的表达是建立在"白日依山尽，黄河入海流"的基础上的。从"白日"的"依山"而落，到黄河滚滚而流，都是由于登鹳雀楼才感受到的，间接说明"更上一层楼"的重要，所以后两

259

句的表达就水到渠成了。也许有人说后两句议论性质明显，但这议论没有离开"一层楼"的意象，诗意因为表达恰切和因此带来的激励而备受读者青睐。需要说明的是，"黄河入海流"并非可看到，但就是这样的想象说明了登高的必要性。黄河走多远的路才能入海？我们走多远的路才能登上那个属于我们的"鹳雀楼"？世界的路和高处有有形的，也有无形的。我们在有形的路上寻找高处，我们也在无形的路上寻找高处；我们在有形的鹳雀楼上望有形的黄河，我们也在无形的高度上显示着我们的高瞻远瞩。大视野来自最佳的立足点，大视野来自大思索，大思索中有着很强的辨识力，这辨识力决定了立足点的选择。

崔颢的《黄鹤楼》为我们提供了情感表达的范式，由追怀从前到眼前景象，到思乡的愁绪，情感次第展开，有着夺人的力量。最触动内心的该是"日暮乡关何处是？烟波江上使人愁"两句。这样的表达让人想到诗人已走过的路，也让人想到黄鹤楼的一停该是如何短暂，就好像黄鹤之足的轻轻一点，而之后的行程还将继续，乡关何处的发问就显得非常真切，漂泊中的归属感就成为游子的心声。

李白《登金陵凤凰台》中的"凤去台空江自流"与王勃《滕王阁》中的"槛外长江空自流"和崔颢《黄鹤楼》中的"白云千载空悠悠"有近似之处，是一种追寻后的寂寞感，是一种历史的沧桑感。此诗的表现力太强了，如"三山半落青天外，一水中分白鹭洲"，极富概括性和感染力。"总为浮云能蔽日，长安不见使人愁！"这两句表现了报国无门的愁苦，登凤凰台而不见长安，让人想起通向长安的迢迢之路，那也是李白的愁苦之路。"长安不见使人愁"与李白的另一首诗《与史郎中钦听黄鹤楼上吹笛》中的"西望长安不见家"有近似之处。

从唐代不少诗人登高望江河的诗中，我们总能看出诗人深深的命运感，比如李白，比如杜甫，比如柳宗元……这种命运感主要表现为被贬谪、贫穷、疾病、客愁等。如果柳宗元不被贬谪到柳州，他就写不出《登柳州城楼寄漳汀封连四州》，当然也不会有"岭树重遮千里目，江流曲似九回肠"的诗句。这种命运感与曲曲弯弯的江河有着多么相似的意蕴，所以这样的表达就显得格外动人。需要强调的是，唐代诗人有关登高望江河的表达常常有一种大情怀，他们关怀国家的前途命运，忧思深重。

在宋代词人中，辛弃疾大情怀的表现尤其突出。《菩萨蛮·书江西造口壁》写登临郁孤台所感："郁孤台下清江水，中间多少行人泪。西北望长安，可怜无数山。 青山遮不住，毕竟东流去。江晚正愁余，山深闻鹧鸪。"前两句表达了金兵侵扰江西时流离逃难的人的悲苦，江水与行人之泪的融合，表达了词人的悲悯情绪。"西北望长安，可怜无数山"与李白的"长安不见使人愁"和"西望长安不见家"表达近似，爱国情怀跃然纸上。山可以遮住长安，但遮不住东流而去的江水，那是自然规律的不可抗拒和一种归宿感。词人对江水的羡慕，正反衬了词人恢复中原的志愿难于实现的悲苦。

辛弃疾曾登临镇江东北的北固山，在北固亭上怀古，表达现实的感慨。"凭谁问：廉颇老矣，尚能饭否？"词人以廉颇自比，叹虽有一腔豪情，但并不为朝廷所重视。北固亭下临长江，辛弃疾的忧愤就像长江之水。

江河之上情结一般的亭台楼阁留过太多的唐宋诗人词人的身影，他们是这情结里的情结，让特定的时刻显得深沉而妩媚。总觉得他们的登临有庄严的仪式感，有深深的回溯感，有深情的展望感。尽管他们的忧愁多于快乐，但他们情感的高度却是共同的。他们以作品的形式，把内心的快乐和忧愁表达得淋漓尽致。他们早已不在，但他们的生命以江河一般的作品的形式一直流淌到今天，也必将流向未来。

洲 渚

每当读到《诗经·关雎》中"关关雎鸠，在河之洲"这两句诗的时候，我就想到那个叫洲的水中的陆地。在与人一定的距离上，那个地方是水中的一片乐土，有着鸟自由的欢鸣。《诗经·九罭》中写到了"鸿飞遵渚"，就是大雁沿着水洲飞。

南北朝诗人谢朓的《晚登三山还望京邑》中有"喧鸟覆春洲，杂英满芳甸"的句子，从中可见洲中的鸟很多。

鸟有着自由的翅膀，洲渚是它们最好的栖息地，那里草树繁茂，它们飞翔、嬉戏、饮水，好不快哉！

读王勃《滕王阁》中的"滕王高阁临江渚"，我就想到那个叫渚的水中的小块陆地。在与高阁一定的距离上，它与江水一起构成风景，是江中一个独特的存在，好像是为人们远望而存在似的。

一条大江中不可能没有洲渚。总感觉水为了行程的不单调而逐渐创造了洲渚，可以想象这些水是如何让那些泥沙逐渐淤积而形成洲渚的。

由于古代交通不发达，水路常常是一个重要的选择。那些船行者一定看到过一个个洲渚，他们也一定在洲渚上歇过脚。孟浩然在《宿建德江》中就写过"移舟泊烟渚"的诗句。水路上的那些洲渚就是驿站，收留了那些疲惫的旅行者。暮烟朦胧的洲渚因此而笼罩了客愁，而躺进清澈的江中的明月，更加深了客愁。江渚不动声色就知道江水的深浅，江渚不用掂量就知道客愁的轻重。

这洲渚被温庭筠《望江南》里的思妇望过。"梳洗罢，独倚望江楼。过尽千帆皆不是，斜晖脉脉水悠悠。肠断白蘋洲。"思妇是为爱人梳洗打扮，"独倚望江楼"表现孤独中等待的迫切。看过的已经太多了，但等来的还是失望，那脉脉含情的不仅有斜晖和悠悠的水，还有这情境中的思妇。白蘋洲是指生满蘋草的小洲。蘋是一种水中浮草，夏秋开小白花，故称白蘋。古时男女常采蘋花赠别，所以"白蘋洲"就成了离愁别绪的代名词，望眼中的它才会使思妇"肠断"。白蘋洲作为古代诗词中的意象，会触动离愁别绪。

蘋是浅水中的植物，为什么会长在洲中呢？可能水有涨上来的时候，这样蘋就有了生长的条件。

在古代诗歌中，与白蘋洲有关的诗作不少。孟浩然《送元公之鄂渚寻观主张骖鸾》中的"赠君青竹杖，送尔白蘋洲"，刘长卿《饯别王十一南游》中的"谁见汀洲上，相思愁白蘋"，张籍《湘江曲》中的"送人发，送人归，白蘋茫茫鹧鸪飞"，赵徵明《思归》中的"唯见分手处，白蘋满芳洲"等等。"白蘋洲"已经超越了某一地域的限制，成为具有普遍意义的古代水路送别之地，成为古代诗人的青睐，成为他们诗中的重要意象。

由于人生境遇的不同，洲渚带给人的印象是不同的。杜甫《登高》中的"渚清沙白鸟飞回"与"关关雎鸠，在河之洲"和"喧鸟覆春洲，杂英满芳甸"是不同的，因为是秋天，加上杜甫客居和多病，他眼中的洲渚显得凄清，而那回旋之鸟似乎找不到归宿。这样的洲渚便带上了杜甫的况味，他眼中的自然之秋也是他的情感之秋。

随着时间的流逝，古代诗词中的洲渚有不少已消失在烟波浩渺处了，但它们永远活在古代诗人词人的作品中，活在我们的感叹里。

后 记

这是我的第三本散文集，也是我写河流的第二本散文集。

在《河流的表情》出版后，我有意犹未尽的感觉，于是有了这本散文集《河流的心》。

这本散文集的写作从 2017 年秋天开始，历时一年多。需要说明的是，有几篇是 2017 年以前的作品，收入本书时均做了不同程度的修改。

在这一年多的时间里，我还是以呼兰河为中心，再向外一点点地扩展。其实有关呼兰河的内容，我已写了不少，但可写之处还有很多。守着这条大河三十多年，它给予我的太多太多。在这一年多的时间里，我多次打车去呼兰河的不同河段，而这些河段大多是我以前没有去过的。再也没有一条河能像这条河一样让我更好地表达人生的追寻感、命运感和使命感，这当然与我在这河边生活了三十多年有关。我庆幸命运把我与这条大河紧紧联系在了一起。如果说故乡的乌龙沟见证了我的成长，那么呼兰河则见证了我人生的不断成熟和不断求索。深味是需要时间的，而这三十多年的时间对于我来说是弥足珍贵的。呼兰河见证了我从一个大学毕业生到中学教师再到大学教师的过程，见证了我从丈夫、父亲到外祖父的过程。尽管十八年前我已到大学工作，但我的家还在呼兰河边。我能成为一个持续的写作者，与它深有关联。我深深地崇拜水，深信水的启悟，它的活性因素已深深地注入我的生命中，成为不竭的动力。

我知道古今中外的那些写作者都偏爱水，我爱水，其实也是向他们学习。但我要说，我有我眼前的河流，我有我自己的河流。

故乡的乌龙沟是通肯河的支流，而通肯河又是呼兰河的支流，呼兰河又是松花江的支流。我所处的呼兰河兰西河段正好是向松花江过渡的地带，所以我的回溯和憧憬就有了充分的理由。

在这本集子中，我力求有一定的变化，比如写本省之外的河流，这些都立足于我自己的感受。省外我去的地方不多，河流的表现当然有局限。好在作品并不是以数量取胜，关键在于质量。

在这本集子中，我还写到了《诗经》里的河流和唐宋诗词里的河流，这是我多年阅读不断积累的结果。想一想《诗经》那些不知道名字的作者，他们对河流的表现是那样富有魅力。还有张若虚、孟浩然、王维、李白、杜甫、柳宗元、王安石、苏轼等，他们对河流的表现都和他们的人生命运联系在一起，这种魅力是无限的。问题是我该怎样写他们，怎样把我的情感融入他们所表现的河流中，怎样写出我的思考，这种思考一定是经得住时间考验的思考。《诗经》和唐宋诗词，进一步解读的空间已经不大，但并非没有可能。

如果说我有什么优势的话，作为老师，我既是一个鉴赏者，也是一个写作者。这样的双重身份，使得我的鉴赏有可能突破前人的认识，使得我的写作教学不装腔作势，使得我的作品的展示有了说服力。刚刚从中学迈入大学门槛的孩子们还不懂真正意义上的写作，我试图对他们有所影响，让他们摆脱复制，摆脱堆砌，摆脱模式，写出自己的真情实感。这倒不是说让他们成为作家，而是说在将来当教师的时候能真正懂写作，借以指导学生的作文。但这种努力所形成的影响是有限的，这一方面说明写作之难，一方面说明学生的功夫不到，他们的心思往往不在这里。我常常跟他们说我有关河流散文写作的进展情况，并告诉他们一定要热爱大自然，不要让那些低级趣味冲淡自己对大自然的热爱。当一个人对自然无比热爱，那他就是站在了一定的高度上，那他就是热爱自己的生命，并将大自然看得和他的生命一样重要，并且不可分割。想一想我们短暂的生命，而大自然是永恒的，我们何不向这永恒汲取一份人生的力量呢？

我常常跟我的学生讲余秋雨、周涛、刘亮程、李娟、鲍尔吉·原野、迟子建、李琦、李汉荣这些作家的独特风格，让他们去读这些作家的散文。我常常跟我的学生说，不要去赶什么时尚，文学跟时尚无关，关键是写出真感情，写出自己独特的思考。

完成这本散文集的时候，也是我即将结束教学生涯的时候。三十七年多的教学生涯，从中学到大学，写作始终与我的教学相伴，可以说写作与教学是相辅相成的，到大学工作之后，这一点更加突出。

这本散文集的写作并不平常。这一年多以来，俗务烦冗，案牍劳形，但并没有影响到我的写作，我是在冷静而热情的状态下有序地完成我的写作的。

在这里我要说，一个作家的独特是最重要的。作为一个写作者，我是一直朝着这个方向努力的。

谢谢一直给我的写作以大力帮助的妻子张君艳，也谢谢将来读到我这本书的朋友。

王立宪

2018 年 11 月 23 日于兰西家中

图书在版编目(CIP)数据

河流的心／王立宪著. — 北京：中国文史出版社，
2019.10

（跨度新美文书系）

ISBN 978 - 7 - 5205 - 1201 - 5

Ⅰ.①河… Ⅱ.①王… Ⅲ.①散文集 – 中国 – 当代
Ⅳ.①I267

中国版本图书馆 CIP 数据核字(2019)第 157601 号

责任编辑：卢祥秋

出版发行：**中国文史出版社**

社　　址：北京市海淀区西八里庄 69 号院　邮编：100142

电　　话：010 - 81136606　81136602　81136603（发行部）

传　　真：010 - 81136655

印　　装：北京东君印刷有限公司

经　　销：全国新华书店

开　　本：720×1020　1/16

印　　张：17.75　　字数：222 千字

版　　次：2019 年 10 月第 1 版

印　　次：2019 年 10 月第 1 次印刷

定　　价：58.00 元